罗生门·地狱变

[日] 芥川龙之介 著
魏大海 郑民钦 高慧勤 等 译
魏大海 主编

上海译文出版社

目 录

编者的话	1
老年	1
青年与死	8
假面丑八怪	17
仙人	26
罗生门	35
鼻子	43
孤独地狱	52
酒虫	57
山药粥	67
猴子	87
手绢	94
烟草与魔鬼	105
MENSURA ZOILI	115
道祖问答	122

忠义	127
偷盗	148
浪迹天涯的犹太人	221
两封信件	231
大石内藏助的一天	246
女体	260
戏作三昧	262
西乡隆盛	296
袈裟与盛远	313
蜘蛛之丝	323
地狱变	327
文明的杀人	362
基督徒之死	375
路西法	387
魔笛与神犬	394

编者的话

芥川龙之介（1892—1927），俳号"我鬼"，号"柳川隆之介""澄江堂主人""寿陵余子"，是日本近现代文学史上最重要的作家。他不仅在日本的近现代文坛极端重要，对中国的现代文学也有十分重要的影响，在中国的文坛和文学读者中，芥川早有极高的知名度。

芥川小说的中文译介最早见之于鲁迅、周作人编选的《日本现代小说集》（商务印书馆，1923）。鲁迅最早翻译的是《罗生门》和《鼻子》。1927年，开明书店又出版了鲁迅、方光焘、夏丏尊翻译的《芥川龙之介集》，其中《罗生门》和《鼻子》仍采用鲁迅的译本，夏丏尊翻译了芥川若干中国题材小说如《南京的基督》和《湖南的扇子》等，同时翻译了异常重要的非小说类作品《中国游记》。《中国游记》涉及章太炎、郑孝胥等当时的中国名流，也十分透彻地展现了大家芥川的文化关注和作家风采。芥川去世后，鲁迅在其创刊的《文学研究》（1930）上刊出了唐木顺三的文章《芥川龙之介在思想史上的位置》（韩侍桁译）。

不言而喻，中国文学创作界和日本文学翻译、研究界，一直重视芥川龙之介在近现代日本文学史上的重要影响与地位。二十世纪八十年代以后，乃是中国引进、翻译日本文学的新的高潮期。1980年，湖南人民出版社出版了楼适夷翻译的《芥川龙之介小说十一篇》；1981年，人民文学出版社出版了文洁若、吕元明等翻译的《芥川龙之介小说选》；另有一些日本文学选集，也重点纳入了芥川的作品，如文洁若、高慧勤分别选编出版的《日本短篇小说选》等；1998年，世界语出版社出版了叶渭渠主编的《芥川龙之介作品集》。2005年，山东文艺出版社出版了高慧勤、魏大海共同主编的五卷本《芥川龙之介全集》[1]；2012年9月，山东文艺刊出了修订的第二版。如所周知，山东文艺的五卷本《芥川全集》囊括了芥川龙之介小说、随笔、游记、评论、书信等所有体裁的作品，对中国读者乃至文学研究界解读、研究芥川文学进而了解日本的近现代文学，无疑是一项不可或缺的铺垫性工作。汉译《芥川龙之介全集》因此受到中国读者、中国社会乃至日本相关学界的广泛关注。2021年，上海社会科学出版社出版了魏大海主编的《芥川文集+别卷》（《罗生门》《点鬼簿》

---

[1] 高慧勤、魏大海主编，十余名译者历时五年完成，收录小说一百四十八篇、诗歌十四篇、小品五十五篇、随笔六十六篇、旅行记九篇、评论四十三篇。少数作品和书简未能收录，却仍是名副其实的全集。此事成为关乎国际作家芥川龙之介的一件划时期的大事。——宫坂觉评

《大川之水》和宫坂觉著、魏大海译的《人品与作品》）。之后，一页出版又在2022年推出了魏大海主编的八卷文库本《芥川龙之介精选》。

芥川龙之介乃是东京生人，本姓新原。出生九个月后，其母精神失常，旋被送至舅父家做养子。芥川家为旧式士族，家庭的氛围，对芥川龙之介日后的生命历程和文学生涯皆有很大的影响。其实，芥川自小就对文学情有独钟。中小学时代，他的阅读书目已包括江户文学、《西游记》、《水浒传》以及泉镜花、幸田露伴、夏目漱石、森鸥外等近代日本文学巨匠的作品。

1913年，芥川龙之介考入东京帝国大学英文科；1916年同丰岛与志雄、久米正雄、菊池宽等两次复刊《新思潮》[1]杂志，促进了日本文学界新潮流或新思潮的传播。随后，发表了短篇小说名作《罗生门》（1915）、《鼻子》（1916）和《山药粥》（1916）等，确立了其新进作家的文学地位。1917年至1923年，芥川先后出版了六部短篇小说集，题名分别为《罗生门》《烟草与魔鬼》《傀儡师》《影灯笼》《夜来花》和《春服》。需要强调，芥川的文学创作始自历史小说，后转向明治时期的文明开化题

---

[1] 文艺杂志。1907年（明治四十年）小山内薰以引介海外的新思潮为目的、以个人志的形式创刊，全六期发表后于翌年3月停刊。自第二次刊行（1910年）起，则作为以东大文科学生为主、多人共同创作出版的刊物发行了十余期。第四次刊行（1916年）将芥川龙之介推上了文坛。

材，最后则是现实题材的小说。但芥川的文学创作先后也就十余年时间，宛若闪耀的流星转瞬即逝。

1927年7月24日，在健康问题、思想压力等多重原因作用下，芥川在自家寓所服安眠药自杀，时年三十五岁。一般认为，"芥川的自杀"与当时日本的社会文化状况相关。在当时的日本文坛，无产阶级文学迅速兴起，追求"艺术至上"[1]的芥川感受到强烈的时代躁动与不安（"恍惚的不安"[2]），过度敏感的神经使之怀疑自己小说的艺术价值。文友菊池宽和久米正雄逃向了通俗小说，芥川却苦于无法效仿。当然，芥川龙之介自身的生存苦闷或精神状态，对他的死也有重要的触媒作用。

他曾这样表述了自己的心中苦闷："我所期望的是，不论无产阶级还是资产阶级，都不应失去精神的自由"[3]。芥川龙之介是二十世纪初日本"新思潮派"[4]文学最重要的作家，集新现实主义、新理智派和新技巧派文学特征于一身，其创作代表了当时日本文学的最高成就。此外他也发展了日本的短篇小说文学类型，借鉴、吸纳了西方现代

---

1 指的是王尔德倡导的关于艺术功能与价值的一种唯美主义理论。王尔德信奉"艺术至上"的纯艺术理论，主张艺术高于自然与生活，是非功利、超道德且纯"形式"的。
2 芥川在遗稿《一封给旧友的手记》中写道："对于将来，我只感到恍惚的不安。"（芥川龙之介. 芥川龙之介全集［M］. 东京：筑摩书房，1971）
3 此语出自《文艺的，过于文艺的》。
4 日本19世纪末20世纪初，以《新思潮》的第三、四次刊行为中心所兴起的一个现实主义的文学创作流派，也称新现实派。

小说的结构样式，打破了"私小说"单一、消极的写实性创作模式，强化了日本现代小说的虚构性。他在现代日本文学中确立起独自的创作方法和文学地位。另外，在二十世纪以来的日本文坛，其影响力不仅体现在"芥川文学"本身特异的文学价值上，也体现在"芥川之死"包含的文学史分期象征意义上（日本现代文学起始之象征）。"芥川之死"对于当时的日本社会和日本文坛形成了巨大的冲击，有人谓之为"北村透谷第二"。日后确立并延续至今的"芥川文学奖"，也长期发挥着日本纯文学奖掖和推动的作用。"芥川奖"是日本现代和当代文坛最具影响力的纯文学大奖。

如前所述，芥川龙之介最为重要的文学成就在小说。从形式上看，芥川擅长的是类似于江户、明治时期历史小说的特殊类型。早期名作《鼻子》刊于《新思潮》，获夏目漱石的高度赞赏，《鼻子》的特征在于以现代小说的创作方法，将日本古典故事集《今昔物语》第二十八卷中的特定故事及《宇治拾遗物语》中一段相似的故事，以简素的语言实现了再创作。短篇名作《罗生门》，亦为同样类型的历史小说，出处同样是《今昔物语》。根据日本文学史论家西乡信纲的说法，《今昔物语》原本的相关描述是朴素而简单的，显现为一种没有思想性虚饰的原色调，芥川却给那般"存在"增添了人类的"认识"与"逻辑"。

芥川龙之介的历史小说通过生动的故事性虚构，探究了相对抽象的观念问题。

除了典型性的《罗生门》和《鼻子》，另一部历史小说代表作《地狱变》同样实现了成功的转换。《地狱变》的模板正是前述《宇治拾遗物语》，在环环相扣的精湛描写中，展现了惊心动魄的哲理性或理念性艺术画面，或以极端化的图景展示了权力与艺术的对垒。该作也被称作芥川龙之介"艺术至上主义"的一个宣言。此类历史小说，尚有《枯野抄》《孤独地狱》《忠义》《基督徒之死》《戏作三昧》等。

当然，芥川龙之介的历史小说，其实还有一个值得一提的重要特征。一般认为，森鸥外的历史小说是尊重史实的，芥川却以近代式的理性或精神自由，随意性地解释历史，或披着历史的外衣描写现实性主题。有观点认为，芥川的历史小说并非真正意义上的历史小说，而是卢卡契所谓的"历史的现代化"或"历史的假托"。

此外，芥川也被称作日本最后一位富有东方文人色彩的文学大家。一种另类批评值得一提。在当代日本文学评论家柄谷行人《日本现代文学的起源》中，也曾提及芥川文学。他说有趣的是某种"反文学"志向（私小说）促成了日本"纯文学"的形成，日本"私小说"作家对于"透视法式的装置"或超越论似的意义缺乏清醒的自觉，也没有那般自觉的必要。相反对此具有明确自觉意识的却唯有晚年开始厌恶结构式写作的芥川龙之介。柄谷行人认为，重要的并非芥川对第一次世界大战后日本文学动向的敏感，也不在其有意识地创作那般"私小说"，重要的是芥川结合了西欧的动向与日本"私小说"式的作品，使此类"私小说"式的作品作为走向世界最前端的形式具有了意义。柄谷又说，"私小说"作家无法理解（芥川的）那种视角，（唯美派作家）谷崎润一郎也没有意识到这一点。"私小说"作家的观念中，他们以为是在自然而然地描写"自我"，与西欧作家的所为一致。实际上芥川看到的并非"自白"与"虚构"，而是"私小说"具有的"装置形态"问题。芥川的观察基于无中心的、片段的和诸多关系的视点。

柄谷行人的评述似不好理解，事实上却异常难得地证明了"芥川文学"对于日本现代文学重要而特殊的意义。

此次推出的芥川六卷本的基本特色在于分卷与选目，三卷为小说、三卷为散文，卷名分别是小说卷《罗生门·地狱变》《邪宗门·竹林中》《桃太郎·点鬼簿》，散文卷《大川之水·京都日记》《文艺杂感·偏颇之见》《侏儒絮语·西方之人》。

这里值得一提的，尚有国际芥川学会前会长宫坂觉的一篇论文力作。论作题为《芥川龙之介的文学战略与音乐性——紧张、迟缓、速度、反复及多重性、复调》，论作中提到：所谓当代性该如何理解？芥川文学面世已一个世纪，却仍旧饱含着对于当代问题的敏锐剖析。在如今更加关注人间力[1]的后现代，芥川文学仍具现实意义且获得了新的评价。例如，《罗生门》体现了终身雇佣制的崩溃和遭解雇的青年超越困境，《鼻子》是自己内心阴暗面的发现与改造，《山药粥》是凌辱的诸般形态和自我发现，《戏作三昧》是因于他者的孤立以及谋求他者视线的开放，《地狱变》表现权力与个人、艺术与日常乃至血亲至爱的本质，《蜘蛛之丝》揭示了他者之爱及等待的意义，《基督徒之死》关注冤罪与无偿的爱，《舞会》发现了年轻人的自我中心及老者的聪明，《南京的基督》展现了信仰带来的真正的幸福，《杜子春》体现的是学习能力的缺乏和等待的意义，《竹林中》揭示了怀疑中的自我戏剧化及确信中无解的混沌，《诸神的微笑》触及东与西、多神教国家与一神教国家、全球化与全球本土化之间难以消解的矛盾，《一块地》《玄鹤山房》探究家族与老龄问题，《西方之人》的主角是耶稣基督。不胜枚举。芥川的叙述体系和文学战略，保证了文学向现代稳定、和缓又自然地传达信息。更严谨地说，芥川龙之介创造并运用自如地立足于文

---

[1] 人间力，意指并非仅以学历、技能等可见的标准衡量人，而更多地考虑人的综合魅力，其中最重要的是人的道德品行。

本的所谓文学战略。

宫坂觉还提到,村上春树有一篇别具一格的芥川论《芥川龙之介:一个知性精英的毁灭》[1],以新的视角更加简洁地揭示了芥川的魅力。

宫坂觉说,二十一世纪初,发生了两个关联于芥川文学评价的事件,令作家芥川的国际影响力大大增加——其一是2005年3月《芥川龙之介全集》(全五卷)在中国出版;其二是翌年3月,英语文化圈读者众多的企鹅名著系列《罗生门与其他十七个故事》(英国版)[2] 刊行。在这样的背景下,国际芥川龙之介学会"本部日本"[3] 于2006年8月成立,目前在十几个国家会员百数十人。

他说,中国最初真正意义上的日本近代作家全集,正是2005年山东文艺出版社的《芥川龙之介全集》(全五卷),主编高慧勤、魏大海。一年后的3月,时任哈佛大学教授的杰·鲁宾翻译、刊行了企鹅名著系列《罗生门与其他十七个故事》(英国版)。两个事件中,尤其引人注目的是英国版《罗生门与其他十七个故事》中的序文。村上春树执笔,题为《芥川龙之介:一个知性精英的毁灭》。村上春树破格为《罗生门与其他十七个故事》撰序,洋洋洒洒写了十九页。文中指出,芥川文学魅力的支点在于

---

[1] Introduction-Akutagawa Ryunosuke: Downfall of the Chosen.
[2] 即 *Rashomon and Seventeen Other Stories*。
[3] International Society for Akutagawa Ryunosuke Studies.

"音乐性"。村上写道：

> 芥川文学的魅力究竟在哪里呢？在我看来，美点首先在于文章巧妙、质地纯雅。至少那些作为经典流传下来的作品经得起反复品鉴，百读不厌。（中略）"焦点确立"后的芥川文章，论敏锐无人能及，堪谓行云流水。行文酣畅淋漓，充满生命力。

村上春树将芥川龙之介喻为钢琴家，他准确、敏锐地验证了芥川文学。宫坂觉认为，音乐性概念的提出，触及了芥川文学的核心。

最后也想提示，在山东文艺版的《芥川龙之介全集》中，高慧勤主编撰写了十分精到的"前言"，全面论述了芥川的作家经历和文学特质。2012年修订版全集面世时，高慧勤老师已过世。毫无疑问，目前的六卷本精选，基础仍是前述山东文艺的《芥川龙之介全集》。除少数作品重译，基本是"原班人马"。由此，值此新的芥川六卷本出版之际，我由衷地怀念并感激李芒先生和高慧勤老师，两位皆为我的恩师。

同时，也想重提高慧勤"前言"中重要的部分内容，以表达对高慧勤老师的敬重。高慧勤前言中提到，芥川龙之介的创作时间不长，从1914年算起，前后不过十三年。

重要的是，他走的是一条"从书本到现实"的路线。芥川不仅从书中认识人生了解人性，也从书中取材。他毫不隐晦地说，其小说素材"大抵得之于旧书"(《我与创作》)。代表作《罗生门》和《鼻子》，便取材于日本十二世纪的古典故事集《今昔物语》。高慧勤也提到鲁迅早在1923年芥川在世时，就译介了上述两部作品并收入其《日本现代小说集》。高慧勤指出，芥川熟读典籍，从历史故事和神话传说中撷取精华，进而写成立意新颖、精致优美的作品。此外芥川从日本古典故事集《今昔物语》中看出了"野性之美"，认为以"最野蛮、最残酷的方式，描写了古人的痛苦……是王朝时代的人间喜剧"(芥川龙之介《关于〈今昔物语〉》)。高慧勤强调，芥川文学取材历史也取材于现实，他说任何艺术活动都是艺术家"有意识的创造""艺术始于表现亦终于表现""艺术即表现，而所表现者乃作家其人"。高慧勤在"前言"中论及了芥川的诸多重要作品《鼻子》《玄鹤山房》《罗生门》《点鬼簿》《地狱变》《河童》《齿轮》《竹林中》和《一个傻瓜的一生》等，给予了切中肯綮的评价，同时也提到夏目漱石对芥川早期名作《鼻子》的评价："小说十分有趣……不失为上品……令人敬服。像这样的小说，若再写上二三十篇，必将成为文坛上无与伦比的作家。"高慧勤还提到日本作家久米正雄对《鼻子》的评价：既是芥川的处女作也是其"最后"的作品，最为完美最为成功(《鼻子与芥川龙之介》)。高慧勤同时指出，芥川龙之介也熟悉中国的典籍，其小说善于发掘古今人类共有的心理或人性，芥川很有汉文学功底，也成功写出一系列中国题材小说《女体》《黄粱梦》《英雄之器》《杜子春》《秋山图》《南京的基督》《湖南的扇子》等。高慧勤还特别提到芥川对于人性的尖锐而透彻的剖析。她说，芥川本人也曾强调，"事实上我对'人性'表示轻蔑，事实上又喜好关注'人性'的主题。"芥川文学的深刻性也体现在人性丑恶的发现中。

魏大海

2023 年 10 月 10 日识于燕郊

老年

桥场有家茶馆式料理店，店名玉川轩。正在举行一中节[1]的顺讲[2]。

打早开始，天空阴沉沉的。中午总算下起雪来。到了点灯时分，院里松树上防雪的草绳已沉甸甸地压弯了。屋里的火盆暖气烘烘，加上玻璃窗和拉门的双层阻隔，令人昏头涨脑。六金身着青色素底短褂，罩着织金的茶色外衣。不怀好意的中洲[3]大将[4]一把揪住了六金，嘲笑道："嗨！把你的衣服脱下一件。给我擦擦发油。"除了六金，另有三人来自柳桥，还有来自代地做女侍的一个主妇。反正净是年过四十的老家伙。外加小川少爷、中洲大将等人的妻室和一个老头儿，共有六人。男客中有个驼背名叫宇治紫晓，是唱"一中"小曲的师傅。另有七八位良家妇女的男人。其中三人，知晓"三座"[5]戏曲和山王御览节。所以，这些人说起深川鸟羽屋寮的义太夫演习和山城河岸津藤主持的千社札会，简直热闹得炸了锅。

离客厅稍远，有处十五铺席大小的房间尤为宽敞。笼式方形纸灯中圆形的灯球，灯影处处散落在生长着神代古杉的天井中。光线微暗的客厅里，寒梅和水仙柔和地插在古铜色的花瓶中。画轴是太祇[6]的笔迹。黄色的芭蕉布[7]上，古旧的宣纸上下对裁，纸上以纤细的笔迹写着"红果遍山野，深秋归鸟和冬椿"。静寂之中，青瓷制小香炉搁置在紫檀木的台子上，没有香烟，却充满了冬天的气息。

台前不曾铺设地板，却铺了两张毛毡。鲜艳的红色温暖地反射在三弦的鼓皮上，同样也反射在琴师的巧手以及剜有七宝菱状花纹的纤细的桐木谱架上。众人在毛毡的两侧相对而坐。上座是师傅紫晓，次座是中洲大将，再下面便是小川少爷和那些男人们。女人们都坐在相对的左方。右边的尾座，坐着我们将要说到的老人。

老人名叫阿房，前年刚六十一。打十五岁那年起，他便领略了茶屋这儿的好酒。二十五岁是他交厄运的前一年。据说那年，他和年轻的金瓶大黑[8]制造了一个殉情事件。事后不久，他便继承了父母的糖米批发生意。阿房天性笨拙，又有嗜酒如命的毛病，所以一度沦落。他一会儿

---

1 一中节，日本曲艺上方净琉璃的一个派别。
2 顺讲，一中节曲艺的演习会。
3 中洲，东京都中央区、隅田川西岸、新大桥以南填埋地名。建成于江户后期安永年间。
4 大将，玩笑时的昵称。
5 三座，江户时代中期至后期风行的歌舞伎戏曲小屋，形成了日本独有的传统艺能歌舞伎。
6 太祇，江户中期俳句诗人，号不夜庵。诗风谐于世事，高雅、清新。
7 一种蒸布，冲绳、奄美诸岛的特产，用作坐垫、蚊帐等。
8 金瓶大黑，梵妻。僧侣之妻的俗称。

想做歌泽[1]谣曲的师傅，一会儿又想做俳谐诗句的点评人。试过三次，无甚收益，便不了了之。幸好一位远亲领他来到这家料理店，才有了快活的老年生活。依照中洲大将的说法，当年正值盛年的阿房在神田祭的晚上，身着写有"野路村雨"字样的外褂一展歌喉的情景，令他幼小的心灵十分难忘。近来，老人明显地衰老了，他放弃了曾那般喜爱的歌泽谣曲，连一度形影不离的黄莺也不养了。过去每逢唱戏，老人都不会放过。现今没了"成田屋"和"五代目"，老人便也失去了看戏的兴致。今儿破天荒，老人身着黄色的秩父和服，系着茶色的博多腰带，落座于茶屋末席。看那气度，实在不像是个一生放荡、耽于游艺的老人。中洲大将和小川少爷缠着老人："阿房，唱一段板新道的——什么来着……对了对了，《八重次菊》。好久没听那段唱词了。"老人却摩挲着秃头，将瘦小的身体蜷缩起来说：

"不唱了。没心情再唱这个了。"

奇妙的是老人听过两三段，听到唱词"往事如云烟，黑发撩得心中乱"，听得"金线缀得夜来字，襟前沉眠清十郎"等秀雅文句伴着三弦的琴声回旋时，那锈迹斑驳的沙哑嗓音竟渐渐唤醒了老人的心。老人原先弓着身子倾听，不知不觉间却直起腰来。六金唱着《浅间之上》，唱

---

[1] 歌泽，日本音乐的种类名称，三弦音乐的一种。

到"无论是怨还是恋，晚寝温心永不变"一句时，房老眯缝着眼睛，仿佛伴随着丝弦的音响微微地晃动肩膀。一旁看来，老头儿似乎在回味着往日的旧梦。想必在那抑郁的沙哑中，"一中"的歌弦隐含着长歌[1]、清元[2]里难以显现的艳泽。无论是老是少，皆可由此感受到人间的酸甜与苦辣。阿房心中无疑也泛起了超越时空的情感波澜。

《浅间之上》终了之后是《花子》的合奏。阿房说了声"先行一步"，起身离去。恰巧此时中场用膳，你一言我一语好一阵喧闹。中洲大将看到阿房竟已如此老迈，倍感诧异。

"嗨！真是怪事哩。这老房都这份上了，像个守街的老梆子。"

"你上次说的就是他吗？"六金问道。

"师傅我也知道。你小子听着。这老头儿对于曲艺，是无师自通。会唱'歌泽'，也会唱'一中'，甚至唱过什么'新内'小曲。过去他和师傅一样，也曾在宇治师家学艺。"

"驹形的那位'一中'师傅叫什么来着？——是叫紫蝶吗？和那个女人搞到一起，也是在那段时间吧？"小川少爷也插言道。

---

1 长歌，江户时代作为歌舞伎舞蹈伴奏音乐发展而来的三弦音乐。
2 清元，清元节之略。江户净琉璃之一。创始者为清元延寿太夫。

围绕着老房的话题，大家说了半晌。此时柳桥的老伎开唱《道成寺》，客厅这才又寂静了下来。此曲终结，便将轮到小川少爷的《景清》。少爷的屁股在座位上挪了挪，旋即谦恭地站起身来。其实，他是要顺便出来吃个生鸡蛋。他悄悄地来到廊下，中洲大将竟也悄悄地跟了出来。

"小川兄，偷着喝一杯去吧？你唱完就该我的《钵木》了。可不喝酒就是心中没底。"

"我也正想吃个生鸡蛋呢，或是灌上一杯凉酒。跟你一样，不喝酒，心里真是有点儿发虚。"

两人一起解了小手，沿过廊来到上房。不知何处，听得见有人窃窃私语。长廊一边是玻璃拉门。院内竹柏和高野罗汉松上挂满了积雪，微微地泛出蓝色。从阴暗的屋内望去，隔着暗夜中的大河流水，可清数对岸昏黄的点点灯光。大河的上空闪烁着灯光，仿佛一柄银色的剪刀。一只白鸰，孤鸣过后，户外户内一派静寂，连三弦的声音也全然不闻。耳边听到的，唯有埋没柑子树丛中红色果实的积雪声——积雪层层覆盖的声响和积雪滑落八角金盘枝叶的音响。那音响仿佛缝纫针线般的嗫嚅。某人的话音不断消隐在微微的嗫嚅之中。

"小猫饮水轻，看似有音却无声。"小川少爷嘴里喃喃道。他们停下脚步细听时，声音仿佛来自右边的拉门之中，时隐时现，只是听出个大概。

"你这人也真是少见。别那么哭哭啼啼的啦。怎么，真的迷上了纪国屋的小混蛋？——别开玩笑！要你这种老女人干吗？你的麻烦怎样了结呢？唉，问你这些也没用。有你这么个东西，我哪里会有别的女人呢？毕竟咱们相好一场。演习歌泽谣曲那会儿，我唱的便是《己物》。你那时唱的什么呢……"

"像是阿房呀。"

"都这般年纪了还不消停。"小川少爷说。他眯缝着眼睛，小心翼翼地往里瞧。在两个人的幻想中，统统飘逸着脂粉的气息。

屋里灯光昏暗，电灯光竟无影子。三尺平床上部孤零零悬着大德寺画轴，画轴上画的是中国水仙，青翠的嫩芽给人以俭朴之感。白交趾的水盘搁置其下。面对床前熏炉的正是老房。从外面看去，只能看到他的背影。但见那黑色的天鹅绒衣襟下面，披着八丈岛产的薄棉睡衣。

打外面看不见女人的身影。只见藏青、白茶色格子图案的熏炉盖被上，铺展着两三册短歌唱本。还有一只颈项上悬着铃铛的小白猫，在一旁拨弄香盒。白猫的身子一动，颈上的小铃便叮叮作响。那铃声轻微得似有似无。老房的秃头离小猫很近，几乎蹭上了柔软的猫毛。他自言自语地重复着那些秀雅的语句，似乎并无任何对象。

"那时你来了。你说讨厌我说了那样的话。说到艺事……"

中洲大将和小川少爷面面相觑，寂然无语。随后悄然走过长长的廊下,返回客厅之中。

雪花飘飘,没有停止的迹象……

大正三年四月十四日

魏大海　译

青年与死

无需任何背景。两个宦官说着话出场。

——这个月真是,又有六个宫妃要分娩。算一下怀孕的,说不定有几十个呢。

——难道统统不知何人所为?

——全然不知。按说不应该这样呀。后宫那种地方,除了你我这样的,男人进不去呀。可令人惊诧的是,每个月都有宫妃育子。

——是否有什么男人躲在后宫呢?

——我也那么想来着。可不管增加多少守卫,都无法抑止宫妃分娩。

——去宫妃中探听一下,是否会有结果?

——嗨,真是怪了。没少打听。据说,还真是有男人藏在宫里。可是只闻其声,不见其人。

——哦,真是奇怪呀。

——难以置信。对那个奇异的隐身男子,我也知之甚少。不论怎样,总得有个防备良策。你有何高见呢?

——我也一时无良策。反正男人的存在,确凿无疑是吧?

——想来如此。

——那么，能否在宫内撒些细沙呢？那男人总不会从天上飞来吧。只要在地上行走，总会留下足迹的呀。

——嘿！这倒是条妙计。只要他留下了足迹，抓他也就不难。——不知是否奏效。试试吧。

——我马上去办。（两人离去）

一群宫娥抛撒细沙。

——好啦。全都撒过了。

——那边的角落还没有撒到。（撒沙）

——来，过廊里也要撒上一些。（众人离去）

两位青年坐在烛灯之下。

B　到那儿去，已经一年有余啦。

A　时光如梭。一年之前，我已厌倦了唯一存在或至善至美的说法。

B　如今，连"自我"一词的含义亦已忘却。

A　我也是一样。早就告别了优婆尼沙土哲学[1]。

B　那时，我总对生死问题冥思苦想。

A　是啊。当时我们讨论的，都是自己的所思所想。

---

[1] 优婆尼沙土哲学，梵文 upanisad，古印度婆罗门教哲学，主张宇宙本质与个人本质完全一致。

说到思想，如今我等的言行，不知当作何解。

B 对呀。打那以来，我竟然从未考虑过死的问题。

A 说来，这也未尝不可。

B 那些问题，苦思冥想亦不得其解。执迷不悟岂非蠢瓜？

A 可我们毕竟难逃一死呀。

B 一年两年，还死不了。

A 但愿如此。

B 或许我们明日将死。可瞻前顾后，什么好事便都轮不到了。

A 你这说法不对。整天预想着死亡，这种快乐还有什么意义？

B 我才不管什么意义呢。也没必要整日预想着死亡。

A 可这么活着，不是自欺欺人吗？

B 那倒也是。

A 你可以不过这样的生活。你不也是为了摆脱欺罔，才像今天这样生活的吗？

B 不管怎么说，我如今可是没心情思索。你说什么也是白搭。还能怎样活？

A （露出哀怜的表情）听天由命吧。

B 别说这些没味的话了，天又要黑了，收拾收拾出门吧。

A 嗯。

B　去，把那件隐身斗篷给我拿来。(A取过斗篷，交给B。B穿上斗篷，他的身影便消失了。只能耳闻其声)好了，走吧。

　　A　(穿上斗篷，同样消失了身影。仅闻其声)夜露降临了呀。

黑暗。(仅闻其声)
A的声音　好黑呀。
B的声音　你快一点。我都要踩到你斗篷的下摆了。
A的声音　我听见喷泉的声音了哎。
B的声音　嗯。我们已在露台之下了。

暗光之中，女人们全部裸体，有坐姿，有站姿，也有睡姿。
——怎么今晚还不来呢？
——月儿都躲进了云层。
——快点儿来吧。
——平常到这时候，就可以听见他们的脚步了。
——光听见声音，其实更急人。
——是啊。还得接触肌肤。
——开始还挺吓人的哩。
——我那天惊颤了一个晚上。
——我也是呀。

——他说"别怕",是吗?

——是啊是啊。

——可我还是害怕。

——生下他的孩子了吗?

——早就生下了。

——喜欢吗?

——孩子挺可爱。

——我也想做一回母亲呢。

——哎呀,烦死了,我可一点儿不想做母亲。

——为什么?

——唉,你说讨厌不讨厌?我喜欢的只是男人的爱抚。

——那也难怪。

A的声音　今夜华灯初上,你们的肌肤在青纱之中若隐若现,真是美妙绝伦。

——啊呀!是你在那儿吗?

——到我这儿来嘛。

——今夜该到我这儿来呀。

A的声音　你是戴着金手镯的吗?

——是啊。你怎么知道的?

B的声音　那算什么。你的秀发,发出素馨的清香。

——呜。

A的声音　你还是在颤抖呀。

——我高兴呀。

——到我这里来嘛。

——怎么还到你那儿去呢?

B的声音　你的纤手多么柔软呀。

——你永远这样待我,好吗?

——讨厌!今夜为何不来爱我?

——别丢下我。好吗?

——啊!啊!

女人的声音渐渐变为轻微的呻吟,最后便无声无息。

沉默。突然大量的兵士持枪冲了进来。兵士的嘈杂声。

——这里有脚印!

——这里也有!

——看!往那边逃跑啦。

——抓住他!别让他跑了。

骚乱。女人尖叫着四处奔逃。兵士们循着足迹四下搜寻。灯光熄灭。舞台变暗。

A和B身着斗篷出现。相反的方向出现一个男子,戴着黑色的面罩。光线微暗。

A和B　请问来者何人?

男子　你们不会忘记我的声音吧。

A和B　你是谁?

男子　我是死。

A和B　你说什么？

男子　我是死。

A和B　死？

男子　不要大惊小怪。我过去存在，如今存在，将来也存在。说起来，能够称作"存在"者，舍我其谁？

A　那你来此做什么？

男子　我要做的事情，从来只有一件。

B　你就是为此而来吗？啊？是不是为此而来？

A　噢，你是为此而来。我早就等着你呢。我们还是初次见面吧。来吧！索命来吧。

男子　（对B）你也在等着我吗？

B　不，我没有等你。我想活着。求你啦，让我再品尝一些生命的滋味好吗？我还年轻，我的血管里还流动着温暖的血液。求求你，让我再多少领略一些生命的快乐吧。

男子　你也该知道吧，我是从来不听什么哀求的。

B　（绝望的样子）那我是非死不可啦？呜呼！我真的非死不可了吗？

男子　你打记事那天起，就已经形同死尸了。能够仰望太阳时至今日，全是我慈悲赏赐。

B　那可不是我一人的过错。所有的人不都是这样的命运吗？一出生即背负着死亡的重负。

男子　我说的可不是这个意思。在此之前，想必你已忘记了我，根本没有听到我的呼吸。你果真浑然不知吗？你的初衷原本是要打破所有的欺罔，获得快乐。然而，你所获得的快乐不过是另一形式的欺罔。在你将我忘却的日子里，你的灵魂处于饥饿的状态。饥饿的灵魂总在寻找我。显然你想远离我，相反却将我招至身边。

B 呜呼哀哉。

男子 我并非在毁灭一切而是在孕育一切。你忘记了，我是万物之母。忘记了我，也就忘记了生。忘记了生的人，只有毁灭一途。

B 呜呼！（倒地而死）

男子 （笑）愚蠢的家伙。（对 A）没什么可怕的，到我跟前来吧。

A 我在等你。我不是一个懦夫，我不害怕。

男子 你不是想看看我的面容吗？天就要亮了，你可以好好地看我。

A 你就是这般模样吗？我没有想到，你的面容竟这般美丽。

男子 我并非来向你索命的。

A 不，我一直在等你。除了你，我对世事一无所知。我留着这条性命也是白搭。你带我走吧。拯救我于苦难之中。

第三者的声音 不得胡言！好好看着我的面孔。拯救你性命者，乃是你心中有我。然而，我未曾说过你的行为统统正确。你看着我的面孔。你明白你的错误了吗？从今往后，你能否好好地活着，全靠你自己的努力。

A的声音　在我眼中，您的容颜益发年轻。

第三者的声音　（静寂之中）天已放亮，你随我来，去到那无限的世界。

在黎明的光线之中，蒙着黑色面罩的男子与A一同走去。

五六个兵士在拖曳B的尸骸。裸体的尸骸遍布伤痕。

——改编自有关龙树菩萨的民间传说

大正三年八月十四日

魏大海　译

假面丑八怪

吾妻桥旁，许多人凭栏伫立。不时出现一个警察，对着人群叱责。可一会儿工夫，人群又聚集过来。他们来此，是为了观赏桥下通行的观花船。

观花船在退潮的河面上，由下游逆溯而上，每次只有一两艘。这种小船张着帆布的顶篷，挂着红白相间的横向条纹布帘，船头插着旗子，还有古朴风情浓厚的条状旗幡。船上的看客，似乎都是醉鬼。由挂帘的隙间可以看到船上看客的发式，有吉原式亦有米屋式。他们正在"一啊二啊"地划拳，也有的歪着脖子痛苦地哼唱着什么小曲儿。那情形在桥上看客的眼中，真的是非常滑稽。此种观花船配备有伴奏的乐队。通过桥下时，桥上发出了哄笑声。甚至听到有人在喊："傻瓜！"

从桥上望去，河面反射着太阳的光线，就像一块白亮的马口铁。河面时而漂过的蒸汽船，令河面更加炫目，仿佛给河面镀上一层耀眼的横波。在这样平和的水面上，伴随着欢畅的鼓声、笛声、三弦声，各类音响像虱咬一般令人刺痒。土堤的两侧，雾霭般的白色层层叠叠，绵延而去，那便是正值盛期的樱花。在观者云集的栈桥边，停泊着许多和式舢板与小艇。举目望去,大学的船库恰巧遮挡了阳光,好多船体黑黢黢地蠕动着。

又有一艘小船从桥洞下划出。显然也是观花的驿船,与先前通过的几艘小船别无二致。红白相间的帐幔旁,立着红白相间的旗幡,两三个用染着红樱花的毛巾包着脑袋的船夫。他们交替摇动着船橹,力撑竹篙,可是船速仍旧缓慢。帐幔之下坐着的观客,少说也有五十人。船过桥洞前,船上的两柄三弦演奏着《梅春》之类的曲目。一曲终了,突然一个爷们儿在人群中跳起怪异的舞蹈。桥上的观客们哄然笑起来,人声鼎沸。听得受挤的孩子哇哇哭闹,也听见一个女人用尖利的嗓音喊道:"瞧啊!有个人在跳舞呢!"船上,一个尖嘴猴腮的矮个男人,伴着音乐入迷地舞动。

丑八怪脱去了秩父丝绸的外褂,身上仅着一件友禅丝染,配着斑驳花纹的长袖,艳美的内衫时隐时现。但见其黑八丈式衣领皱巴地外敞着,紫色的博多锦带松垮垮耷拉在身后,活脱脱一个醉鬼。他的舞蹈全无章法,只是像神乐堂上的傻瓜一样摆弄姿势,重复着单调的手形。反正汉子的舞姿,不断地显现出醉鬼的憨态。他时而失去重心,仿佛要跌落下船舷。手足的舞动有助他恢复平衡。

汉子的舞姿越发怪异。桥上一阵骚动,发出噢噢的呼喊。人们说笑着评头论足。"看那舞姿,还真有两下子。""这小子哪儿来的?得意忘形了。""不过挺有趣的。瞧,跌跌撞撞的样子。""其实不戴假面跳舞更好。"……交谈的内容大致如此。

此时，或是先前的酒劲儿顶了上来，丑八怪的舞步变得益发怪异，包裹着手巾的头颅，频频地探出船体之外，仿佛不规则的 metronome（机械运动）。船尾的老大感觉担心，两度大声地警示他，可他并不理会。

一艘江轮通过河面，劈出的波浪斜刺里滑过河面，剧烈地晃动着驿船的船底。只见丑八怪那渺小的躯体，被波浪冲击后踉跄地向前扑了三步，好容易稳住了脚跟，又像骤然停止了旋转的陀螺一般，在空中画了个大大的圆圈，四仰八叉地呱唧一声摔在了驿船之中。两条穿着日式针织细筒裤的腿，高高地抛向空中。

桥上的看客见状，又哄然大笑起来。

刹那之间，船上的三弦琴杆亦被折断了。由帐幕的间隙中望去，兴致勃勃的人们一会儿站起一会儿坐下，醉醺醺地喧闹不已。之前的滑稽伴奏，此时无有声息地戛然而止。只听见人们哇啦哇啦的喧闹声。这种嘈杂的喧闹令人难以想象。片刻之后，一个赤脸男子从帐内探出头来，惊惶失措地挥动着双手，慌慌张张地对船老大述说着什么。不知何故，驿船倏忽间打满了左舵，船头向着与樱花方向相反的山宿河岸驶去。

约莫过了十分钟光景，桥上的观客们才听到舞者骤逝的消息。更加详细的情况，刊载在翌日综合新闻栏目中。

舞者名叫山村平吉，骤亡病因是脑溢血。

山村平吉自父亲那辈起，就在日本桥的若松町开画具店。他现年四十五岁，留下了一个满脸雀斑的干瘦婆娘和一个正在军队服役的儿子。日子过得虽然说不上富裕，但比起常人还算过得去。家里还有三四个雇工。据说，在甲午战争前后，他家囤积过大量的秋田绿颜料，大赚过一笔。而此前，不过是一间老铺罢了，并无特别叫得响的品牌。

平吉是个圆脸男人，头顶微秃，眼角挤满小皱纹，莫名其妙地给人一种滑稽的感觉。他对所有人都谦恭有礼。说到嗜好，也就是喜欢喝酒。酒过之后，并没有过分的失态，只是醉酒之后有个毛病，总要癫狂般地手舞足蹈。按照山村本人的说法，以前在浜町丰田的女主人学习神社巫女舞蹈时，自己也曾跟着练习。他说，当时不论在新桥还是在芳町，祭神乐舞都十分流行。当然他的舞蹈并不像他自吹自擂的那般神奇。说得不好是没章法，说得好倒也没有喜撰[1]乐舞那般令人讨厌。其实这家伙心里特别明白，不喝酒的时候他从来不提祭神乐舞之类字眼儿。有人对他说："山村君，给咱跳一段吧。"他马上支吾打岔，借故溜走。但他只要稍稍沾上点儿酒，即刻便将手巾扎在头上，嘴里哼着短笛和大鼓的调子，绷紧腰板，晃动肩胛，跳起

---

[1] 喜撰，歌舞伎的舞蹈之一。

他那假面丑八怪的舞蹈。而且一跳起来，就会得意忘形，哪怕一旁并无三弦的伴奏或歌者的伴唱。

嗜酒的恶果则是几度中风跌倒，甚至一度昏迷。一次是在町内的澡堂，平吉正用清水浇洗身子，却噗地跌倒在搓背的水泥台上。当时只是摔到了腰，约莫十分钟就苏醒了过来。第二次则是倒在家里的库房中。连医生都叫来了，这样那样地忙活了半个钟点光景，总算救了过来。每次出事，医生都再三地嘱咐要禁酒。但在医生的面前决心大，掉过头便当耳旁风。每次都是"就喝一盅"，可喝着喝着就没了谱。过不了半个月，不知不觉又恢复原先的酒量。说起来，他还感觉若无其事：

"啊呀，要是不喝酒，我这身子反而感觉不舒服。"

其实平吉的饮酒，并不像他自己解释的仅为一种生理的需要。从心理方面讲，他同样离不开酒。因为喝了酒，他便感觉增添了一股豪气，在任何人面前都不再唯唯诺诺，想跳舞时便跳舞，想睡觉时便睡觉，谁也管不着。对平吉来说，这是十分重要的一种感觉。可为何这般重要呢？他自己也搞不懂。

平吉只是感觉到，自己一醉酒，就全然变成了另外一个人。当然傻跳傻舞的酒醒之后，熟人碰见时会说："哎，昨晚跳得真棒啊！"此时的他顿时变得十分腼腆："醉醺醺的不成体统。我也记不得昨晚干了些什么。今天早晨睁开眼，好像在梦中似的。"这瞎话编的，真是不高明。实际上现在跳舞也好睡觉也好,他心里都跟明镜似的。不过记忆中的自己和此时此刻的自己,简直是判若两人。若问到哪个平吉是真正的平吉,他自己亦全然不晓。醉酒自然是一时性的,多数时间应当是清醒的呀。那么是否不醉的平吉才是本真的平吉呢?奇怪的是,要想让他说出这个答案,简直难上加难。因为平吉令人感觉十分反常的时间多数都是在他醉酒之后。瞎跳乱舞算不得什么,他还糟践鲜花,挑逗女人。简直无法用文字来表达。他本人也认为,那不是自己正常时的所作所为。

据说有个双头神仙叫做 Janus[1],无人知晓他真正的头颅是哪颗。平吉似乎与之相像。

就是说,凡常时的平吉和醉酒时的平吉迥然不同。像常时的平吉那么会撒谎的人寥寥无几。平吉自己也常常这么认为。当然这绝不等于说,平吉的撒谎有什么得失的算计。他撒谎,但几乎从未意识到自己在撒谎。谎话出了口,自然也会意识到不好。但在当时的现场,他却全然没有时间预想到结果。

平吉不明白,自己为何好端端的非要扯谎。其实他并不想说谎。但当他与人谈话时,谎言却自然而然地脱口而出。这种状况,并未给他带来什么痛苦。他自己也并不觉得自己干了什么坏事。每天,平吉还是在若无其事地

---

[1] Janus,罗马神话中的门神,有前后两个头颅。

说谎。

平吉说过，十一岁那年曾在南传马町的纸店里做工。店里的老爷执迷于大法华经。每天的一日三餐，他都要在饭前唱颂七字"南无妙法莲华经"。然而就在平吉来店里的两个月之后，店里的老板娘却因一时的偶然冲动，抛下一切偕同店里的年轻伙计逃往了他乡。纸店的老爷信奉法华经，原本是为了一家的安稳，然而他的信念却没有发生任何效用。据说当时的家里真是炸了窝。老爷忙不迭地更换信仰，将帝释天的神座放入河中，又将七面鸟的神像放在炉灶里焚烧。

二十岁之前，平吉一直在这里帮佣。他时常将店里的账务置于脑后，独自溜出去玩耍。此间，他也曾有过令他颓丧的回忆。一个相好的女人拉他去殉情，结果他找了个借口溜之大吉。听说过了大约三天之后，那女人又跟一个装饰店的匠人殉情而死。说是因为相好的男人看上了旁的女人，气不过非要拉个替死的一块儿寻死不可。

到了二十岁，父亲过世了，他便跟纸店的老板告了假，返回了家乡。半个月光景后的某一天，打他父亲时代沿用至今的掌柜想请少爷帮忙写一封信。这掌柜五十有余，耿直本分，当时右手的手指受了伤，连笔都无法握住。他要写的只有一句："万事如意，近期前往。"收信人是位女性。有人打趣说："干吗躲躲藏藏的呀？"掌柜回答："这是老朽的姐姐。"过了三天，掌柜说要去拜访主顾，离家出走了。打那之后竟杳无音信。查账的时候才发现，账面上出现巨大的亏空。信件自然发给他那相好的女人。而接手此等苦差的，只有平吉这样的傻瓜……

这些统统都是谎言。平吉的一生（众所周知）除去了这些谎言，想必便空空如也。

今日，平吉在町内的观花船中，跟伴奏的哥儿们借来了丑陋的假面，登上船舷，像往日一样卖劲儿地舞蹈起来。接着便像前面写到的那样，舞蹈之中跌入船内猝死。船上的人们都吓坏了。而受到最大惊吓的是一位清元净琉璃的师傅，平吉的躯体竟然坠落在他的头顶上，接着又从他的头顶滚落到船舱里摆放紫菜卷和煮鸡蛋的红毛毡上。町里一个长者以为平吉又胡闹，发自内心地忠告说："不要胡来。真要摔伤了怎么办呢？"而平吉却一动不动。

此时，长者身旁的理发匠老爹感觉有些不对劲儿，用手拍拍平吉的肩膀，呼唤道："嗳！你醒醒……醒醒呀！……怎么啦？"平吉却没有任何反应。握握他的手指，冰凉。老爹和长者合力抱起平吉，人们脸上露出不安的表情，纷纷围拢到平吉的身旁。"嗳！你怎么啦？……你……醒醒呀……"理发匠老爹的呼唤变成了尖利的叫喊。

假面之下，一个微弱的声音传到老爹的耳中。那声音微弱得像呼吸。"假面……把假面……拿下来。"长者和老爹颤抖着双手取下了头巾和假面。

然而假面下面的平吉的面容，已经和往日截然不同。小个儿的鼻子塌陷着，嘴唇失去了血色，苍白的脸上流着油汗。一眼看去，谁还能想到这就是那个说话风趣、充满滑稽魅力的平吉呢？永远不变的只是那具丑陋的假面。尖嘴猴腮的假面横置在船舱里的红毛毡上，用一副懵懂的神态仰视着平吉的面容。

大正三年十二月
魏大海　译

仙 人

上

故事的年代不详。说是中国北部城市间走街串巷的一个街头艺人,名叫李小二。他的营生是"老鼠演戏",所有家当只是一个装着老鼠的口袋、一只装有戏装和面具的箱子,外带一个临时性的小舞台。

遇上好天气,他便来到十字路口人来人往的地方,肩上扛着那架小舞台,然后敲起鼓点,唱起戏来。城里的人们爱看热闹,大人、孩子们听见音响,便纷纷聚近前来。不一会儿观者便围起了一堵人墙。李小二从口袋里取出一只老鼠,给它穿上戏装,戴上面具,然后令其由舞台的暗道里登场。老鼠戏角儿似乎早就习以为常,它急匆匆地走上舞台,将那丝绢一般闪光的尾巴煞有介事地晃了晃,然后小心翼翼地仅用两只后足站立起来。印花布装下露出的两只前足,翻出的脚掌微微泛红。……这只老鼠出演的,不过是之后老鼠杂剧中的所谓"楔子"。

观客里的孩子们可高兴了,一开场便拼命鼓掌。大人的脸上却没有表情。这种破戏有什么看头?有人冷冷地叼着大烟袋，有人则一根一根地揪扯鼻毛，反正多以轻蔑的表情，凝视着舞台上来去周旋的老鼠角色。伴奏的戏曲时而变换，各式鼠角儿纷纷由暗道登场。有穿着锦缎碎片衣装的正旦，也有戴着黑色假面的净角儿。它们一面翻转腾跃，一面伴着李小二的唱词与道白，做出各式动作。此时观者的兴头儿总算提了起来，周围人群中有人发出"好！好！"的叫喊声。还有人喊道："大声唱！"李小二也越发兴奋起来，敲着急促的鼓点，指挥所有的鼠角儿登场。"沉黑江明妃青冢恨，耐幽梦孤雁汉宫秋。"破题唱词一出口，舞台前面的那只破盆中，眼见着便堆满了铜钱……

然而靠这种营生糊口绝非易事。遇上十个八个阴雨天，就得饿肚子。夏天麦熟时节之后，时常进入降雨期。那些小戏装和面具，不定何时便会霉点斑斑。冬天时而刮风时而下雪，生意也会经常泡汤。这些倒霉的时候，小二也想不出什么办法，只好窝在阴暗的客栈角落里，守着那帮老鼠排遣郁闷。这种不安定的流浪生活，他早已过得不耐烦。小二共有五个鼠角儿。他将自己家人的名字，分别安在了五个鼠角儿身上。其中有父亲、母亲、妻子和两个不知去向的儿子。这些小鼠角儿有时一只只爬出口袋，在没有炉火的房间中战战兢兢地走动，或由小二的足尖爬上膝盖，做着危险的杂技动作，且用小玻璃球似的黑眼睛，盯望着主人的脸。此时此刻，即便是饱经风霜的李小二，也免不了热泪横流。但更多时间，他无暇顾及那些可怜的鼠角儿。他要惦记明日的生活，也会常常因为要压抑心事，产生莫名其妙的怨恨与烦躁。

年龄日增，身体也每况愈下，哪儿还有力量去做其他生意呢？就连曲调较长的戏词，他都唱得上气接不了下气，嗓音也不如过去那般清亮。这种状态下，谁能担保不出问题呢？……这种不安，仿佛中国北部的冬天，在凄惨的艺人心中遮断了仅有的阳光和空气，也将最终仅有的一线希望残忍地掐断了。他只希望像普通人一样活着。活着为何这么苦？这么苦为何还要活着？当然李小二从来没有考虑过这样的问题。但他仍旧感觉这种苦难是不公平的。在他的无意识中，他憎恨那种苦难的根源……实际上他并不知道根源在何处。也许李小二那种漠然的、反抗一切的情绪，正是他无意识中的憎恨之源。

尽管如此，李小二仍像所有东方人一样，不愿在命运的面前屈服。一个风雪之日，小二在客栈的居室中饥肠辘辘。他对五只老鼠说道："忍着吧。我也是腹中空空。多么寒冷的天气。反正要想活着，就得受苦。没什么奇怪的。其实，我们人类比你们鼠类，苦难更加深重呀……"

雪日的天空阴沉沉的。不知不觉间，变成了夹杂着雪花的寒雨。一个酷寒的冬日下午，狭窄的小路上泥泞没胫。李小二走在卖艺的归途。他肩上挎着装有老鼠的口袋，可怜的是忘记了带伞，浑身上下淋了个透湿。这里已经没有道路，处于城市的边缘。路边突然出现了一座小小的破庙。这时候，雨雪下得更大了。小二抱紧肩膀往前走，鼻尖上滴着水珠，雨水顺着衣领往里流。小二走投无路。恰巧此时出现了小庙，他便慌不迭地跑到了屋檐下。他擦了擦脸上的雨水，挤了挤湿透的袖口，总算松了一口气。他抬头望了一眼庙上的匾额，但见写有"山神庙"三字。

他走上入口处的几个石阶，山门虚掩，看得见庙内的景象。里面不像他所想象的那般宽敞。正面的一尊金甲山神，尘封于蛛网之中漠然地等候夜黑。山神右边是一判官。不知是何人作孽，判官没了头。左边是一小鬼，绿面朱发，面相狰狞，小鬼则没了鼻子。在神像前面布满灰尘的供案上，堆放着许多纸钱。昏暗的光线中原本难以分辨。小二根据那微微的闪亮，料想有金纸还有银纸。

小二看到的只有这些。随后他的视线由庙内转到了庙外。适逢此时的刹那之间，纸钱的堆积中出现了一个人形。实际上，那个人原本就蹲在纸钱之中，只是小二的眼睛刚刚适应了昏暗的光线，那人才突然现形罢了。小二就觉得，那人是突然由纸钱堆里钻出来的。小二感觉毛骨悚然。他战战兢兢地以一种似看非看的表情，无言地窥视着那个人。

那是一个丑陋的老人，身着肮脏的道袍，头发乱得像鸟巢。（哈哈，李小二心想，原来是个叫花子道士呀！）道士的双手抱住自己瘦削的膝盖，并将生着长须的下颔抵在膝盖上。他睁着双眼，却不知看向何方。他的道袍也湿唧唧的，显然也被雨雪淋过。

李小二见到那个老人，只觉得应当凑近前去搭话。理由有两个，一是看见老人淋得像个落汤鸡，同情之心油然而生；二则出于人情世故，不知何时养成了主动问候的习惯。也许，这里或多或少还有一个原因，即要努力忘却当初令人生惧的那般心情。于是李小二近前搭话说：

"这天气真是恼人咧。"

"是啊。"老人自膝盖上抬起下颌，总算仰脸望了望小二。他夸张地翕动了几下鸟喙一般弯曲的鹰钩鼻，紧蹙着双眉望着李小二。

"像我这样的生意人，遇上下雨天，真是哭都来不及。"

"哦，你做的什么生意？"

"耍鼠戏的。"

"这活儿不大听说呀。"

两人就这样一问一答地聊了片刻。说话间，老人亦由纸钱堆中站起身，和小二一起坐在了庙门附近的石阶上。此时，他的容颜清晰可辨，给人的感官冲击却更加强烈。他简直是形同枯槁。而即便如此，小二仍感觉遇见了谈话的知己。他将口袋、道具箱等往石阶上一撂，就像与同辈人一样，聊起了种种话题。

道士寡言少语，半天也没一句应答。每次都"是吗"

"是啊"的简略短句。没了牙齿的嘴巴呱唧呱唧地嚅动,仿佛在咀嚼着空气。只见他牙根近旁,脏兮兮的黄胡子随着咀嚼上下活动,那模样简直丑陋不堪。

李小二觉得,和这个老道士相比,自己无论从哪个方面讲,都是生活优越者。当然,这样一种感觉也会令他愉快。与此同时,李小二又莫名其妙地感觉到,自己这种优越感中也带着对于老人的内心歉疚。歉疚的心情令李小二有意将话题转移到自己的生活苦难上,且将那般生活的苦难故意地加以夸大。

"真的,我的生活苦不堪言,经常都是一日三餐没有着落。最近我常常苦苦思量,真的是我在靠老鼠戏班子混饭吃吗?还是老鼠戏子们在支配着我,靠我来谋生呢?实际上是它们在靠我呀。"

李小二心中怃然,连这样的话都说了出来。然而道士的表情却毫无变化,仍旧默然无语。小二此时的神经已大大地松弛下来。(师傅,你是否感觉我说的事情恍若隔世?我是否多嘴多舌啦?也许不该说这些……)小二在心中这样子责怪自己。他偷偷地用余光瞟了一眼老人,只见道士的脸庞朝着小二相反的方向,盯视着庙外的雨中枯柳,且用一只干手不断地梳理着自己的长发。他的面容无法看见,但那副姿态似乎表明早已看透了小二的心思而不屑于搭理。想到这儿,小二感觉到些许不快。当然更多的是对于自己的不满。自己竟然无法充分地表达自己的同情之心。接下的话题转到年内秋季的那场蝗灾。他是想由本地遭受的惨重灾害，说到所有农家的贫穷与困苦，进而证明老人的穷苦状况并非个案。

话才说了一半，老道士转过头来看着李小二。他那皱纹叠合的脸部肌肉给人以紧张之感，仿佛在抑制着自己的荒诞感觉。

"你说这些，是在同情我吧？"

老人说完，到底憋不住，哈哈地放声大笑起来。那笑声尖利、嘶哑，像乌鸦的叫声。

"我哪里是缺钱花的人哪？你要是需要，你的生活费用我可以给你呀。"

小二的话说至半道儿，只是茫然地望着道士的面容。

"这家伙是精神病？"

小二哑口无言地怔了片刻，心中总算得出了这么一个结论。然而这个结论很快就被老道士之后的话语摧毁了。

"要多少？千镒[1]？两千镒？现在就可以给你。其实呀，老朽并非凡人。"

老人简略说到自己的经历。他说自己原是某地城镇的屠夫，偶遇吕祖，转而修道。说完道士静静地站起身来，走进庙中。他一只手召唤着小二，另一只手将地上的纸钱拢归一处。

---

[1] 镒，秦始皇时期的通用货币，有说法二十两或二十四两为一镒。

李小二此时仿佛失却了五感，木然地跟随着走进庙中。地上全是老鼠的粪便与灰尘，小二双手着地匍匐着，抬起头仰视着老道的面容。

　　道士痛苦地伸展着弯曲的腰肢，用双手将拢在一处的纸钱，从地面上捧了起来。然后用两只手掌搓揉着，迅疾地撒在脚下。只听得丁丁当当一阵响，瞬间压住了庙外的寒雨声。撒下的纸钱在离开双手的瞬间变成了无数的金钱和银钱……

　　李小二在这钱雨之中，一动不动地趴在地上，始终木然地仰望着老道的脸庞。

下

李小二意外成就陶朱之富[1]。时常有人怀疑神仙的存在，每逢此时，小二便将当时老人写下的四句箴语展示出来。记得在很久以前的哪本书中见过这样几句话。遗憾的是作者忘记了原本的说法，只有将中文大致的意思翻译成日文，并将它作为这个故事的结尾。据说这也是李小二探寻的一个答案——仙人为何扮作乞丐。

"人生有苦当求乐，人间有死方知生。脱得死苦太平淡，凡人面之胜仙人。"

或许，仙人乃是留恋人间的生活，才特意四下漫游，自寻苦难。

大正四年七月二十三日

魏大海　译

---

[1] 陶朱之富，指累积财富可比陶朱公。陶朱乃历史上弃政从商的陶朱公范蠡。

罗生门

某日黄昏,一个仆人在罗生门[1]下避雨。

宽阔的罗生门下,仆人孤零零地伫立着。粗大的门柱朱漆斑驳,柱上趴着一只蟋蟀。罗生门位于朱雀大街。本应有两三位或是头戴遮雨的仕女斗笠,或是顶着揉乌布帽[2]的人。可罗生门下唯有仆人。

两三年来,京都的灾害连续不断,地震、狂风、大火、饥馑,此起彼伏,搞得京都城里异常凋敝萧条。据说许多佛像、佛具已被砸碎,涂着朱漆或镶有金箔银箔的木料堆积路旁当作柴火卖。京都城里都是这副模样,罗生门的修缮当然不会有人顾及了。罗生门的荒敝倒是便宜了狐狸,它们开始做窝于此。盗匪也会不时地来此落脚。末了人们还养成了一个习惯,但凡遇见无人认领的死尸,便会弃置在罗生门上。现如今太阳下山之后,给人阴森可怖的感觉,便不会有人到罗生门一带行走。

相反大群的乌鸦不知由何处汇聚于此。昼间,无数乌鸦在空中盘旋,围绕着罗生门的鱼尾檐饰飞翔,嘴里呱嘎叫个不停。特别是当罗生门上空被晚霞映红时,一只只乌鸦显现得明晰可辨,仿佛天幕上撒下的一把芝麻。当然,乌鸦是来啄食门上死人肉的……今日天色已晚，看不见一只乌鸦踪迹，只在那崩塌的间隙里长满青草的石阶上，白点斑驳地粘着许多乌鸦的粪便。石阶共有七层。仆人将褪色的藏青色袄襟垫于身下，坐在最高一层的石阶上。他带着木然的表情盯着下雨的景象，且轻轻用手摩挲着右侧脸庞上生出的面疱。

作者写道"仆人在等雨停"，而此刻即便雨停下来，仆人仍旧无事可做。若是平常，他自该回到主人家中。可是现在，四五天前已被主人扫地出门。如前所述，当时的京都城里凋敝不堪，眼前这仆人，被侍奉多年的主人辞退，也是京城凋敝的小小余波。所以，与其说"仆人在等雨停"，不如说"困于雨中的仆人无处投身，穷途末路，且今日的天空景象，也大大影响了这平安朝仆人的 sentimentalisme（感伤）。起于申时的降雨，仍无停息的迹象。仆人此时感到烦心的，乃是明日的生计。就是说在这走投无路的境况下，总得想个办法才是呀。仆人不着边际地胡思乱想，神情恍惚地倾听着朱雀大街没完没了的降雨声。

大雨笼罩罗生门。雨声哗哗由远及近，令人心烦。晚霞渐渐压低了天空。仰脸望去，罗生门斜刺里探出的屋檐支撑着沉重、暗淡的阴云。

---

1 罗生门，由日本平安京、平城京时代"罗城门"演化而来的称谓。
2 揉乌布帽，一种软布帽，始自镰仓时代，多戴于军阵将士头盔下。

穷途末路中只想着摆脱困厄,哪还顾得上选择手段?挑三拣四,就只有等待饿死在墙边或路旁,或被抬到罗生门上像野狗一样被人丢弃。仆人的思绪在相同的路径中徘徊,最终撞入了逼仄的窄巷。"假定",永远是"假定"。仆人似已肯定了所谓的不择手段。但要确认"假定"的方向,他还缺乏勇气。自己将于"无奈之中沦为盗匪"?他不敢做出积极的肯定。

仆人打了个大大的喷嚏,而后无精打采地站起身。晚间寒冷的京都,已是围聚火盆的季节。薄暮之中,寒风在罗生门的门柱间无情地穿行。栖息于红漆门柱上的蟋蟀,此时已不知去向。

仆人的藏青色外套里,是一件棣棠花面料的汗衫。他紧缩脖颈,高耸双肩环顾着罗生门四周。他多想找一个避风雨、没人烟的地方,舒舒服服睡一晚。倘可如愿,他要一觉睡到天亮。说来也巧,他突然看见了登上罗生门城楼的梯子。梯子很宽敞,上面也涂有红漆。仆人心想,上面即便有人,也都净是些死人。他紧握鞘内的圣柄战刀,穿着草鞋的双脚迈向了楼下的第一个阶梯。

须臾,在通向罗生门楼上的宽阔楼梯中段,一个男人猫也似的蜷身屏息,窥测着楼上的状况。楼上泄露的火光,微微照亮了男子右侧的脸庞。短硬颌须的脸庞上,泛现出红色脓肿的面疱。仆人方才有些掉以轻心,以为楼上只有死人,而登上了几个阶梯才发觉,楼上有人点着灯火。火光不住地四下晃动。昏黄、浊暗的烛光闪烁着，照亮了蛛网密布的天井角落。无可置疑，在这样一个风雨夜，来罗生门城楼点燃烛光者定非等闲之辈。

他像壁虎似的蹑手蹑脚，总算爬上了陡峭楼梯的最高一层。他竭力猫低腰，抻长脖子，战战兢兢地窥望楼内。

果不其然，正像外面传说的，楼上乱七八糟抛弃着许多尸骸。火光照见的地方异常狭小，看不清到底有多少尸体。朦胧之中可以断定的，只是有的裸体，有的着衣。当然有男也有女。仆人疑惑地观望着，甚至不能判定这些尸骸曾经有过生命。尸骸横七竖八地丢弃在地板上，就像一堆泥土捏成的玩偶，有的张大了嘴巴有的高举起双手。朦胧的火光照耀在肩膀、胸脯等高耸部位，低平部位则益发暗郁，像哑人一样持续在恒久的静寂中。

尸骸散发出腐烂的恶臭，仆人不由得捂起鼻子。可刹那之间，他又忘却了掩捂鼻子。一种异常强烈的情感，仿佛完全剥夺了仆人的嗅觉。

突然，仆人看见尸骸中蹲着一个人，一个白发老妪，瘦骨嶙峋，身材矮小，身着丝柏皮色衣物，像是一只猴子。老妪手持燃火松枝，直勾勾注视着一具死尸的脸庞。那死尸头发很长，像是一具女尸。

仆人揣着六分恐惧四分好奇，一时间忘却了呼吸。借用一位旧时记者的形容，那感觉真是"毛骨悚然"。老妪将松枝插在地板缝隙间，双手捧起眼前的尸骸脖颈，像母猴在为小猴捉虱子，一根一根地顺势揪拔长发。

看着老妪揪拔头发的模样，仆人心中的恐惧竟也渐渐地消失了。与此同时，仆人心中一点点积累起对于老妪的强烈憎恶。——不对，说是憎恶老妪或为一种语病。毋宁说，那是与时俱增的、对于所有邪恶的强烈反感。仆人伫立门下时苦思冥想的，是或饿死或为盗的二者择一。然而此时再要提及那般选择，仆人将毫无迟疑地选择饿死。仆人憎恨邪恶的心情，就像老妪插在地板上的松枝熊熊地燃烧起来。

仆人并不知晓老妪为何揪拔死尸头发，自然也无法合理地辨其善恶。仆人只是觉得，在这风雨之夜的罗生门上揪拔女人头发，肯定是无法容忍的一种邪恶。仆人早已忘记自己也曾打算去做强盗呢。

突然间，仆人的两腿一使劲儿，便由楼梯跃上了顶层。他手握圣柄大刀，大步走到老妪身旁。老妪自是大吃一惊。

看见仆人，老妪仿佛惊弓之鸟跳将起来。

"老东西！哪里跑？"

老妪惊慌失措中被尸骸绊了一下，爬起身又要逃。仆人挡住老妪去路。老妪推开仆人，试图脱身。仆人再次挡住通路，将老妪推回原处。两人在尸骸中一言不发地扭打了片刻，胜负了然。仆人一把抓住了老妪的手腕，粗鲁地将她扭倒在地。那手腕细得皮包骨头，像一根鸡爪。

"你在干什么？说！再不老实，当心这……"

仆人松开老妪，噌地退去了刀鞘，将白色的钢刃逼放至老妪眼前。老妪一言不发，双手哆嗦，浑身战栗，且耸动肩膀喘着粗气。她瞪大了两眼，像个哑巴似的拒不回答，两只眼睛的眼球像要掉出眼眶。眼前的这般状况，令仆人明确意识到自己的意志完全支配着老妪的生死。这种意识使此前凶暴燃烧的憎恶无形间冷却下来，余下的只有圆满完成一项工作后的坦然、得意和满足。仆人俯视脚下的老妪，语调稍微变得柔和了些。

"我不是衙门差役，过路，正好路过罗生门。你放心，我不会用绳子把你捆到官府里去。但你必须告诉我，你在罗生门上干的是什么营生。"

听了这话，老妪圆睁的双眼瞪得更大了。她直勾勾地瞅着仆人的脸庞，眼眶是红色的，尖利的目光像只食肉恶鸟般逼人心魄。她的脸上满是皱褶，和鼻子几乎连为一体的嘴唇咀嚼似的蠕动着，细长脖颈下的尖耸喉结也在运动。老妪喉咙里喘出粗气，昏鸦嘶鸣似的声音传到了仆人耳中。

"我揪这头发，揪这头发……是用作假发。"

仆人没有想到老妪的回答如此平常，不由得失望。在感觉失望的同时，先前的憎恶连同冰冷的轻蔑，重又兜上了仆人心头。仆人的脸色变了。老妪也看在眼里。她一只手仍旧握着死尸头上揪下的头发，嘴里像蟾蜍一样咕哝着。

"当然啦，揪死人头发也许是作恶。但是揪罗生门上的死人头发，有何相干呢？就像刚才被我揪下头发的女人，什么坏事儿没干过哪？她将死蛇切成四寸一段，晒干后说是干鱼，竟卖到了武士阵前。要不是得了瘟疫送命，她如今还在干那营生。都说女人卖的干鱼味道鲜美，武士们喜欢。其实我并不以为那女人做的营生有什么不好。那也是没有办法呀，总比饿死了好吧。我也不觉得自己做了什么坏事。不这样，我也就只有等着饿死啦。我想那个女人心知肚明，我这样做全是出于无奈，所以她会原谅我的。"

老妪嘟嘟囔囔说了这些话。

仆人将大刀插入鞘中，左手按着刀柄，冷冷地倾听老妪述说。当然他的右手挡在赤红的面颊上，不想让人看见鼓起脓疡的大面疱。听着听着，仆人的心中鼓起了勇气。方才于罗生门下，仆人缺少的正是此般勇气。这勇气，比之方才爬上顶楼捕捉老妪的勇气却是截然相反。仆人已不再为饿死、为盗的两难选择而烦恼了，在他此时的心情或意识中，饿死的选择又完全剔除在外了。

"别无选择了吗？"

老妪说完之后，仆人带着嘲弄的口吻问道。他往前走了一步，右手突然离开了面疱，一把揪住老妪的衣襟，凶狠地说道：

"那我要剥去你的衣服,你不会怪我吧?要不这样,我也会饿死的呀!"

仆人三下两下揪下了老妪的衣物,将踉跄的老妪一脚踢进了尸骸堆中,然后三步五步跨到楼梯口,将丝柏皮色的衣衫夹在腋下,跃入陡梯下的夜幕之中。

过了一会儿,仿佛死人的赤裸老妪从尸骸堆中爬起身,口中发出呻吟般的嘟哝。火光仍未熄灭。老妪在火光中爬至楼梯口。她的白色短发倒悬梯旁,窥测着罗生门下一片黑洞洞的夜幕。

仆人的去向无人知晓。

大正四年九月
魏大海　译

鼻　子

说起禅智内供[1]的鼻子，池尾一带无人不晓。它足有五六寸长，从嘴唇上方一直垂到下巴。那形状，上下一般粗，酷似一根细长的香肠从脸庞的正中间耷拉下来。

内供已经年过半百。从当小和尚开始，一直到升任内道场供奉的今天，这个鼻子始终是一块心病。当然，表面上还要装出一副若无其事的样子。这倒不仅仅因为觉得自己应该是一个一心向往来世净土的僧侣，不能把鼻子的事情放在心上，其实是不愿意别人知道自己一天到晚对鼻子耿耿于怀。平时谈话，他最怕提"鼻子"二字。

内供讨厌鼻子有两个原因：一个是鼻子长，的确不方便。首先，没法一个人吃饭。一个人吃饭，鼻尖就会杵到饭碗的米饭里。于是内供吃饭的时候，就让一个徒弟坐在矮餐桌对面，用一块大约一寸宽两尺长的木板，把自己的鼻子托着掀起来。但这么个吃法，无论对徒弟还是对内供，都绝非轻而易举之事。有一次，中童子[2]替那个徒弟来托木板，不料打了个喷嚏，拿着木板的手一抖，内供的鼻子便掉进粥里。这件事还传到了京都。但这还不是内供为鼻子苦恼的主要原因，他真正痛苦的是鼻子使自己的自尊心受到了伤害。

池尾町的人都说禅智内供幸亏离俗出家。长了这么一个大鼻子，有哪个女人肯嫁给他啊。甚至有人妄加推测，说内供就是因为这个鼻子才出家的。但内供并不觉得自己当了和尚，就减少了几许鼻子带来的烦恼。内供的自尊心会被是否能娶上妻子这一本来就不可能的事实所左右，实在是因为他过于敏感。为此，他打算从积极和消极两方面恢复受到伤害的自尊心。

内供首先想到的方法，是让别人眼中的鼻子显得比实际小一点儿。于是没人的时候，他就对着镜子，从各个不同角度反复照看，细心琢磨。有时觉得光是变换脸的位置还不够理想，便一会儿支起腮帮，一会儿托着下巴，不厌其烦。但不论怎么摆弄，鼻子看上去从来没有缩短到让他满意的程度。甚至有时觉得，越是煞费苦心，鼻子看上去反而显得越长。每当这时，内供就把镜子放回匣子里，无奈地叹口气，不情愿地回到桌旁开始诵读观音经。

内供还不断注意别人的鼻子。池尾寺是僧侣经常讲经的地方，寺院里僧房鳞次栉比。僧人每天都在澡堂里烧水。所以到这里来的僧人和俗人形形色色，什么人都有。内供耐心地观察他们的脸，若发现有一个人长着和自己一

---

1 禅智，民部少辅行光之子。内供，即内供奉僧，广义指被选拔侍奉宫中内道场，担任法会、讲经等职责的十个高僧。
2 中童子，在寺院打杂的十二三岁的儿童。

样的鼻子，心里便稍微得到一点儿安慰。在他眼里，根本就没有什么深蓝色绸衣或白麻单衣，对平时看惯的橘黄色帽子和深灰色袈裟更是视若无睹。内供不看人的模样，只看鼻子。可他看来看去，鹰钩鼻子倒是有，像他这样的鼻子一个也没有发现。每每如此，心里不由得逐渐气恼起来。心中不快，他才会一边与人说话，一边不由自主地捏着垂下的鼻头，没有出息地满脸涨红起来。

最后，内供甚至想从佛经以及其他书籍里寻找出一个长着和自己一样鼻子的人物，也好排遣一下心头的苦闷。但没有一部经典记载目犍连[1]或舍利弗[2]是长鼻子。当然龙树[3]、马鸣[4]两尊菩萨的鼻子也和常人没什么两样。内供听别人讲中国的故事，听到蜀国的刘备长耳垂肩，心想要是鼻子的话，自己将会得到多大的宽慰啊。

内供一面这样费尽心机地采取消极的方法，同时不言而喻，也采取积极主动的方法。他试图缩短鼻子，几乎试过了所有的方法。他喝过王瓜汤，还往鼻子上抹过耗子尿，可统统都不管用，那个五六寸长的鼻子依然故我，照样耷拉在他的嘴唇上面。

一年秋天，内供的弟子上京都办事，想起内供之事，

---

1 目犍连，释迦牟尼的高足之一。
2 舍利弗，释迦牟尼的高足之一。
3 龙树，公元前三世纪南印度的大乘佛教的倡导人。
4 马鸣，公元前三世纪西印度的大乘佛教的理论家。

便从一位认识的大夫那里讨到一个缩短鼻子的秘方。那位大夫来自中国，当时在长乐寺当供僧。

内供照样装出一副对鼻子满不在乎的样子，故意不说马上试试这个办法，可又以漫不经心的口气说，每次吃饭的时候总要麻烦弟子，心里过意不去。他内心是盼望弟子劝说他试一试这个方法。弟子也明白内供的苦心，虽有些许反感，但内供的策略毕竟赢得了弟子更多同情。弟子终于开口，极力劝说内供试用此法。内供也在弟子的热心劝说下表示了同意。

这个秘方其实非常简单：先把鼻子泡在热水里，然后让别人用脚踩。

寺院的澡堂每天都烧水。弟子立刻到澡堂提回来满满一桶烫得伸不进手的热水。但是这样把鼻子直接放进去，弄不好蒸汽会烫伤脸，于是便在木托盘上开了个窟窿，盖在水桶上，鼻子从窟窿眼儿伸进热水里。鼻子泡在热水里，竟然一点儿也不觉得烫。过了一会儿，弟子说：

"烫好了吧？"

内供不由得苦笑一下。他想，光听这句话，恐怕谁也想不到说的是鼻子吧。鼻子被热气一蒸，像被虱子咬一样发痒。

内供把鼻子从木托盘的窟窿眼里抽出来，弟子就开始两脚用力地踩踏这热气腾腾的鼻子。内供侧身躺着，鼻子摊放在地板上，看着弟子的两只脚在自己的眼前不停地上下踩踏。弟子的脸上不时露出愧疚的神色，低头看着内供的秃顶，说道："痛吗？大夫说要使劲踩，可是……痛吧？"

内供想摇头表示不痛，可鼻子被弟子踩在脚底下，脑袋瓜动弹不得。他只好翻开眼睛，看着弟子皲裂的脚丫，用气鼓鼓的声音说：

"不痛。"

其实鼻子发痒的地方被踩，感觉还挺舒服。

一会儿，鼻子上出现了许多小疙瘩，整个形状活像一只拔了毛准备烧烤的小鸟。弟子见状，停止踩踏，自言自语般地说：

"大夫说要用镊子拔。"

内供似乎不高兴地鼓起腮帮，一声不响地任凭弟子摆布。他心里当然明白弟子是出于一番好意。可不管怎么说，自己的鼻子像一个物件似的由别人随意摆弄，心里总是不愉快。就像自己信不过的医生给自己动手术一样，内供显出极不情愿的表情，看着弟子用镊子从鼻子的毛孔里取出脂肪。脂肪的形状像鸟的羽茎，拔出来大约有四分长。

拔过一遍，弟子舒了一口气，说道：

"再烫一次就好了。"

内供依然皱着眉头，满脸不悦，却也只好依着弟子。

第二次烫过以后，抽出来一看，果然短了，和一般的鹰钩鼻没什么差别。内供一边摸着缩短的鼻子，一边不好意思地用弟子拿来的镜子打量自己。

鼻子——原先耷拉到下巴的长鼻子，现在萎缩到上唇上面苟延残喘，简直令人不敢相信。鼻子上满是红斑，大概是踩踏的痕迹吧。这样子，就不会有人再嘲笑自己了。镜子里面的内供看着镜子外面的内供的脸，满意地眨了眨眼睛。

但是，内供那一天心里还是惴惴不安，担心鼻子又会变长。不论读经的时候还是吃饭的时候，一有空就悄悄伸手摸摸鼻头，他发现鼻子规规矩矩地待在嘴唇上面，并没有垂下来的迹象。睡了一宿，第二天一早醒来就摸鼻子。鼻子安然无恙，还是那么短。内供的心情就像花费几年工夫抄写《法华经》大功告成那样舒畅高兴。

可过了两三天，内供发现了意想不到的情况。一个武士有事到池尾寺来，和内供见面的时候，他的表情非常奇怪，话也没说几句，只是目不转睛地盯着内供的鼻子。不仅如此，曾经让内供的鼻子掉进稀粥里的那个中童子在经堂外面遇见内供，起先低着脑袋使劲儿忍着笑，最后终于憋不住扑哧一声笑出声来。还有内供对小和尚们吩咐事情，他们当面毕恭毕敬地听着，但只要内供转过头去，马上就发出窃窃低笑声。这种情况不止一次两次。

内供起先以为，是因为自己变了个模样，后来觉得不仅仅是这个原因——当然，中童子、小和尚发笑肯定有这个因素。不过同样是笑,总觉得与长鼻子时候不尽相同。看惯了长鼻子,短鼻子一下子还没习惯,便觉得滑稽。这种解释似乎还不能令人信服。

内供读经,常常刚一开始又停下来,歪着秃顶,自言自语道:

"以前可没有笑得这么露骨啊。"

每当这时,这位可爱的内供总是呆呆凝视挂在一旁的普贤菩萨画像。想起四五天前还是长鼻子的情形,颇有"今朝冷清叹沦落,昔日荣华空相忆"之感,心情郁闷。可惜内供没有足够的智慧解开这个疑团。

人心总是存在两种互相矛盾的感情。当然,任何人对别人的不幸都有同情之心。而一旦不幸的人摆脱了不幸,旁人又觉得若有所失。说得夸大一点,甚至希望这个人重新陷入和以前同样的不幸。于是,就会不知不觉对之产生某种消极的敌意。

内供这样想。虽然不明白什么缘故,但从池尾町僧人和俗人的态度里,他感觉到旁观者的利己主义,心里很不痛快。

于是内供的脾气一天比一天坏,不管对什么人,没说上两句话,就横眉竖眼地斥责对方。最后连给他治疗鼻子的那个弟子也在背后说:"内供将来要遭刻薄罪报应的。"最让内供恼火的是那个可恶的中童子。有一天,内供听见外面狗的狂吠声,悄悄走出来一看,只见中童子手里挥舞着二尺长的木板，正追打一条很瘦的长毛狮子狗。要是光追打也就罢了，他一边追一边嘴里还念叨着："不打鼻子，嘿，不打鼻子！"内供见状，气得一把夺过中童子手中的木板，狠狠地给了他一个嘴巴。原来木板就是以前用来托自己鼻子的那一块。

内供对自己鼻子变得半长不短反而感到后悔。

一天夜里，由于天黑后突然起风，塔上的风铃噪音喧闹，加上寒气袭人，年迈的内供辗转反侧，怎么也睡不着。就在被窝里翻来覆去的时候，忽然感到鼻子发痒。他用手一摸，觉得鼻子像水肿一样有点儿肿大起来，而且还发热。

内供立刻用佛前献花那样虔诚恭敬的手势按住鼻子，低声嘟囔道：

"说不定是缩短得太急，弄出毛病来了。"

第二天早晨，内供照样醒得很早，只见寺院里的银杏、七叶树一夜之间树叶落尽，庭院里铺了一层黄金般明亮耀眼。大概塔顶已有薄霜，在淡淡的朝阳映照下，塔刹闪闪发光。禅智内供站在打开板窗的檐廊上，深深吸了一口气。

就在这时，内供鼻子上又出现了几乎快要忘记的那种感觉。

内供急忙伸手摸鼻子。他摸到的不是昨天晚上的那个短鼻子，而是从嘴唇上方一直耷拉到下巴的原先那个五六寸长的鼻子。他明白自己的鼻子在一夜之间恢复了原样。与此同时，他感觉到与鼻子变短时候同样的舒畅心情。

内供在早晨的秋风里摇晃着长鼻子，心中自言自语："这样一来，再也没有人笑话我了。"

大正五年一月

郑民钦　译

孤独地狱

这个故事我是从母亲那儿听来的。母亲说是从我的叔祖父那儿听来的。故事的真伪我不清楚，但从叔祖父的品性推断，我想很可能实有其事。

叔祖父是个深谙世故之人，在幕府末期的艺人、文人中有很多知交挚友，如河竹默阿弥[1]、柳下亭种员、善哉庵永机、同冬映、九代目团十郎、宇治紫文、都千中、乾坤坊良哉等。其中默阿弥在《江户樱清水清玄》中塑造的纪伊屋文左卫门，就是以叔祖父为模型的。叔祖父去世已有五十年，生前曾被人起外号叫今纪文，现在也许还有人知道他的名字——姓细木，名藤次郎，俳号香以，俗称山城河岸的津藤。

有一次，津藤在吉原的妓院玉屋结识了一位僧侣。据说这位僧侣是本乡[2]附近某寺的住持，名叫禅超。他也是一个嫖客，玉屋一个名叫锦木的妓女的常客。那个时候，禁止和尚吃荤娶妻，所以表面上当然不能什么时候都显示自己是一个出家人。他身穿黄地褐色条纹丝绸和服，外套印有家徽的双面织仿绸黑礼服，自称医生。叔祖父和他是偶然相识的。

在挂灯笼时节[3]的一天晚上,在玉屋的二楼,津藤上完厕所出来,正从走廊经过,却见一人倚栏望月。他剃着光头,个子略显瘦小。津藤借着月光,以为是常来冶游的那个态度热情却医术平庸的医生竹内。津藤从他身旁走过时,伸手轻轻拽一下他的耳朵,本想待他回头,再笑着和他打招呼。

可那人回过头来,使津藤大吃一惊。除了光头,别处与竹内截然不同——对方额头宽广,眉间却窄小得可怕,大概因为脸颊消瘦,眼睛显得很大。在朦胧的月色下,也能清楚看见他左边脸颊上有一颗大痦子。颧骨很高。这样的长相缓缓地映入慌张失措的津藤眼帘。

"你有什么事?"

那光头的声音有点儿气恼,似乎还带着酒气。

刚才忘记说了,当时津藤还带着一个艺妓和一个随从。那个光头家伙要津藤赔礼道歉,随从当然不会袖手旁观,于是他代替津藤对自己的冒失向对方表示歉意。这时,津藤带着艺妓急忙回到自己的房间。尽管津藤饱经世故,但对这件事还是觉得有点儿不好意思。光头听了津藤的随从解释误会的原委以后,立刻消了气,哈哈大笑起来。不言而喻,这个光头就是禅超和尚。

---

1 河竹默阿弥(1816—1893),江户末期至明治初期的歌舞伎狂言作者。
2 本乡,地名,在今东京都文京区。
3 吉原仲之町的风俗,阴历七月一日至三十日挂灯笼。

接着，津藤让人给和尚送去点心，表示歉意。和尚也觉得过意不去，特地过来还礼。两人从此结下交情。不过，虽说结下交情，其实也只是在玉屋的二楼碰面，似乎并没有什么来往。津藤滴酒不沾，禅超却是海量。相比之下，禅超的衣着用品更加穷奢极侈，而且最后沉湎女色也比津藤有过之而无不及。津藤曾感叹说，不明白到底谁是出家人。津藤高大健壮，其貌不扬，剃着五分月代头，胸前挂着银项链，下端坠有筒状护身符，平时爱穿藏青平纹布服，束白色腰带。

有一天，津藤在玉屋遇见禅超。禅超身披锦木的短袖衣服，正弹三弦琴。他的气色本来不好，今日更加难看，眼睛充血，嘴角松弛的皮肤不时地颤抖。津藤一看，心想他今天大概出了什么事儿吧，于是用委婉含蓄的口气说："如果有什么事儿需要商量的话，请不要客气。"可那禅超好像并没什么事要和自己推心置腹地商量，他比平时更加沉默寡言，还经常忘记话题。津藤便以为，这只是嫖客常见的一种倦怠。沉迷酒色者的这种倦怠，是不可能以酒色治愈的。两人表面应酬，逐渐转入倾心交谈。禅超像是心血来潮似的突然说了这样一段话：

据佛经说法，地狱也有各种各样，但好像大致分为三种：根本地狱、近边地狱、孤独地狱。从"南赡部洲下过五百踰缮那乃有其狱"[1] 这句话证明的，大概地狱自古就在地下。唯有孤独地狱会突然出现在山间、旷野、树下、空中等任何地方。就是说，眼前立刻会出现地狱的苦难。我从两三年前就已堕入地狱，对一切事情都失去了永恒持续的兴趣。人生总是一个又一个地变换境界，当然还是不能从地狱中逃脱出来。如果我不变换境界，那就更加痛苦。所以只好这样每天不停地变换着境界生活，以便忘记痛苦。但是，如果这样最终还是苦不堪言，那就只好死去。以前虽亦痛苦，却拒斥死亡。现在……

最后这句话，津藤没听见。因为禅超又弹起了三弦琴，且说话的声音很小。从此以后，禅超再也没有来过玉屋。谁也不知这位骄奢淫逸、放荡不羁的和尚后来怎么样了。只是那一天，禅超把一部手抄本《金刚经》忘在了锦木那儿。津藤后来家道中落，蛰居下总[2]寒川，桌上常摆的书籍中就有该手抄本。津藤在封面的背后还写有他创作的一首俳句："堇花原野惊寒露，不觉人生四十年。"如今此书不知去向，恐也无人记得此句。

这是安政四年前后的事。母亲大概出于对"地狱"一词的兴趣，才记住了这件事。

我每天大部时间都待在书房里，从生活这个方面说，

---

[1] 语见《俱舍论》，南赡部洲位于须弥山南面，原指印度，现亦指现世。"踰缮那"，计算里程的单位。
[2] 下总，地名，在今千叶县、茨城县、埼玉县之间。

我所居住的世界与叔祖父、禅僧毫无关系。即使从兴趣这个方面说，我对德川时代的戏作[1]、浮世绘也没有特殊的兴趣。但我心灵深处的某种情绪，却会经常通过"孤独地狱"这个词语倾注对于他们生活的同情。我不想否认这一点。因为从某种意义上说，我也是在孤独地狱里受苦受难的一个人。

大正五年二月

郑民钦　译

---

[1] 戏作，日本江户中期流行的一种俗文学，特指小说一类作品，分读本、黄表纸、洒落本、滑稽本、人情本等类。多反映市井小民的喜怒哀乐，世态人情。

酒
虫

一

　　这是最近几年从未有过的酷暑。抬头看去，一间间土墙泥壁房子的屋顶瓦片都如铅一样反射着沉闷的日光。在这样的热浪里，真叫人担心屋檐下燕窝里的雏燕和燕蛋会不会被热坏。田地里，不论是亚麻还是黍子，都被滚烫的土气蒸得无精打采耷拉着脑袋，所有的绿叶都懒洋洋地发蔫。天空大概也因这一阵子的高温热烤，尽管是晴天，靠近地面的大气也显得浑浊昏沉，天空到处飘浮着如在锅里煮糯米点心糖那样形状的云峰。——《酒虫》说的就是在这大热天里特地到打谷场来的三个男人的故事。

　　奇怪的是，其中一人赤身裸体地仰面躺在地上。不知何故，他的手脚被细绳捆住了好几道。但他好像并没有感觉到什么痛苦。此人身材矮小，脸色红润，胖得像猪，给人以笨重的感觉。他的枕边还摆着一个不大不小的陶缸，不知道里面装着什么东西。

　　另外一人身穿黄色袈裟，戴着小青铜耳环，一看就是相貌古怪的和尚。他皮肤黢黑，发须卷曲，像是来自葱岭以西，刚才一直不停地挥动朱柄拂尘为那个裸体男人驱赶虻蝇。他像是有点儿疲劳了，走到陶缸旁边，装模作样地蹲下来端详，状如火鸡。

还有一个人离他们很远，站在打谷场角落的草房檐下。此人下巴尖上长着几根耗子尾巴似的胡子，身穿皂布长衫，几乎盖住脚后跟，褐色腰带的结头松弛地耷拉下来。他手持白色羽扇，不时轻摇几下，看样子准是儒生。

三个人不约而同默不作声，像在凝神屏息、饶有兴趣地等待着即将发生的事情。

日正当午，大概狗也在午睡，听不到一声狗叫。打谷场四周亚麻、黍子的绿叶晃着耀眼的阳光，一片宁静。整个天空燥热难耐，炎霭似燃，那云峰仿佛也热得气喘吁吁。放眼望去，活着的好像仅此三人。他们却似关帝庙里的泥菩萨，沉默不语……

当然，我说的并不是日本的故事，而是某年夏天发生在中国一个叫做长山地方的一户刘姓人家打谷场上的趣事。

二

赤身裸体躺在大太阳底下的是打谷场的主人，姓刘名大成，是长山一带屈指可数的富翁之一。此人嗜酒如命，从早到晚，几乎杯不离手，酒量似海，"每每独酌辄尽一瓮"。且如前所述，"负郭之田三百亩，半种黍"，所以万无豪饮而累及家产之虞。

他为何裸体躺在地上呢?事出有因。——那一天,刘大成和酒友孙先生(就是手持羽毛扇的儒生)在一间通风、凉快的屋子里,倚着竹夫人[1]下棋。这时丫环来报:

"门口来了一位自称宝幢寺来的和尚,求见主人。如何是好?"

"什么?宝幢寺……"刘大成眨了眨明亮的小眼睛,站起身来,肥胖的身躯显得难耐溽热,"让他进来吧。"接着瞟了孙先生一眼,补充一句,"大概就是那个和尚吧。"

这位宝幢寺的和尚,就是从西域来的蛮僧。此人既通医术,又懂房中术,在这一带颇有名望。比如说,经他一治,张三的黑内障立见好转,李四的痼疾手到病除,近乎奇迹,传得神乎其神。这些传言,刘孙二人亦有所耳闻。今天这位蛮僧有什么事特意前来造访呢?当然,刘大成从来没有主动地邀请他来。

刘大成这人并不好客。不过有客在场,又有新客,一般都会高兴地接待。这样可以在客人面前炫耀自己贵客盈门,满足一下小孩子般的虚荣心。今天的来客是在这一带有口皆碑的蛮僧,不会失了自己的身份。基于上述原因,刘大成决定见他。

---

1 竹夫人,夏天床席间取凉用具。用竹青篾编成,或用整段竹子做成,圆柱形,中空,周围有洞,可通风。

"会有什么事呀?"

"大概来要布施的吧。"

两个人正聊着,丫环带着客人进来了。来客身材高大,目如紫水晶,面貌怪异,身穿黄袈裟,卷发垂肩,看上去很不顺眼。他手执朱柄拂尘,缓缓而进,立于屋内,既不问候,也不说话。

刘大成犹豫片刻,心里忽然忐忑不安起来,便开口问道:

"有什么事吗?"

蛮僧反问道:

"那个好酒的人,就是你吧?"

"是啊。"

刘大成冷不丁被这么一问,含糊作答,转眼看着孙先生,希望他说话。但孙先生装模作样独自在棋盘上摆子儿,一副目中无人的样子。

"您知道自己得了一种怪病吗?"蛮僧的口气显得斩钉截铁。刘大成听对方说自己有病,表情惊讶,一边抚摸竹夫人一边说:

"你是说……我有病吗?"

"是的。"

"噢,我从小……"

蛮僧打断刘大成的话:

"您喝酒不会醉吧?"

刘大成盯着对方的脸沉默下来。他的确不论喝多少酒，从来没醉过。

"这就是您得病的证据啊。"蛮僧微微一笑，继续说道，"肚子里有酒虫。不除掉酒虫，您的病就好不了。贫僧就是来给您治病的。"

"治得好吗？"

刘大成未免有点发慌，心里没底，自己也觉得不好意思。

"正因为治得好，才来的。"

这时，一直默不作声在一旁听他们说话的孙先生突然插话说：

"用什么药？"

蛮僧态度不悦地说：

"此病无需用药。"

说起来，孙先生几乎是无端地蔑视道佛两教，所以和道士、僧侣在一起的时候很少开口。现在突然插嘴，全因听到了"酒虫"这两个字，为之心动。他也好酒，担心自己肚里莫非也有酒虫，但听到蛮僧态度傲慢的回答，觉得自己被对方小瞧，于是皱了皱眉头又重新独自摆棋。同时，心想这个刘大成居然和这种狂妄骄横的和尚见面，实在糊涂。

刘大成自然没把这点事放在心上。

"那么，是用针灸吗？"

"不用，还要简单。"

"是念咒语吗？"

"不，也不是咒语。"

两人这样一问一答，最后蛮僧把疗法简要地告诉刘大成：

"只要脱光了身子晒太阳就行了。"

刘大成觉得这个疗法太容易了，如果这样能治好病，没有比这再好的了。另外，在潜意识里，蛮僧治病也多少使他动了好奇之心。

于是，终于轮到刘大成低头请求蛮僧：

"那就请您医治吧。"

——这就是刘大成赤身裸体大热天躺在打谷场上的原委。

蛮僧说"身体不能动"，就用细绳把刘大成的身体捆起来，然后吩咐一个侍童，拿一个陶缸装满酒放在刘大成的脑袋旁边。既然刘大成的糟丘好友孙先生恰好在场，自然一起陪同见识这奇怪的疗法。

酒虫是何物？肚子里没有酒虫以后，人会变成什么样？放在枕边的酒缸有何用处？这些只有蛮僧一个人知道。嗨！刘大成竟一无所知地赤身裸体晒太阳，岂不很愚蠢？然而，普通人在学校接受教育其实也大抵如此。

三

热！汗水不断从额头冒出来，汇成汗珠，热乎乎地流到眼睛里。双手被细绳捆着，没法儿擦汗。于是摇动脑袋，想改变汗水流动的方向，可没摇几下，就觉得头晕目眩，只好遗憾地放弃了这个打算。汗水却毫不留情地流进眼眶，再顺着鼻翼流到嘴边，一直流到下颚。刘大成心里实在难过。

起先他还睁开眼睛，一动不动地盯着灼热发白的天空和耷拉叶子的亚麻，但是大汗淋漓后，他只好放弃了原先的念头。此时，他才第一次知道汗水沁入眼睛里的滋味是多么难受。于是，他如同屠宰场里的羊羔，老老实实地闭着眼睛，忍受着太阳的暴晒。不一会儿，面部、身体，只要是暴露出来的部分，皮肤逐渐发痛。体内有一种力量要把整个皮肤向四面八方拉扯，但是皮肤本身毫无反应，而且浑身上下开始火辣辣的——可以形容为疼痛。这种痛苦要比流汗厉害得多。刘大成开始有点儿后悔接受了蛮僧的治疗。

不过事后想起来，这点痛苦还算不了什么。——更要命的是喉咙干渴。刘大成记得像是曹操来着，为解战士口渴而谎称前方有一片梅林。但是现在，不管自己的脑子里怎么想象梅子的酸甜，也是无济于事。他动动下巴，搅搅舌头，嘴里仍然干渴难耐。倘若自己脑袋旁没有这个酒缸，没准儿还能忍耐几分。然而酒香扑鼻，也许是心理作用，这芳香的酒气浓烈醇厚。刘大成睁大眼睛，想看一眼酒缸。他使劲向上翻眼珠，好不容易才看见缸口和圆鼓鼓的缸肚，他脑海里浮现出满满一缸黄澄澄金光荡漾的美酒，他不禁伸出干燥的舌头舔了舔干裂的嘴唇，却没有唾液分泌出来。连汗水也被太阳晒干，不像刚才那么流淌了。

接着脑子接连两三次剧烈地眩晕，头痛欲裂。刘大成心里更加怨恨蛮僧，也怪自己轻信那厮的巧言，结果这样遭罪，实在愚蠢。一会儿，喉咙更加干渴，胸口堵得慌，开始恶心。他实在无法忍受下去，终于决心要自己枕边的蛮僧停止治疗，他喘着气张口正要说话……

就在此时，刘大成觉得有一团难以言状的东西，正从胸腔一点一点地爬上喉咙，像蚯蚓蠕动，又像壁虎爬行，总之是一团柔软的东西一点一点地顺着食道拱了上来。最后硬是从喉头下面挤过，突然像一条泥鳅出洞似的，猛然从他的嘴里蹿了出来。

说时迟那时快，酒缸里传来扑通一声响，好像什么东西掉进酒里。

一直若无其事稳坐大成身边的蛮僧，这时急忙站起身来，把捆在他身上的绳子解开，说道：

"酒虫已经出来了，您就放心吧。"

"出来了吗？"

刘大成的声音有气无力。他抬起晕乎乎的脑袋,觉得此事新鲜,也忘记了干渴,赤裸着身子爬到酒缸旁边。孙先生见状,用白羽毛扇遮挡太阳,疾步走近前来。三人一起探头看着酒缸,只见一条肉色似朱泥、形状似小鲵鱼的东西在酒里游动。那东西长约三寸,有嘴有眼,好像一边游动一边喝酒。刘大成一看,突然感到恶心……

四

　　蛮僧的疗效立竿见影。刘大成从此以后滴酒不沾。现在据说连酒味也觉得讨厌。奇怪的是,他的身体状况逐渐衰弱。今年是他吐出酒虫的第三年,先前那种圆鼓肥胖的风采已无影无踪,油腻腻的皮肤黯然失色,脸色苍白,皮包骨头,花白的鬓发稀疏地残留在太阳穴上,一年里头,不知道有多少天卧病在床。

　　不仅如此,刘大成的家业也每况愈下。如今,三百亩负郭之田多半落入他人之手,刘大成本人也不得不拖着病弱之身下地干活,勉强打发清贫的日子。

　　刘大成吐出酒虫以后为什么健康恶化?为什么家道中落?如果追究吐出酒虫与刘大成后来破败衰微的因果关系,谁都会产生这样的疑问——凡是住在长山的人,不论干哪一行,都在不断地思考这个问题,而且得出形形色色的答案。以下列举的三个答案,是其中最有代表性的。

答案之一：酒虫是刘大成之福，并非其病。偶遇此愚昧蛮僧，致使自己断送掉天赐之福。

答案之二：酒虫是刘大成之病，并非其福。每饮必尽一瓮，绝非常人所能想象。酒虫不除，他不久必死无疑。这样看来，贫病交加，对刘大成来说应该是幸福。

答案之三：酒虫既非刘大成之病，亦非其福。刘大成一生嗜酒，除了酒，没留下任何东西。这样看来，刘大成就是酒虫，酒虫就是刘大成。除掉酒虫无异于自杀。就是说，从他不能喝酒的那一天开始，刘大成就不复存在。刘大成本身已死，他昔日的健康、家产落花流水也是理所当然的。

我也不知道哪一个答案最为妥当。我只是模仿中国小说家的 didacticism（劝诫），在这个故事的结尾，列举上述道德性判断。

大正五年四月

郑民钦　译

山药粥

八成是元庆末年仁和初年的事吧。不管哪朝哪代，好歹跟这故事无甚关系。看官只当是很久以前平安朝[1]的事就成。话说当时藤原基经摄政，手下侍卫中有某五品小官。

在下本不愿写成"某位"，蛮想弄清何方人士，姓甚名谁。偏巧那名儿竟没能流传下来。想必是个凡夫俗子，没资格留名青史吧。看来终究是史书作者，对凡人凡事，没甚兴趣使然。这一点倒同日本的自然派作家大相径庭。须知，王朝时代的小说家，并非有闲之人。总之，藤原摄政王的侍卫中，那位五品武士是这故事中的主人公。

这五品其貌不扬。身材矮小。红鼻头，八字眼。嘴上的胡须，不消说，稀稀拉拉。瘦瘦的两颊，显得下巴格外尖。嘴唇嘛……要一一细数起来，真个是说也说不尽的。我们的这位五品天生邋遢，非同一般。

五品是何时何以来侍奉基经的呢？谁也不晓得。反正很久以来确凿无疑，他总是穿着同一件褪了色的短褂，戴着同一顶瘪塌塌的京式乌帽，每天不厌其烦地恪尽职守。结果呢，谁见了也不会想到，这家伙居然也有过青春年少的时光（五品已经四十开外）。反倒让人觉得，凭他那寒碜通红的鼻子和徒有其名的几根胡须，生来就该在朱雀大街上任凭风吹雨打。上起主人基经，下至放牧牛娃，不知不觉，谁都这么认为，无人怀疑。

　　一个人有了这样一副尊容，所受到的待遇，恐怕无须在下多费笔墨。在班房里，五品甚至不如一只苍蝇，一干武士对他爱搭不理。连同有品无品的下属侍卫总共二十来号人，对他的进出皆视若无睹。五品吩咐什么事的当口儿，一伙人绝不会停止闲聊。对他们来说，五品的存在，好比空气一样无影无形，眼里就没有他这么一个人。底下人尚且如此，更不消说上面的头儿脑儿的了，压根儿不把他当回事。说来也是他命该如此。他们对待五品，冷冷的表情背后，藏着类似小孩子家无聊的恶意，要说什么话，全凭打手势。人之有语言实非偶然，手势时常不能达意。他们认定五品悟性不佳。于是，手势一旦行不通，他们便从五品头上那顶瘪塌塌走了样的京式乌帽，一直到脚下一双快要磨破的草屐，仔仔细细上上下下打量一番，然后嗤鼻一笑，陡地转过身去。尽管如此，五品却从不动气。那些不平之事，他仿佛全然不觉，为人竟窝囊怯懦到如此地步。

1　平安朝，公元794—1192年，建都于平安京（即京都），是日本古代政治、文化极其辉煌灿烂的一个历史时代。元庆（877—885）、仁和（885—889）两朝为平安朝前期年号。

可那些同僚武士，更得寸进尺拿他寻开心。年长的拿他丑陋的仪表当笑料，总说些老掉牙的打趣话；年轻的学样儿，也借机取乐逗哏耍嘴皮子。他们当着五品的面，对他的鼻子、胡子、纱帽、短褂大肆品评而不知餍足。不仅如此，他那个五六年前就分了手的地包天婆娘，连同跟那婆娘相好的酒鬼和尚，也常常成为他们的笑料。更有甚者，他们还不时弄些恶作剧，在此无法一一列举。譬如把他竹筒中的酒喝掉，将尿灌进去。在下仅举一端，其余概可想见。

然而，五品对于这些嘲弄全然无动于衷。至少别人看来浑似无动于衷。不论别人说他什么，五品连个脸色都不变。他一声不吭，捋着那几根胡子，做他该做的事。只是他们的恶作剧，有时让他过于难堪，诸如把纸条别在他顶髻上，或把草屦插在刀鞘上，此时他才脸上堆着笑——也分不清是哭还是笑，说道："莫如此呀，各位仁兄！"凡看见他这表情、听见他这声音的人，一时之间，竟会油然生出怜悯之情。（受欺侮的何止红鼻五品一人。许多并不相识的人，都会借五品的表情和声音，谴责彼等的无情。）——这种感情虽然淡薄，刹那间浸透彼等的心田。只是，能将当时这种心情始终保持住的人，微乎其微。就在这微乎其微的人中，话说有个无品的侍卫，乃丹波国人士，一个嘴上茸毛刚刚长成胡子的年轻后生。当然，这后生起初也和众人一样，没来由地轻蔑红鼻五品。可有一日，凑巧听见——"莫如此呀，各位仁兄！"这声音竟在脑中盘旋不去。从此以后，唯有在这后生眼里，五品才完全变成了另一个人。因为，从五品那张营养不良、面带菜色、木讷迟钝的脸上透露出，这是一个饱受世间迫害的"人"。这位无品的侍卫，每每想起五品的遭遇，便由衷感到人间的一切赫然显露出本来的卑劣。与此同时，那只冻红的鼻子和稀疏的几茎胡须，却仿佛是一丝慰藉直透他心底……

不过，这仅限于后生一人而已。除却这一例外，五品依旧还得像狗一般生活在周围的轻蔑之中。首先，他连一件像样的衣服都没有。只有一件海昌蓝的短褂和一条同样颜色的裙裤，现已旧得泛白，变成蓝不蓝青不青的。短褂还凑合，单是肩膀处略微塌了下来，圆纽带和菊花襻有些褪色而已，裙裤的裤脚管则破得不成样子，里面没有衬裤，露出两条细腿，真好比瘦牛拉瘦官，一步一颤悠。即使嘴不损的同僚，见了也都觉得寒碜。再说，身上佩的一把刀也糟糕透顶，刀柄上的贴金已变色，刀鞘上的黑漆也已斑驳。他却照旧顶着一只红鼻子，踢踢踏踏拖着那双草屐。本来就驼背，数九寒天下腰越发猫了起来。他迈着细碎的步子，眼馋似的东张西望，难怪连街上的商贩都要欺侮他。眼下就有这样一桩事。

一日，五品去神泉苑，经过三条城门，看见六七个孩子聚在路边，不知在做什么。心想，是在玩陀螺吗？便凑到背后去瞧了瞧。原来是在抽打一条跑丢的狮子狗，颈上还拴着绳子。胆小怕事的五品一向虽有同情之心，却因顾忌别人，从来不敢挺身而出。唯有这一次，他见对方是几个孩子，便鼓起几分勇气来。他脸上堆着笑，在一个像是孩子头的肩上拍拍说："就饶了它吧。狗挨打也会痛呀。"那孩子转过身来，翻起白眼，藐视地盯着五品，那神情，就跟班房里侍卫长见他没领会自己的意图瞧他时的那副表情一模一样。"不用你多管闲事！"那孩子退后一步，撇着嘴说："你个酒糟鼻子！算什么东西！"五品听了这话，宛似抽在脸上的一记耳光。倒不是因为遭人辱骂生气光火的缘故，而是自家多嘴自讨没趣。他觉得实在窝囊，只好用苦笑掩饰起羞辱，默默地继续朝神泉苑走去。身后那六七个孩子挤作一堆，有的做鬼脸，有的伸舌头。五品当然不知道。即使知道，这对不争气的五品来说，又能怎样呢？

且说故事中的主人公，倘生来就专给人作践，活着没有一点盼头，那倒也不尽然。自打五六年前，五品就对一种山药粥异常执着。说起这山药粥，乃是将山药切碎，用甜葛汁熬成的粥。当时，作为无上的珍馐美味，其身份之高，甚至摆到了万乘之君的御膳里。因此，像我们五品这种人，只有一年一度，基经府上贵客临门时，才能沾光尝尝。即使那时，能喝到嘴的，也少得仅够润润喉咙而已。于是，很久以来，饱餐一顿山药粥，便成了他唯一的愿望。当然，这愿望他从没告诉过人。甚至连他自己都还不清楚，这是他的平生之愿。也不妨说，他事实上就是为这个盼头而活着的。——为了一个不知能否实现的愿望，人有时会豁出一辈子的。笑其愚蠢的人，毕竟只是人生中的过客而已。

不料，五品"饱餐一顿山药粥"的梦想，居然轻而易举变成了现实。欲道出个中始末，正是在下写这篇《山药粥》的目的。

话说有一年，正月初二，正是基经府上贵客临门之日（这一日与皇后和太子两宫之宴乃在同日，摄政关白府设宴招待王公大臣，比两宫之宴并不逊色）。五品也挤在侍卫之间，面对满桌残羹剩肴。那时尚无扔掉剩肴让人捡食的做法，而是让家臣聚集一堂，共而食之。虽说可同两宫之宴比美，终究是在古时，纵然品类多多，美味却不多。无非煮年糕、炸年糕、蒸鲍鱼、风干鸡、宇治小香鱼、近江鲫鱼、鲷鱼干、鲑鱼镶鱼子、烤章鱼、大虾、大酸橙、小酸橙、柑橘、柿饼之类。其中便有话说的山药粥。五品年年盼着这山药粥。可是，人多嘴多，每次能吃到自己嘴里的，却多乎不多。今年的粥又格外少。这么一来，兴许是五品心里作怪，觉得那粥较往日尤其甜美可口。于是，他盯着喝光的空碗，将稀稀拉拉的胡子上沾的粥星儿，用巴掌抹了一把，自言自语道："几时才能称心喝个够哟！"

话音未落，便有人戏谑地问："大夫阁下竟没称心吃过山药粥？"

俨然一介武夫的声音,低沉而威严。五品从他驼背上抬起头,怯生生朝那人看过去。声音的主人是民部卿时长的公子藤原利仁,那时也在基经府内当差。他是个膀阔腰圆、身量超群的伟男子,嚼着烤栗子,一杯复一杯地喝黑酒。人已喝得半酣。

"好可怜哟。"利仁见五品抬起头,声音里半带轻蔑半带怜悯说道,"愿意的话,我利仁可让阁下称心如意吃个够。"

即便一条狗,终日受虐待,偶尔给块肉,也不会轻易凑上去的。五品照例挤出那副不知是笑还是哭的笑脸,看看利仁的面孔,又看看手上的空碗。

"不愿意?"

"……"

"怎么样?"

"……"

这时,五品感到众人的目光都猬集在自己身上。一言之差,定然又要招来一通嘲弄。甚而觉得,回答什么都会照旧受人戏耍,真是左右为难。这时,要不是对方声音不大耐烦:"不愿意,也不强求。"五品说不定会把空碗和利仁,一直比来比去,看个没完。

听见这话,他慌不迭地答道:

"岂敢……不胜感谢。"

凡听见两人对话的人,一时都失声笑了出来。"岂敢,不胜感谢。"甚至还有人这样学舌。在盛着黄橙绿橘的槲叶盘和高脚漆盘上,众多软筒硬筒京式乌帽便一齐随着笑声,如同波浪般摇晃起来。其中笑得最响最开心的,自是利仁。

"那就改日有请尊驾。"说话之间,他蹙起眉头来。或是涌上来的笑声和酒气一起噎在喉咙里的缘故。"……不知意下如何?"

"不胜感谢。"

五品红着脸,把方才的话结结巴巴重复了一遍。不用说,这次又引起哄堂大笑。至于利仁本人,正是要叫五品再说一遍,才故意这样问。所以,觉得比方才还可乐,更笑得前仰后合。这个来自朔北的粗野汉子,生活里只懂两件事,一是豪饮,一是狂笑。

幸而谈话的中心,不久离开他俩。即便打趣逗笑,总盯着这位红鼻五品,也许会招别人不快。总之,话题一个接一个,直到酒菜即将告罄,一个见习侍卫讲笑话,说有个人要骑马,两脚却套在一只皮护腿里,才又引动一座人的兴头。可是唯独五品,浑然充耳不闻。想必"山药粥"这三字,已占据他的全部心思。哪怕面前摆着烤山鸡,筷子都不去碰一碰。杯里有黑酒,他嘴也不去沾一沾。只管两手放在膝上,宛如大闺女相亲,憨厚地红着脸,连花白的两鬓都红了起来,始终盯着空空如也的黑漆碗,傻乎乎地笑着……

过了四五天，一个上午，两个骑马人沿着加茂川畔，径朝粟田口缓辔而行。其中一人，上穿深蓝色猎衣，下着同色裙裤，佩了一把镶金包银的大刀，是个"须黑鬓美"的男子。另一人则在海昌蓝的短褂上加了一件薄薄的棉衣，是个四十来岁的武士，看他那情景，无论是马马虎虎系着的腰带，还是鼻孔里粘满鼻涕的红鼻头，浑身上下，无处不显得寒酸破落。至于坐骑，两人骑的倒都是骏马。前面一匹是桃花马，后面一匹是菊花青。三岁的牙口，神骏得连路上的小贩和武士都要回头张望。他们后面，还有两人拼命紧跟在马后，自然是持弓背矢的亲随和牵马执镫的马夫。毋庸赘言，这一行人，正是利仁和五品。

尚在隆冬，倒恰逢天气晴和，没有一丝风，白花花的河石间，清潺潺的溪水中，蓬草枯立，纹丝不动。临河低垂的柳树间，叶子落光的树枝上，洒满柔滑如饴的阳光。蹲在枝头的鹡鸰鸟，尾巴动一动，影子便会鲜明地投射到街面上。一片暗绿的东山，上方露出圆乎乎的山头，犹如霜打过的天鹅绒，谅是比叡山吧。鞍鞯上的螺钿在阳光下晶光闪亮，两人不着一鞭地径朝粟田口徐徐前进。

"您说，要带在下出去，究竟去哪里呢？"

五品两手生硬地拉着缰绳问道。

"就在前面。并非阁下担心的那么远。"

"这么说，是粟田口那里吗？"

"暂且先这样想吧。"

今早,利仁来邀五品,说东山附近有处温泉,想去一趟,两人便出了门。红鼻五品信以为真,恰值很久没有洗澡,这一向身上刺痒难熬。美餐过山药粥,若再洗个温泉澡,真是天幸其便。这一盘算,便跨上利仁事先牵来的菊花青。不料并辔来到此处,利仁的目的地似乎并非这附近。现在不知不觉已过粟田口。

"原来不到粟田口啊?"

"不错,再往前走一点,我说您哪……"

利仁面带笑容,故意不看五品,静静地策马而行。两旁的人家渐渐稀少,此刻,冬日广漠的田野上,只见得觅食的乌鸦;山阴的残雪,也隐隐地笼上了一层青烟。虽然天晴日朗,但望着野漆树的梢头,尖棱棱地指向天空,还是令人觉得刺眼,不禁生寒。

"那么,是在山科一带啦?"

"山科,这儿就是。还要往前哩。"

果然说话间已过了山科。何止如此。不大会儿工夫,关山也已掠在身后,终于晌午将过时,来到三井寺。三井寺内,有个僧人与利仁交情颇厚。两人前去拜访,讨了一顿午饭。饭后又骑马赶路。一路上,较方才来路,人烟更加稀少。尤其当年,盗贼四处横行,世道甚不太平。五品把个驼背越发低低地弓了起来,仰视着利仁的面孔问道:

"还在前面吧？"

利仁不觉微微笑了起来，仿佛小孩子家被人发现了恶作剧，冲着大人微笑的样子。鼻尖上的皱纹，眼角旁的鱼尾纹，像在犹豫要不要笑将出来。他忍不住这样说道：

"其实呢，是要请阁下前往敦贺。"利仁一面笑着，一面举鞭指向遥远的天际。鞭子下，一片银光闪烁，近江湖水正辉映着夕阳。

五品惊慌起来。

"敦贺？敢是越前那个敦贺吗？越前那个……"

利仁自从到敦贺做了藤原有仁的女婿之后，多半住在敦贺，这事五品平素不是没有听说过。可是，直到此刻他都没有想到，利仁居然要把自己带到大老远的敦贺去。别的不说，跑到山重水隔的越前国去，仅仅带这么两个随从，怎么能保路上平安无事呢？何况这里一向传言，说是有过往行人为强盗所杀。五品望着利仁哀叹道：

"您又戏言了。原以为是东山，岂知是山科。以为是山科，谁料是三井寺。结果是越前。究竟是怎么回事呢？倘使开头直说，也该多带上几个下人吧——去敦贺，这如何使得！"

五品几乎带着哭腔嗫嚅。若非有"饱餐一顿山药粥"的念头鼓起他勇气，恐怕他早就作别而去，独自回京都了。

"无须担心。有我利仁，一以当千。"

见五品如此惊慌,利仁不禁皱了皱眉头,嘲笑地说。然后叫过随从,将带来的箭筒背在身上,又接过一张黑漆弯弓横放鞍上,旋即一马当先向前奔去。事已至此,怯懦的五品,唯以利仁的意志是从。他胆战心惊,东张西望,环顾周遭荒凉的原野,口中喃喃祷告,念诵依稀记得的几句《观音经》。那只红鼻子几乎蹭到马鞍的前桥上,依旧有气无力地催动着快慢不匀的马步。

原野上,嗒嗒的马蹄声喧,遍地遮满了黄茅,茫茫一片。一处处水洼,冷冰冰地映着蓝天,不由得令人暗想,这冬日的午后,怕是终究会给凝冻住吧?原野尽头是一带连山,大概是背阴的缘故,本该熠熠生辉的残雪竟没有一星光芒,长长一道浓暗略呈紫苍。就连这些也为几丛萧瑟的枯茅遮断,许多景物是两个步行随从所看不到的。这时,利仁蓦然回过头,向五品开口道:

"且看!来了个好使者。可报信敦贺矣。"

五品不大明白利仁的意思,战战兢兢顺着弯弓方向望去。那本是望不到人影的所在。只见一只狐狸,落日下披一身暖融融的毛色,慢吞吞走在不知是野葡萄藤还是什么攀缠的灌木丛中。霎时,狐狸慌忙地纵身奔逃。利仁急忙挥鞭纵马追了上去。五品也没头没脑地追随其后。不用说,两个随从也不能落后。马蹄踏石的嗒嗒声,一时间冲破了旷野的寂静。俄顷,利仁已勒马停住,竟不知何时捉住了狐狸,倒提着两条后腿于鞍侧。想必追得狐狸走投无路，驯服于马下任其擒拿。五品揩拭髯上汗水，好歹策马赶到跟前。

"喂，狐狸，好生听着！"利仁将狐狸高高提至眼前，煞有介事地说，"去告诉他们，敦贺的利仁今夜将回府。就说'利仁陪同一位稀客正在途中。明日巳时时分，派人来高岛迎候，同时再备上两匹好马'。明白了吗？切不可忘记！"

说毕，一挥手，将狐狸远远抛进草丛。

"哎呀，跑啦！跑啦！"

刚刚赶上来的两名随从，望着狐狸逃走的身影拍手嚷道。夕阳下，狐狸脊背的毛色近似落叶，它不辨树根与石块，一溜烟没命地逃去。一行人所立之处，望之尽收眼底。在追逐狐狸的当儿，不知何时已来到旷野高处，那是一面缓坡，低处与干涸的河床相连。

"好个宽宏大量的主儿！"

五品肃然起敬，衷心赞叹，仿佛刚认识一般，仰视着这位连狐狸都使唤得了的草莽英雄，却顾不得思量自己同利仁之间究竟有何等差别。他感铭良深，只觉得利仁支配的范围有多大，自己也便跟着沾了多大的光。——这种时候，恐怕最易自然地阿谀奉承。然而，列位看官，此后倘从红鼻五品的态度中，看出什么逢迎拍马之类，切不可以此对他的人格妄加怀疑。

狐狸给抛了出去，骨碌碌地跑下斜坡，从干涸河床的石头间，轻捷地蹦蹿过去，又一鼓作气跑上对面的斜坡。一面跑一面回头望。捕获自己的武士一行，犹自并辔立在远远的斜坡上，看起来只有巴掌大小。尤其是桃花马和菊花青，沐浴着落日，衬托在寒霜凝露的空气中，比绘画还要鲜明。

狐狸一扭头，又在枯茅中，如疾风一般飞跑而去。

一行人照准于翌日巳时来到高岛。这是个小小的村落，地处琵琶湖畔，与昨日大异其趣，阴霾的天空下，只有疏疏落落的几椽茅屋。岸边的松林间，展露出一泓湖水，意态清寒，水面上灰蒙蒙的涟漪仿佛是一面忘了打磨的镜子。到了这里，利仁方回头望着五品道：

"请看！众人已经前来迎候。"

果不其然，只见湖畔松林中，二三十人有的骑马，有的步行，牵着两匹备好了鞍辔的马。人们短褂上的宽袖在寒风中翻飞，正急匆匆朝他们赶来。转眼之间到了跟前，骑马的慌忙滚鞍下马，走路的赶紧跪在路旁，一个个恭候利仁到来。

"看来那狐狸果真报了信呢。"

"天生变化多端的畜类，区区小事，何足道哉。"

五品和利仁说话的工夫，已来到众家臣迎候之处。利仁道声"辛苦了"，跪踞之人才连忙站起，接过两人的马。顿时气氛轻松起来。

"昨夜，有件稀奇之事。"

两人下马之后，刚要在皮褥上落座，一个白发苍苍的家臣，穿了件红褐色短褂，走到利仁面前禀告。

"什么事？"

利仁一面将家臣随从等端来的酒馔，给五品斟上，一面大模大样地问。

"是这样一回事。昨晚戌时前后，夫人忽然失去神志，开言道：'吾乃阪本之狐是也。今日特来传达主公命令。请仔细听令！'我等走上前去，但听夫人说出这样一番话来：'主公陪同一位稀客，此刻正在途中。明日巳时，派人前往高岛迎候，再备两匹好马。'"

"这事的确稀奇。"五品着意瞧瞧利仁又瞧瞧家臣，随声附和着，讨得两方都很满意。

"这样说还不算。而且，她战战兢兢，浑身发抖：'万万不得迟误。如有迟误，吾将被主公赶出家门矣。'说着大哭不止。"

"那么，现在如何了？"

"后来便安心昏睡过去。我们出来时，似乎还没有醒。"

"如何？"听完家臣的话，利仁得意地瞧着五品说，"连畜类都要听我利仁驱使！"

"真叫人不胜惊讶。"五品搔着红鼻子，俯首致敬，且张嘴结舌，故意显出惊诧不已的样子。胡子上还沾了一滴方才喝的酒。

当天夜里，五品在利仁府上的一间屋内，茫然瞧着方角坐灯，竟难以入睡。漫漫长夜，眼睁睁直挨到天明。傍晚到达此地之前，一路上，同利仁及其随从谈笑风生，经过松山、小溪、枯野，看见荒草、落叶、岩石、野火、青烟——诸般物事一件件又在五品的心头浮现。尤当黄昏时分，暮霭沉沉之中，终于来到了这处府邸，看见长钵里炭火熊熊，不觉体会到长长松口气时的那份心情。此刻，居然躺在此处，一路历见仿佛都化为遥远的往事。棉花足有四五寸厚的黄被下，五品惬意地伸直了腿，情不自禁地呆呆看起了自己的睡姿。

被下，两件浅黄色的厚棉衣是利仁借与的，让他暖得动辄出汗。晚饭时，几杯老酒下肚，醉意更使他浑身热烘烘的。枕畔，格子板窗外面即是寒霜委地的大院子。他是这样地陶陶然，没有一丝苦寒的感觉。这一切与自己在京都的廨房相比，简直有云泥之别。尽管如此，我们的五品心里还是七上八下，像是总有那么一抹不安。首先，时间慢得令人望眼欲穿。却又觉得，天亮——也就是说，喝山药粥的时刻不要来得太快。两种矛盾的感情相生相克，盖因境遇之变化急剧，心情也变得不安起来，就如今日的天气一样，陡然变得冷飕飕的。凡此种种，皆无法置于脑后。难得这样暖和，竟也不能轻易入睡。

这时，听见外面院子里有人高声说话。听声音，像是今日中途接他们的那个白发家臣,像在吩咐什么事情。声音干涩,许是从满地霜华上传过来的缘故?凛然似寒风,句句穿透其骨髓。

"这边的下人听着!奉主公之命,明晨卯时前,每人须交长五尺、粗三寸的山药一根。万万不可忘记,务必于卯时前交来。"

这话反复说了两三遍,俄顷,寂然,周遭随即一如方才渺无人声,恢复冬夜的宁静。静寂中,只有灯油嘶嘶作响。火苗像条红丝绵,摇曳不定。五品把个哈欠硬是忍了回去,旋又沉入胡思乱想——提到山药,准是要拿来做山药粥。这一想,刚才只顾注意听外面而暂时忘却的不安,不知何时竟又潜入心头,比方才更加强烈。他不愿过早就把山药粥吃够。这念头偏生跟他作对,总在脑中盘旋,不肯离去。"饱餐一顿山药粥"的夙愿要是这样轻而易举兑现,几年来好不容易忍到今天盼到今天,岂不白费力气了吗?倘若可能,他宁愿突然来个什么节外生枝,山药粥喝不成了。等除掉麻烦,再费尽九牛二虎之力喝个够。五品的心思就像陀螺一样,滴溜溜总围着一处转,这时,因旅途劳累,不知不觉酣然睡去。

翌日清晨,五品一睁开眼,便惦记起昨夜的山药一事,所以什么都不顾,先打开了格子板窗。这才发现自己睡得人事不知,早已过了卯时。院子里铺了四五张长席,上面两三千根圆木似的东西堆得像座小山,竟与那斜伸出去的桧皮房檐一般高。定睛一瞧，五尺长三寸粗，齐刷刷的净是大得出奇的山药。

五品揉着惺忪睡眼，看得目瞪口呆。偌大的院子里好似新打的桩子上，依次安了五六口能盛五石米的大锅。几十个穿着白布褂子的年轻侍女，围着大锅忙活。烧火的，掏灰的，将白木桶中甜葛汁舀到锅里去的，都在为熬山药粥忙得不可开交。锅下冒出的青烟，锅内升腾的热气，同尚未消尽的晨霭融成一片，广阔的庭院整个儿笼罩在辨不清物事的灰蒙蒙中，唯有锅下熊熊燃烧的烈焰，发出红彤彤的亮光。所见所闻，乱乱哄哄，就像战场或火灾现场似的。五品这才了解到，熬山药粥竟用这样大个的山药在这样的大锅里煮！自己就为喝这口粥，馋巴巴地从京都跋涉到越前的敦贺来。这一切使他越想越不是滋味。我们五品那值得同情的胃口这时其实早已倒掉了一半。

一小时之后，五品同利仁、利仁的岳丈有仁共进早膳。面前一口带梁的大银锅里，漫然如同海水般装了满满一锅的正是那可怕的山药粥。五品方才看见几十个年轻后生，灵巧地舞弄薄刃，从一头将堆得房檐高的山药麻利地切碎。然后那些侍女跑来跑去，把切好的山药拾掇起来放进一口口大锅里。等到长席上的山药一根不剩时，便见几团热气从锅中冉冉升腾到晴朗的晨空。混合着山药味、甜葛味的粥香扑鼻而来。目睹这一切的五品，此刻面对着银锅里的山药粥，不等品尝就已腹满肚胀了。恐怕一点儿也不夸张。——五品面对银锅，难为情地揸着额上的汗水。

"这山药粥，您从未喝个够。现在不用客气，尽管喝吧。"

岳丈有仁吩咐童儿们，又在桌上摆了几口银锅。每锅的山药粥都满满的，几乎溢出。五品本来就红彤彤的鼻子，现在越发透红，他将锅里的山药粥盛出一半倒在大土钵里，闭着眼睛，硬着头皮喝了下去。

"家父也说了，务请不要客气。"

利仁从旁不怀好意地笑道，劝他再喝一锅。五品哪里吃得消？这山药粥，打一开始，他就一碗都不想喝。捏着鼻子才勉强喝了半锅。再多喝一口，不等下咽就会呕吐出来。可话说回来，倘若不喝，等于辜负利仁和有仁的一片厚意。于是他又闭上眼睛，把余下的半锅喝掉了三成。最后，连一口都难以下咽了。

"感谢不尽，已经足够了。——哎呀呀，实在感谢不尽。"

五品语无伦次，尴尬透顶，胡子上、鼻尖上淌着豆大的汗珠子，简直不像在寒冬季节。

"吃得太少啦。客人显然客气哩。喂喂！你们在干什么呢？"

童儿们随有仁吩咐，又要打银锅往土钵里盛粥。五品挥动着两手，像驱赶苍蝇一样坚辞。

"不能要了，已经够了。……太失礼了，足矣足矣。"

若不是利仁这时指着对面屋檐说："瞧那边!"有仁不定还会不停地劝五品喝粥。幸好利仁的声音把众人的注意力引到了那处房檐。朝阳洒在桧皮葺的屋檐。炫目耀眼的阳光下，老老实实坐卧着一只毛色润泽的畜类。一看，正是前日利仁在荒郊枯野路上捉过的那只阪本野狐。

"狐狸也要吃山药粥哩。来人哪!赏它些吃的!"

利仁的吩咐当即照办。狐狸从屋檐上跳了下来，直奔院里去吃山药粥。

五品瞧着狐狸吃山药粥，回想起来此之前的自己，心中充满眷依。那是受众多武士愚弄的他，是挨京都娃儿辱骂的他——"你个酒糟鼻!算什么东西!"他穿着褪了色的短褂和裙裤，像条丧家之犬，彷徨在朱雀大街上，可怜而孤独。但同时又是将"饱餐一顿山药粥"的夙愿，独自珍藏在心的幸福的他。——他放心了，可以不必再喝山药粥了，满头大汗也渐渐从鼻尖开始消去。天气晴朗，敦贺的早晨却寒风刺骨。五品忙不迭地捂起鼻子，却冲着银锅打了好大一个喷嚏。

大正五年八月

魏大海　译

猴子

那时，我刚刚完成了一次远洋航行，"雏妓儿"（军舰上对见习军官的称呼）见习期即将结束，乘坐的 A 号军舰驶入横须贺港后第三天下午，大约三点前后，上岸人员集合的喇叭声嘹亮地吹响。记得轮到右舷的同伴上岸，以为大家已列队甲板，突然又响起了全体集合的号角。想必肯定出了大事。我们一无所知，一边登舱一边互相探问：

"怎么回事？"

全体人员集合后，副舰长含糊其词地说：

"……最近，本舰发生了两三起窃案。尤其昨天，城里钟表商来，丢了两只银壳怀表。所以要对全体人员搜身检查，还要检查你们的随身物品……"

钟表商失窃，我是第一次听说。但舰上有物品被偷，我们皆有耳闻。一个军士、两个水兵的钱被偷走了。

搜身检查，当然都要脱了衣服。幸好还是十月初，太阳照耀港内海面的红色浮标，给人夏天的感觉。所以并不感觉多难受。可是那些打算早早上岸爽一把的伙伴丢了丑，一搜身，口袋里搜出春宫画或是避孕套。众人起哄，弄得他们面红耳赤，无地自容，扭扭捏捏地不愿受检，结果有两三个人挨了长官的耳光。

舰上全员六百人之多，统统查一遍，谈何容易。要说天下奇观，六百个人赤身裸体排列在军舰甲板上，堪谓一景。其中脸膛手臂黢黑的轮机兵曾受怀疑，他满脸怒气，摆出一副脱下裤衩任你搜个遍的架势。

上甲板如此折腾，中甲板和下甲板也开始检查物品。所有舱口都布置了见习军官，所以上甲板的人不可能下降半步。我被指派检查中下甲板，便和同伴一起检查士兵的衣服袋子、小箱子之类。自我上舰，干这种事还是头一回。查检横梁后头和放衣服袋子的隔板里，真是难以想象的麻烦。但是，和我一样的见习军官牧田终于发现了赃物。手表和钱都在一个名叫奈良岛的信号兵帽子盒里找到，还发现了服务生丢失的那把柄上镶嵌蓝色贝壳的小刀。

旋即宣布解散。紧接着命令信号兵集合。其他人自然高兴得不得了，尤其是曾被当作怀疑对象的轮机兵更是兴高采烈。但信号兵集合后，却没见奈良岛。

我没经历过这类事情，毫无经验。不过听说军舰上发现了被盗赃物，却常常找不到窃贼。当然都是面临着自杀之命运。自杀的方式，十之八九是吊死在煤炭储藏库里，几乎没人跳海。还听说这艘军舰发生过小刀剖腹事件，幸而被人发现保住了性命。

正因如此，军官们一听说奈良岛不在，便大惊失色。

尤其那个副舰长，惊慌失措的样子至今还历历在目。听说他在上一次战争中还是英勇善战的骁将哩，彼时却也脸色煞白乱了方寸。看上去实在可笑。我们互相交换眼色，露出轻蔑的神情。这个人，平时开口闭口就是精神修养什么的，瞧现在这副狼狈相……

副舰长一声令下，立刻开始全舰搜索。此时感觉愉快兴奋者，大概不止我一人。就像失火时看热闹的那种心情。警察抓罪犯的时候，还会担心对方拒捕，而军舰上绝无此虞。尤其是我们与水兵间的上下等级森严——没进过军队的人几乎无法理解——正是这严格的等级使我等无所顾忌。我几乎一跃而起跑下舱口。

同我一起下来的还有牧田，他好像也很兴奋，从背后拍着我的肩膀说：

"喂，真让我想起抓猴子的事。"

"嗯，今天这猴子没那只敏捷，放心好了。"

"你这么麻痹大意，会让它跑掉的。"

"什么？跑掉？一只猴子罢了。"

我们说笑着跑下舱去。

刚才说的猴子，是本舰开往澳大利亚远洋航行时，布里斯班港的某人送给炮长的。可是在军舰驶进威廉港的两天前，猴子拿着舰长的手表不知去向，闹得军舰上天翻地覆。或因大家长期航行在海上，百无聊赖，才会发生那般事情。炮长自不待言，我们也全体出动，工作服都没脱就下机房上炮塔，四下找寻，闹腾得人仰马翻。搜寻中，竟发现其他人弄来、买来的各类小动物——小狗在脚边碍事地跑动，塘鹤鸣叫，挂在绳上笼子里的鹦鹉发疯似的拍打翅膀，简直就像马戏团着了火。这时，那只猴子不知从什么地方钻出来，突然蹿到甲板上，手里还拿着那只手表，像要爬上桅杆的样子。恰好两三个水兵在那儿干活，当然不能让猴子跑掉。其中一人一把抓住猴子的脖子，制服了它。手表也只是玻璃外壳破裂，基本没损坏。后由炮长提议，猴子受到禁食两天的惩罚。可笑的是，也是炮长破坏自己规定的惩罚期限。不到两天，就给猴子吃了胡萝卜和芋头。他的理由是："瞧它垂头丧气的样子，虽是猴子，也于心不忍。"实际上，现在我们寻找奈良岛的心情与那时寻找猴子的心情差不多。

我第一个跑到下甲板。大概您也知道，下甲板从来都是黑咕隆咚的地方，到处堆放着擦得锃亮的金属器件或喷漆的钢板，泛着淡淡的微光。——我总觉得有点儿喘不上气来。我在昏暗中朝着煤炭储藏库走了两三步，突然看见储藏库的装煤口露出一个人的上半身，吓得我差一点惊叫起来。这个人正从窄小的装煤口往储藏库里爬，先把脚伸了进去。他的脸被裹有蓝色水兵服的肩膀和帽子遮住，无法辨认，且因光线暗淡，只看见黑黢黢的上半身。直觉告诉我这正是奈良岛。要果真是他，他进煤炭储藏库里去，没准儿是打算自杀。

我感到异常兴奋,一种浑身热血沸腾般难以言状的愉快的昂奋,也可以说像是手持猎枪的猎手发现猎物时的那种心情。我不顾一切地向对方扑去,双手比猎犬更加敏捷地紧紧按住他的肩膀。

"奈良岛!"

我的声音既不像斥责也不像怒骂,莫名其妙地发尖而颤抖。不言而喻,他就是犯人奈良岛。

奈良岛并没有挣脱我抓住他的手,他上半身依然探在装煤口上,仰脸平静地看着我的脸。"平静"这个词不足以形容当时他的神情。他要迸发出自己的全部力量,却又必须保持着平静。"平静"透现着万般无奈或迫不得已,仿佛被狂风吹折帆桁,风暴过后却勉为其难地返航。我没有遇到潜意识中预想的反抗,萌生了一种类似不满的情绪,烦躁气恼、默不作声地俯视着那张"平静"的脸。

我从来没见过这等面容。这面容,连魔鬼看了都会哭。我说我的,你没亲眼见,仍是无法想象。我或许能把他那泪水汪汪的眼睛形容给你。你或许能想象他嘴角肌肉突然不由自主地痉挛。他那汗水津津的惨白脸色不难形容,但那整体上惊恐万状的表情,却是任何小说家都无法描写的。你是写小说的,这一点我敢对你断言。我感觉他的表情如一道闪电给了我致命一击。那个信号兵的表情居然给我如此强烈的震撼。

"你要干什么?"

我机械式地发问。大概由于精神作用，这个"你"，听起来像是指自己。"你要干什么？"——别人这么问我，我该怎么回答呢？"我要把这个人作为犯人抓起来。"谁都可以这样理直气壮地回答。看见这张脸，任何人都会这么说。我这样写成文字，像是经历了好长时间，其实几乎在一瞬之间，某种自责掠过我的心头。就在这时，一个微弱的声音尖锐地钻进我的耳朵："我没脸见人。"也许你可以形容，我听到的是自己心灵发出的声音。我只觉得那句话像一根针扎入我的神经。我恨不得和奈良岛一道说"我没脸见人"，我们面对的，是比我们强大的无形压力。我不知不觉地松开了抓在奈良岛肩膀上的双手，仿佛自己才是被抓的犯人，我们呆呆地站在煤炭储藏库前。

后来发生的事情大抵不言自明。当天，关了奈良岛一天禁闭，第二天即被送往浦贺的海军监狱。我不太愿意说的是，那监狱经常让囚犯"搬运炮弹"。就是在相距大约八尺的两个土台之间，囚犯抱着二十来斤的铁弹不停地来回搬运。折磨犯人，大概没有比这种方法更加痛苦的了。记得先前跟你借过陀思妥耶夫斯基《死屋手记》，其中写道："只要让囚犯徒劳地重复某种工作，比如把甲水桶里的水倒在乙水桶里，再把乙水桶里的水倒回甲水桶里，囚犯非自杀不可。"浦贺的海军监狱实际上就是这么干的，那里没有囚犯自杀，简直不可思议。被我抓住的那个信号兵送到那儿去了。他脸上有雀斑，个子不高，看上去懦弱而老实……

那天，我和几个见习军官倚在栏杆上，眺望着暮色初降的港口。牧田走到我身旁，带着揶揄的口气说道："你活捉了猴子，可立了大功啊。"他或许以为我内心扬扬得意。

"奈良岛是人，不是猴子。"

我没好气地把他顶回去，转身离开。其他人肯定觉得奇怪，我和牧田打海军军官学校时就是好朋友，从未吵过嘴。

我独自在上甲板上从舰尾走到舰头，想起副舰长担心奈良岛生死时那副惶惶不安的神情，不禁感到亲切。当我们把那个信号兵当作猴子对待的时候，只有副舰长对他显示了人的同情。我们蔑视信号兵的那种态度实在愚蠢至极。我突然低下头去，感觉到一种羞愧。我在暮色昏暗的甲板上从舰头走回舰尾，尽量不让皮鞋发出声音。让关在禁闭室里的奈良岛听见我们急促有力的皮鞋声，我心里过意不去。

据说，奈良岛的偷窃行为还是起因于女人。我不知道他的刑期有多长。至少几个月，他必须在黑暗的牢房中度过。猴子可以免受惩罚，人却无可幸免。

大正五年八月

魏大海　译

手绢

东京帝国法学科大学教授长谷川谨造[1]先生坐在阳台的藤椅上，阅读斯特林堡[2]的《剧本创作法》。

先生的专业是殖民地政策研究。所以读者或对先生阅读《戏剧理论》感到有些唐突。不过，先生作为颇负盛名的学者和教育家，即便是与专业研究无关的书籍，只要某种意义上关联于现代学生的思想或感情，他便要尽量抽空去浏览。就说眼下，兼任校长先生只有一个理由——这些书是这所高等专科学校学生喜欢看的书。就因为这个原因，他甚至不辞辛劳地阅读奥斯卡·王尔德[3]的《深渊书简》和《意向集》。这样一位先生在阅读欧洲近代戏剧、演员论，就不足为怪了。因为先生熏陶下的学生要写易卜生论、斯特林堡乃至梅特林克[4]论，有的则要继承近代戏剧家的事业，立志献身于戏剧之创作。

先生每看完一章寓意深刻的文章，便将黄皮布面的书籍放在膝盖上，漫不经心地瞥一眼挂在廊檐下的岐阜灯笼[5]。奇怪的是每逢此时，先生的思绪便离开斯特林堡，而想起和自己一起去买这个灯笼的夫人。先生在美国留学期间结婚，夫人自然是美国人。然而她喜欢日本和日本人的程度与先生没有丝毫差异。尤其对日本做工精致的工艺美术品,更是爱不释手。所以把岐阜灯笼挂在廊檐下,与其说是先生的喜好,不如说由此窥见了夫人的日本情趣之一端。

先生每次合上书本,就想起夫人和岐阜灯笼以及灯笼代表的日本文明。先生深信,日本文明在最近五十年里,物质方面获得了相当显著的进步,但精神方面几乎没有看到明显的进步。岂止如此,从某种意义上说,精神文明正在堕落。那么作为现代思想家,当务之急是发现有何办法能抑止那般堕落。先生断定,除了日本传统的武士道,别无他法。武士道绝非局限于狭隘的岛国国民道德,其中竟至包含着与欧美各国基督教精神一致的东西。倘能以武士道精神认知现代日本的思潮走势,则不仅是对日本精神文明的贡献,也有利于欧美各国国民与日本国民的相互理解,或许还能促进世界和平。——先生平素立志成为这个

---

1 该文的长谷川谨造以新渡户稻造为模特儿。
2 斯特林堡(1848—1912),瑞典剧作家、小说家。著有小说《红房子》《女佣之子》《新国王》,戏剧《父亲》《朱莉小姐》《到大马士革去》《死的舞蹈》《古斯塔夫·阿道尔夫》等。
3 王尔德(1856—1900),英国作家。著有童话《快乐王子》,剧本《温德梅尔夫人的扇子》《理想丈夫》《莎乐美》,小说《道连·格雷的画像》等。
4 梅特林克(1862—1949),比利时剧作家、诗人。作品具有神秘象征性,曾获诺贝尔文学奖。诗集有《温室》,戏剧有《盲人》《佩利亚斯与梅丽桑德》《青鸟》等。
5 岐阜灯笼,岐阜特产,骨细纸薄,绘有山水花鸟。夏日挂于檐下,有凉爽感觉。

领域东西方连接的桥梁。因此，夫人和岐阜灯笼乃至灯笼所代表的日本文明，才在先生的意识里相互间保持着一种和谐，这无疑是皆大欢喜之事。

但是在获得了几次这样的心理满足以后，先生发现自己的思绪与正在捧读的斯特林堡渐趋渐远。他不满地摇摇头，眼睛又回到细小的铅字上，重新开始认真地阅读。他刚好看到这样的一段文字：

演员体会最普通的感情，发现一种恰如其分的表现手法。当他通过这个方法获得成功时，就容易落入俗套，即不论时间、场合是否合适，动辄运用老套手法。一方面乃因驾轻就熟，另一方面也是因为曾经获得了成功……

先生与艺术，尤其与戏剧，本来是风马牛不相及的关系。即使日本戏曲，至今也只看过屈指可数的几次。——他一个学生写的小说里出现"梅幸"之名，素来博闻强记十分自负的先生竟对之全然不知。于是在为该书写序的时候，他把学生叫来，问道：

"这梅幸是什么意思？"

"梅幸……吗？这个梅幸，就是丸之内帝国剧场的专职演员哪，现正在《太阁记》第十场里扮演操这个角色哩。"身穿小仓裙裤的学生恭敬地回答。

所以，先生对斯特林堡精准地评论各种表演方法的文章，谈不出任何个人见解。他只能借之联想起在西方留学期间看过的一些戏剧中的场面，从中领略几分旨趣。就是说，这和中学英语老师为寻找英语的习惯用语而阅读萧伯纳的剧本没有多大区别。兴趣嘛，毕竟只是兴趣而已。

廊檐上挂着尚未点燃的岐阜灯笼。长谷川谨造先生坐在藤椅上捧读斯特林堡的《剧本创作法》。我只要写这么一件事，读者大概就能轻而易举地想象这是何等漫长的夏日午后时光。然而千万不要因为我这一说，就认为先生百无聊赖。如若有人这般解释，则肯定是故意嘲讽曲解我写作的心情。——此刻，先生连斯特林堡也只得暂且搁下。女佣突然禀告，有客来访。这就大扫先生之雅兴。世间的时光漫长，先生却不得片刻清闲……

先生放下书本，拿起女佣送来的小名片瞥了一眼。象牙色的纸片上，字体纤细地写着"西山笃子"。先生觉得，此人以前似未谋面。先生交际很广。他从藤椅上站起来，为慎重起见，还是在脑子里又翻阅了一遍名单，仍旧不记得见过这么个人。于是先生把名片当作书签夹在书里，把书放在藤椅上，然后匆忙地整理了一下丝绸单衣前襟，望着眼前的岐阜灯笼。这种时候，大概谁都没有例外，主人往往比在外面等待的客人更着急。想必无须特别说明。先生性格严谨，即使不是今天这样的陌生女客，他也总是显得局促不安。

须臾，先生估摸一下时间，便推开会客室的门。就在他松开门把手之时,几乎同时,约莫四十岁的女客也从椅子上站了起来。客人的穿着出乎先生意料,温文雅致。她身穿铁青色和服单衣,外罩黑色罗纱短外套,胸前细细的衣缝上清爽的菱形翡翠带扣格外显眼。对这些琐事原本迟钝的先生一看她的发型,也知道那是圆髻。她长着一张日本人独特的圆脸,皮肤呈琥珀色,看似贤妻良母。先生瞧她一眼,觉得在哪里见过。

"我是长谷川。"

先生和蔼地招呼道。心想,若是以前见过面,这一说,对方没准儿会主动提起。

"我是西山宪一郎的母亲。"

对方声音清晰地自我介绍,然后恭恭敬敬地还礼。

先生还记得西山宪一郎,也是他的学生,写过易卜生、斯特林堡的评论,专业像是德国法律。进大学以后,还经常带着思想问题,到先生这里来请教。今年春天因患腹膜炎,住进了大学的医院,先生还顺便去看望过一两次。先生觉得这个妇女似曾相识,也不是没有道理。那个浓眉、快活的青年与眼前这位妇女,简直像一个模子刻出来的,惊人地相似。

"哦,是西山君的……是吗。"

先生兀自点点头,指着茶几那边的椅子道:

"请坐吧。"

妇人先对自己的突然来访表示歉意,恭恭敬敬地施礼后，坐在椅子上。紧接着，她从衣袖里取出一块白色的东西像是手绢。先生一见，即把茶几上的朝鲜团扇递了过去，自己也在这边的椅子上落座。

"贵宅真漂亮。"

妇人略显做作地环视屋内。

"哪里，就是大一点儿，没什么用。"

先生早已习惯此类寒暄。这时，女佣端来凉茶。先生让女佣把凉茶放在客人面前，改变话题问道：

"西山同学怎么样？病情有好转没有？"

"是啊。"

妇人谦恭地把双手重叠在膝盖上，略一停顿，接着平静地说下去，语调沉着而流畅：

"其实，今天我也是为孩子的事登门拜访的。他到底还是去世了。生前一直受到先生关照……"

先生以为，妇人没喝茶是客气，于是自己端起盛着红茶的茶杯送到嘴边。他觉得，与其勉强相劝，不如自己先端起茶杯。然而茶杯还没触及柔软的髭须，妇人的一番话却让先生猛然一惊。听到学生的死讯，这茶是喝还是不喝呢？——本来与青年之死全然无关的问题，瞬间却使先生左右为难。茶杯端在手里，也不能就这样放下来。先生终于下了决心，咕嘟一口喝了半杯，他微皱眉头，用好像呛着的声音说道：

"太可惜……"

"他住院时候一直惦念先生,知道先生忙,思前想后还是前来通知一声,表示感谢……"

"哪里,您太客气了。"

先生放下茶杯,又拿起涂有一层青蜡的团扇,怃然说道:

"到底还是去世了啊。正是大有作为的年龄……我也好久没去医院看望,以为他病愈了呢……噢,什么时候去世的呢?"

"昨天刚好是头七。"

"在医院去世的吗?"

"是的。"

"呀,真的很意外……"

"不过已经尽力了,只好认命。到这个地步,也没必要怨天尤人了。"

交谈之间,先生突然发现一个意外的事实:这女人的态度举止一点儿不像谈论自己儿子的死。眼睛里没有泪水,声音也和平时一样,甚至嘴角还泛出一丝微笑。不听内容,光看外表,简直就像一个妇人在聊着茶余饭后的闲事儿。——先生觉得有点儿奇怪。

先生在柏林留学的时候,当今德国皇帝的父亲威廉一世驾崩。当时先生正在一家经常光顾的咖啡馆里,听到这个讣告,只是平常事一般地感慨一番,且如平时一样拐杖夹在腋下,精神抖擞地回了住处。开门之后,主人家的两个孩子却从两边抱住了先生的脖子，哇地一齐大哭起来。一个是十二岁的女孩子，穿着茶色上衣；另一个是九岁的男孩子，穿着深蓝色短裤。先生素来喜欢孩子，不明白发生了什么事儿，只好一边抚摸他们色泽光亮的头发，一边问："怎么啦？怎么啦？"他们却仍然伤心地哭泣，抽搭呜咽道："陛下老爷爷去世了。"

先生觉得不可思议。一个国家元首去世了，会使小孩子如此悲伤？他不禁思考了皇室与国民的关系。来到西方国家后，西方人冲动的感情表白常使先生为之惊异，但孩子们的反应更让信奉武士道精神的日本人先生大为吃惊。当时惊讶与同情融为一体的感触至今难以忘怀。——现在先生正是从这个角度出发，觉得眼前这个女人反而不流泪，实在出乎人之常情。

先生这第一发现后，很快又有了第二发现。

主客间的话题从回忆去世的学生转到日常生活，再回到死者缅怀。此时先生手中的朝鲜团扇，一不小心啪啦地滑落到拼木地板上。两人的谈话并无火烧眉毛般刻不容缓。先生从椅子上弯腰伸手取地板上的扇子。扇子掉在茶几底下——妇人套在拖鞋里的白布袜子旁边。

这时，先生的目光偶然落到妇人的膝盖上。她拿着手绢的手放在膝盖上。当然，这没什么可奇怪的。但先生同时发现妇人的手在剧烈地颤抖。大概为竭力控制激动的情绪，她两手使劲儿攥着手绢，像要撕裂的样子。被揉得皱巴巴的手绢刺绣花边，在她纤细柔软的手指间微风吹拂般地抖动。——妇人脸上一直挂着微笑，其实全身都在恸哭。

先生拾起扇子，抬起头来的时候，他的脸上浮现出方才没有过的表情。这种表情极其复杂——看了不该看的东西的虔敬心情，交融于来自那般心情、意识的某种满足感，间或带有些许做作与夸张。

"我没有孩子，但非常理解您的痛苦心情。"

先生像看一个晃眼的东西，脖子略微夸张地后仰，声音低沉，充满感情。

"谢谢。但是现在不论说什么，人不能死而复生……"

妇人带着感激略微欠身，明朗的脸上依然荡漾着优雅的微笑。

两个小时以后，先生洗完澡，吃过晚饭和饭后的水果樱桃，又舒适地坐在廊檐的藤椅上。

夏季的白天很长，黄昏也久久泛留着朦胧的亮光，敞开玻璃窗的宽大廊檐很难暮暗下来。先生左腿叠放在右腿上，脑袋靠在藤椅上，在黄昏的微光中呆呆凝视着岐阜灯笼的红流苏。虽然手里还拿着那本斯特林堡，却一页也没看。这也难怪——先生满脑子还是西山笃子夫人那显现坚强的言谈举止。

先生一边吃饭，一边把这事的始末告诉了夫人，称赞道这正是日本妇女的武士道。夫人热爱日本和日本人，闻之自然同情不已。先生发现夫人是自己的热心听众，心满意足。夫人、刚才那个妇人，还有岐阜灯笼——如今三者以某种伦理的背景，浮现在先生的意识里。

不知先生有多长时间沉浸在这样幸福的回忆里。在回忆的过程中，突然想起一家杂志向自己约稿。这家杂志以《致现代青年的信》为题，征询各方名流关于公众道德的见解。先生挠了挠头心想，以今日之事为素材，尽快写出一篇感想寄去吧。

先生挠了脑袋，手持着斯特林堡。他开始注意刚才一直没有顾及的书，翻开了夹有名片的那一页。这时女佣过来，点亮了头顶的岐阜灯笼，便可认读书上细小的铅字了。其实先生并没有看书的心情，只是目光漫不经心地落在书页上。斯特林堡如是说：

我年轻时，听说过海堡夫人手绢的故事。大概是巴黎生产的手绢吧。那是面带微笑、手撕手绢的双重表演。我们今天将这种演技称为"臭派儿"……

先生把书放在膝盖上。书打开着，西山笃子的名片还夹在书里。此时先生的心里想的，已不再是那个妇人，也不是夫人或日本文明，而是一种试图破坏均衡和谐的莫名其妙的东西。斯特林堡批判的表演方法与实践道德，自然是不同的问题。然而从刚才看到那段话的暗示中,一种莫名的东西搅乱了先生沐浴后平静闲适的心情。武士道及类型化表演……

先生心情不快地摇了两三下脑袋,然后翻眼一直瞧着描绘有秋草图案的明亮的岐阜灯笼……

大正五年九月

魏大海　译

烟草与魔鬼

日本原先没有烟草这种植物，那么是什么时候船运而来的呢？年代的记载不尽相同。有的说在庆长年间[1]，有的说在天文年间[2]。不过，庆长十年左右，似乎各地都有种植。到文禄年间[3]，吸烟已普遍流行，还出现这样的讽刺打油诗：

"莫听禁烟令，有钱鬼推磨。天皇玉音远，玄啄尽庸医。"[4]

那么是谁把烟草带来日本的呢？历史学家皆云是葡萄牙人或西班牙人。其实未必尽然，还有一个传说似的答案：烟草是魔鬼从哪儿万里迢迢带到了日本。这个魔鬼是天主教神父（大概为方济各）。

也许这么说，天主教徒会谴责我诬蔑他们的神父。但我觉得，事实或的确如此。正如南洋的神渡来之时，南洋的恶魔也随之而来，西洋的善输入之时，恶亦随之而来。这是再自然不过的事情。

但我无法保证实际上就是这个魔鬼把烟草带了进来。

阿纳托尔·法朗士[5]在他的著作中说，魔鬼想用桂花引诱一个和尚。这样看来，魔鬼将烟草带来日本的传说未必是一派胡言。退而言之，即使是编造的谎言，某种意义上这个谎言或也出乎意外地接近于事实。——基于此念，我想把烟草进入日本的传说记录下来。

天文十八年，魔鬼变成方济各·沙勿略[6]手下的一个传教士，经历了漫长的海上航行安然抵达日本。魔鬼变成传教士，乃因传教士真人在阿妈港[7]之类的地方上了岸，黑船上的其他人并未觉察就启航了。于是，一直用尾巴缠在桅杆上、倒挂着身子偷偷观察船内动静的魔鬼立刻变成这个传教士的模样，朝夕侍奉于方济各神父身边。这恶魔去拜访浮士德的时候，还能变成身披红斗篷的潇洒骑士。所以这么点儿小把戏无足挂齿。

可是到了日本一看，与他在西洋阅读的《马可·波罗

---

1 庆长年间，1596—1615年。
2 天文年间，1532—1555年。
3 文禄年间，1592—1596年。
4 江户幕府颁布禁烟令，制定流通货币。玄啄，京都鹰峰东面的地名。
5 阿纳托尔·法朗士（1844—1924），法国作家、文学评论家、社会活动家。1921年，因作品《黛依丝》获诺贝尔文学奖。
6 方济各·沙勿略（1506—1552），西班牙天主教耶稣会传教士。1549年去日本，1551—1552年两次到中国广东上川岛。
7 阿妈港，指澳门。日本在室町时代称为"天川"，因有妈祖庙而又称"阿妈港"。

游记》大相径庭。书上说此国遍地铺金，实际上全无那等景象。看来，只要自己用指甲在十字架上搓磨几下变出黄金，就有大大的诱惑力。另外马可·波罗说，日本人有珍珠起死回生术，看来也是谎言。既是谎言，自己只消往各地井里吐口唾液，让疾病流行，人们就会无奈地把死后升天堂的事儿忘得一干二净。——魔鬼跟在方济各神父的后面，装作一本正经的样子到处观览，心里却盘算这些事，面露得意的微笑。

但他却面对唯一的一个难题。这难题让魔鬼亦束手无策。方济各神父初来乍到，还未开始传教，日本连一个天主教徒都没有，也便没有自己的引诱对象。魔鬼感觉相当作难，首先不知道如何打发这段无聊的时光。

魔鬼左思右想，决定种植园艺植物来消磨时光。他离开西洋时，把各种各样的植物种子装在耳朵里带了来。于是借了一块附近的田地。恰巧方济各神父也对此事极为赞成。当然，方济各神父还以为是自己手下的传教士，想把西方的药草之类移植到日本。

魔鬼立刻借来犁锄，辛勤地开垦路旁的田地。

正值初春，空气湿润，云霞暧䴵，远处寺院传来柔和荡漾的钟声，似催人眠。那钟声柔沉恬静，不像听惯了的西方教堂钟声，清越嘹亮地贯通脑门。但是绝无可能——魔鬼身处这样的和平环境，心情即变得轻松愉快。

魔鬼一听这寺院钟声，比听圣保罗教堂的钟声还要难受痛苦，皱起眉头，拼命翻地。因为听到这悠扬舒缓的钟声，沐浴着温煦和暖的阳光，心灵不知不觉间松弛下来，既不想行善也不想作恶。这样的话，特地跨海引诱日本人的计划，莫非就要泡汤？魔鬼本来讨厌劳作——因手掌没有伊凡妹妹看重的老茧[1]，现在这样卖力地挥动锄头翻地，就是为驱赶不断袭击身体的道德性睡意。

经过数日劳动，魔鬼终于平整好了这块土地，便把藏于耳中的种子播种在田垄上。

几个月后，魔鬼播下的种子发芽生长。至夏末，宽大绿叶茂密地覆盖着整个田地。没有一个人知道这是什么植物。连方济各神父询问他，魔鬼也不回答，只是咧嘴嘻笑。

不久，植物的茎部顶端绽开了簇簇花朵。花色淡紫，状如漏斗。魔鬼看着辛勤劳动的结果，心里非常高兴。除了早晚祈祷，他总在地头精心培育。

有一天（方济各神父去外地传教的几日里），一个牛贩牵着一头黄牛从田地旁经过，见一个身穿黑袍、头戴宽边帽的南蛮[2]传教士正在栅栏圈围、紫花锦簇的旱地里，专心致志地捉拿叶上的虫子。牛贩子没见过这种花，觉得

---

1 托尔斯泰的童话《傻瓜伊凡》中说，到伊凡家吃饭的客人，伊凡的妹妹都要先看他们的手掌，如果没有干活儿的老茧，就不许入座。
2 南蛮，日本室町时代至江户时代对泰、吕宋、爪哇等南洋岛屿的称呼。也指经南洋来到日本的欧洲人及物品。

好奇，不由得停下脚步，摘下斗笠，十分客气地向传教士打招呼。

"请问神父先生，这是什么花呀？"

传教士回过头去。牛贩子一看，原来是一个鼻矮眼小的洋人，看上去和蔼可亲。

"你是问这个吗？"

"是的。"

洋人一边走到栅栏旁边一边摇头，用磕磕巴巴的日本话说：

"对不起，这个花的名字，我不能告诉别人。"

"哦？是方济各神父大人不让说的吗？"

"不，不是的。"

"那您还不能告诉我吗？我最近也受方济各神父大人的教导，信教了呀。您看……"

牛贩洋洋得意指着胸前。传教士一看，果然脖子上挂着小小的铜十字架，在阳光下闪闪发亮。也许觉得晃眼，传教士微皱眉头，低下脑袋，但立刻又抬起头来，用更加亲切温和的语调半认真半玩笑地说：

"还是不能说。这是我的国家规定的，不许告人。不过，你猜猜看吧。日本人很聪明，一定猜得着的。你要是猜着了，把这地里长的东西全送给你。"

牛贩子以为传教士在和自己开玩笑，那被太阳晒黑的脸上泛起微笑，故意装模作样地略歪脑袋，说道：

"这是什么花呢？一下子还真想不出来。"

"不一定非得今天，给你三天时间好好考虑。也可以去问别人。猜中了，把这些都给你。另外送你红葡萄酒或人间乐园图吧。"

牛贩子似乎对传教士的热情感觉吃惊：

"要是猜不着，怎么样呢？"

传教士把帽子往后脑勺推了推，摆了摆手，笑起来。他的笑声尖利，却像乌鸦叫，牛贩子有点儿惊讶。

"猜不着，我就跟你要点儿什么。打赌吧。猜得着猜不着，就拿这个赌。要是猜着了，全给你。"

洋人的声音又变得温和下来。

"好，就这样。我也豁出去了，你要什么，我给您什么。"

"什么都肯给吗？这头牛呢？"

"没问题呀，输了就给您。"

牛贩笑着抚摸牛的额头。他似乎认定这待人热情的传教士是在开玩笑。

"我赢了，就把这一片开花的草给我？"

"是的，没错，一言为定。"

"一言为定，以圣主耶稣基督的名义发誓。"

传教士听牛贩这一说，那一双小眼睛闪闪发亮，满意地呼哧两三下鼻子，然后左手叉腰，稍微挺起胸脯，右手摸着紫花，说道：

"要是猜不着,我就要你的肉体和灵魂。"

洋人说完,伸出右手,举到头上,摘下帽子,只见蓬乱的头发里长着两只山羊一样的犄角。牛贩子吓得面色苍白,手里的斗笠掉到地上。大概由于太阳西斜的缘故吧,刚才还耀眼闪亮的紫花顿时黯然失色。连黄牛似乎也感到害怕,低头发出粗重低沉的叫声……

"记住咱俩的约定。你得对着我不能说出名字的花草起誓了。别忘了,三天期限。好吧,再见。"

魔鬼恭敬礼貌的口气显然含带着轻蔑。说完还故意对牛贩子深鞠一躬。

牛贩子后悔自己糊里糊涂中了魔鬼圈套。照此下去,自己肯定要被这恶魔抓住,肉体和灵魂皆在"永无熄灭的烈火"中焚烧。那自己抛弃了以前的信仰接受天主教洗礼,不是徒劳吗?

不过,既然以圣主耶稣基督的名义起了誓,就要信守诺言。当然,方济各神父在的话,或许还有办法。偏巧,神父不在。这三天里牛贩子晚上未曾合眼,绞尽脑汁要想出一个办法巧妙地对付魔鬼。想来想去,唯一的办法是必须知道植物的名称。可是连方济各神父都不知道,谁还能知道呢?

在限定的最后那天晚上,牛贩子又无奈地牵着那头黄牛,悄悄来到了传教士住所。传教士的家挨着田地,面朝大路。走近窗户前,屋里漆黑,传教士或已睡觉。月亮高悬,仍是朦胧夜色,寂静无声的田地里,一片紫花在黑暗中泛着凄凉的微光。原来牛贩子想好了一个对策,虽无充分把握,毕竟悄悄来到了这里。可看到这万籁俱寂的景象,心里忐忑不安起来,甚至打算转身回府。尤其想到那个头顶长着山羊角的先生正在那扇门后面做着地狱梦,好容易勉强鼓起的勇气沮丧地消失殆尽。但是,想到自己的肉体和灵魂就要交给那个恶魔,又暗下决心绝不能气馁示弱。

于是,牛贩子只好祈求圣母马利亚保佑自己,他断然实施了制订的计划。要说计划,其实不过是把牵来的黄牛缰绳解开,在牛屁股上使劲一击,把牛赶进地里。

牛的屁股被打痛了,跳跃起来,冲破栅栏,在田地里狂跑乱踩,牛角几次撞击了传教士家的板墙。蹄子声、吼叫声,震撼着淡薄的夜雾,偌大的骚动响彻四方。这时,有人打开了窗户探出头来。天黑,看不清什么模样,但肯定是变成传教士的魔鬼无疑。大概是心理作用,牛贩子在黑暗里清清楚楚地看见了对方头上的两只角。

"这畜生,怎么踩踏我的烟草地?"

魔鬼一边挥手一边用发困的声音吼骂。大概魔鬼刚刚入睡就被吵醒,气得火冒三丈。

然而魔鬼的这句话,对于躲在田地后面偷看动静的牛贩子,简直如上帝之言……

"这畜生，怎么踩踏我的烟草地？"

与所有类似的故事一样，这个故事的结局也十分圆满。牛贩子不费吹灰之力说出了植物的名字，彻底赢了魔鬼，地里的烟草全部归他所有。

我觉得，这古老的传说包含着更加深刻的意义。魔鬼没有得到牛贩子的肉体和灵魂，烟草却在日本全国普及开来。牛贩子的胜利伴随的是堕落，魔鬼的失败却伴随着成功。魔鬼是不会吃亏的。当人类以为自己战胜魔鬼的引诱时，说不定已经失败了。

顺便简述魔鬼的结局：方济各神父从外地回来，凭借神咒的威力把魔鬼赶出此地。后来，魔鬼好像仍旧装作传教士的样子到处流浪。据载，在修建南蛮寺的这段时间里，他经常出入京都。据说把松永弹正[1]玩弄于股掌之间的果心居士就是这个魔鬼变的。此说出自拉夫卡迪奥·赫恩[2]所著，恕不赘述。及至丰臣、德川颁布禁教令[3]，起先还时有露面，最终则离开了日本。——有关魔鬼的记

---

[1] 松永弹正，即松永久秀（1510—1577），日本室町时代末期武将。三好长庆的家臣，官职为弹正少弼，在信贵山筑城，消灭主家，投诚织田信长，后又背叛，失败死亡。
[2] 拉夫卡迪奥·赫恩，即小泉八云（1850—1904）。作家，英国人，1890年到日本，与日本女子小泉节子结婚，遂入日本籍，改日本名。
[3] 丰臣秀吉于1587年下令禁止天主教。德川家康于1613年重新下令禁止天主教。

载，到此为止。明治时期以后，他又来日本，对其情况毫无所知，实为遗憾……

大正五年十月

魏大海　译

MENSURA ZOILI[1]

我在轮船的休息室正中间，隔着桌子，与一个古怪的男人相对而坐。

且慢，我说是轮船的休息室，其实并不确切，我只是根据房间的样子以及窗外的海洋，才勉强做出这个判断，也许只是一个更平常的地方。不，还是轮船的休息室。如果不是，不至于这么摇晃。我不是木下杢太郎[2]，不明白什么叫几厘米的摇晃。但的确是在摇晃。要当我瞎说，你看一下窗外的水平线一上一下，就会立刻明白。灰蒙蒙的阴天下一望无际的大海呈现出一片含混不清的青绿色，圆形的窗框一直以各种各样的弦线切割出海水与灰云交接的地方。其间有与蓝天一色轻飘飘的东西飞翔，或是海鸥之类的海鸟吧。

与我相对而坐的古怪男人戴着高度近视眼镜，似百无聊赖地看着报纸。他大胡子，方下巴，好像在哪里见过，却怎么也想不起来。看那一头乱蓬蓬长发，想必属作家、画家这等阶层。不过那身茶色西服总觉得不合身。

我偷偷注视着他，且一小口一小口品尝着小酒杯里的甜味洋酒。我也正觉得无聊，本想与之聊天，可对方的长相显得冷若冰霜，我便犹豫着没有开口。

这时，方下巴先生使劲伸直两条腿，忍住哈欠说道："啊，真没劲儿！"然后从眼镜里瞟我一眼，继续看报。这时，我更觉得和他见过面。

休息室里只有我们两个人。

一会儿，这个古怪的男人又重复一遍："啊，真没劲儿！"然后把报纸扔在桌子上，茫然地看着我喝酒。于是我说：

"陪我喝一杯，好吗？"

"哦，谢谢。"他不说喝还是不喝，略低下头，说道，"啊，太没劲儿了。这样子，船到那边，也许人都要闷死了。"

我表示同意。

"要踏上 ZOILIA[3] 的土地，还要一个多礼拜吧。我坐船已经坐够了。"

"是……ZOILIA 吗？"

"是呀，ZOILIA 共和国。"

"有 ZOILIA 这个国家吗？"

"这就怪了。您不知道 ZOILIA 吗？我真没想到。我

---

1 意为佐利亚价值测定仪。芥川的造语。
2 木下杢太郎（1885—1945），诗人、剧作家。与北原白秋创刊《昴》《屋上废园》。诗集有《饭后之歌》，戏剧有《和泉屋染坊》等。
3 ZOILIA，虚构的国家。取意于以语言刻薄著称的评论家 Zolius 的名字。

不知道您究竟打算去哪里。不过这条船是驶往 ZOILIA 港啊，早就已是惯例啦。"

我感到困惑。仔细一想，自己甚至都不知道为什么要乘坐这条船。更何况 ZOILIA 这个国家，从来没有听说过。

"是吗？"

"当然是啊。ZOILIA 是一个很有名的古老国家。您大概也知道，被荷马骂得一塌糊涂的，也是这个国家的学者。在 ZOILIA 首府，现在还有他很漂亮的颂德碑哩。"

我大吃一惊，没想到这方下巴还这么博学。

"这么说，那是相当古老的国家啦。"

"嗯，相当古老。神话里说，原先那里只有青蛙，是智慧女神雅典娜把它们变成人的。所以，有人说 ZOILIA 人的声音像青蛙。不过我觉得这说法不确。根据现有的记录，被打败的那个豪杰是最早的 ZOILIA 人。"

"那么，现在还是高度文明的国家吗？"

"当然。尤其是在首府的 ZOILIA 大学，集中该国出类拔萃的学者，不亚于世界任何大学。最近这所大学的教授发明的价值测定仪，获得了高度的评价，可以说是现代科学的奇迹。当然，我这是从 ZOILIA 出版的《ZOILIA 日报》上看到的信息。"

"价值测定仪是什么东西？"

"就是字面所说，测定价值的仪器。本来像是测定小说、绘画价值的。"

"什么价值?"

"主要是艺术价值。当然也可以测定其他价值。在ZOILIA,因为这关系到祖先的名誉,所以命名为MENSURA ZOILI。"

"您见过那东西吗?"

"没有。只看过《ZOILIA日报》上的插图。表面上看,与普通的计量器一模一样。只要把书或者绘画放在上面就行了,画框或者装帧对测定会有所影响,但把这些误差修正过来,问题不大。"

"这倒是很方便。"

"非常方便。这就是所谓文明的利器。"方下巴从口袋里掏出一支朝日牌香烟,叼在嘴里,说道,"有了这个东西,那些挂羊头卖狗肉的作家和画家就不得不销声匿迹了。因为作品的价值如何,可以通过数字明明白白地显示出来。尤其是ZOILIA国民,立刻把这些数据存储在海关里,我认为这是最聪明的做法。"

"这又是为什么呢?"

"外国进口的书籍和绘画每一件都通过这个仪器测定,没有价值的东西就绝对禁止进口。听说最近对日本、英国、德国、奥地利、法国、俄国、意大利、西班牙、美国、瑞典、挪威进来的作品都进行测定,其中日本的作品成绩最差。可是在我们偏袒的眼光里,日本也有不少出色的作家和画家啊。"

我们这样闲聊的时候,休息室的门打开了,一个黑人男童服务生走进来。他穿着蓝色的夏日衣服,看上去敏捷机灵。服务生将夹在腋下的一沓报纸默默地放在桌子上,然后立刻消失在门后。

方下巴一边磕烟灰,一边拿起一份报纸。那是所谓的《ZOILIA 日报》,他看得懂这楔形文字一样稀奇古怪的文字,我对他的学识渊博又一次感到吃惊。

"还净是 MENSURA ZOILI 的事。"他看着报纸,说道,"这里刊载的公开意见是评价日本上个月发表的小说价值,还附有测定工程师的记录。"

"有关于久米[1]的吧?"我惦念我的朋友。

"久米吗?一篇名叫《银币》的小说吗?有的。"

"价值如何?"

"不行。上面是这么写的:他的创作动机是发现无聊的人生,且整个格调过于老成,作品总体显得低俗卑微。"

我听了以后,心里很不痛快。

"可惜啊。"方下巴冷笑着说,"也有你的《烟管》。"

"怎么写的?"

"也差不多,说是没有任何常识性以外的东西。"

---

[1] 久米正雄(1891—1952),小说家,剧作家。代表作有《牛奶铺的兄弟》《学生时代》等。

"哦……"

"还有这么一句话：该作者很快就开始粗制滥造……"

"哎呀呀……"

不快的感觉过后，我开始觉得有点儿受到愚弄。

"不仅是你，所有的作家和画家，只要用测定仪一测，全都完蛋。因为弄虚作假根本不管用。哪怕是自己的得意之作，价值反映在测定仪上，原形毕露。当然，互相吹捧也改变不了测定的事实。所以啊，只有下苦功精心创作真正有价值的作品。"

"可是，怎么判断这种测定仪的评价是正确的呢？"

"只要把名著放在上面就知道了。把莫泊桑的《女人的一生》放在上面，指针立刻显示出最高价值。"

"就这么一放吗？"

"没错。"

我没有说话，因为觉得方下巴的话里，含有一种荒谬的逻辑。我又产生了一个疑问。

"那么，ZOILIA 的艺术家创作的作品也要通过测定仪评判吧？"

"ZOILIA 的法律禁止这样做。"

"为什么呀？"

"因为 ZOILIA 的国民不同意，这没办法。ZOILIA 自古就是共和国，严格奉行 Voxpopuli, vox Dei（人民的声音即神的声音）。"

方下巴表情神秘地微笑起来，继续说道：

"听说把他们的作品放在测定仪上，指针指向最低价值。如果真是这样，他们不是左右为难？要么否定测定仪的准确性，要么否定自己作品的价值。不论怎样，对他们都不是一件好事儿。——不过，这只是传闻。"

这时，轮船忽然剧烈颠簸摇晃起来，方下巴一下子从椅子上滑落下来，桌子也倒下来压在他身上。酒瓶、酒杯翻倒了，报纸也掉在地上。看不见窗外的水平线。传来盘子破碎、椅子倒地的声音，接着是波浪撞击船舷声——咣唧！咣唧！莫非是海底火山喷发？

我忽然惊觉醒来，发现自己正坐在书房的摇椅上一边看着耶威因（圣约翰·欧文）[1] 的剧本 *The Critics*，一边打瞌睡。我刚才一直以为自己在轮船上，大概是因为摇椅摇晃的缘故吧。

方下巴好像是久米，又好像不是久米，至今还不清楚。

大正五年十一月二十三日
郑民钦　译

---

1 圣约翰·欧文（1883—1971），爱尔兰剧作家、小说家。

道祖问答

天王寺别当[1]、道命[2]阿阇梨悄悄从被窝里爬起来，慢慢膝行到经桌旁边，在灯下翻开摆在桌上的《法华经》第八卷。

小灯台丁香花一般的火花，明亮地映照着螺钿镶嵌的经桌。耳边的声响，或是睡在屏风那头的和泉式部[3]轻微均匀的呼吸。春夜的曹司[4]万籁俱寂，连老鼠的叫声都没有。

阿阇梨坐在白锦镶边的稻草圆蒲团上，怕吵醒式部便中音静诵《法华经》。

这是他长年养成的习惯。身为傅大纳言藤原道纲之子，又是天台座主慈惠大僧正[5]的弟子，却不修三业不持五戒，甚至过着寻花问柳、放荡不羁的 dandy（颓废）生活。奇怪的是，空闲时他必定独自诵念《法华经》。他自己好像并不觉得有丝毫的矛盾。

就说今天他来拜访和泉式部，当然不是以修验者[6]的身份，而是作为这位美女的众多情人之一，悄悄前来偷香窃玉，共度寂寞之春宵。然而，还没听见鸡鸣头遍，他就轻手轻脚地爬起来，张开残留着酒气的嘴唇，诵念一切众生皆成佛道的善经。

阿阇梨整了整偏衫衣领,专心致志地读经。

不知道念了多长时间,只觉得灯火渐暗,发蓝的火苗亮度减弱,丁香花般的火球周围出现了黑色的烟结,灯火的形状眼见地变细如线缕。阿阇梨轻轻地挑了两三次灯芯,依然无济于事。

他还突然发现,随着灯火的逐渐暗淡,灯台那头有一处显得特别黑,这一团黑影渐渐变成一个人影。阿阇梨不由得停止念经。

"谁?"

黑影声音含糊地回答说:

"对不起。我是住在五条西洞院旁的老翁。"

阿阇梨身子稍稍后退,定神注目盯着黑影。老翁合拢白色水干衣袖,坐在经桌对面,似有什么心事。阿阇梨看

---

1 别当,统管寺院事务的僧官。
2 道命(974—1020),平安时代中期歌人、僧人。父为藤原道纲,母为源近广之女。
3 和泉式部(生卒年不详),日本平安时代(794—1192)中期的女歌人、文学家。中古时期的三十六歌仙之一。大江雅致之女,和泉守橘道贞之妻。受宠于为尊亲王、道敦亲王,侍奉中宫彰子。一生婚恋曲折,最后嫁给丹后守藤原保昌。在和歌方面,继承并发展《古今和歌集》的风格,是平安朝最著名的女歌人。著有歌集《和泉式部集》,日记《和泉式部日记》。
4 曹司,宫中或官府供官吏或女官使用的房间。
5 大僧正,僧官中的最高位置。
6 修验者,修验道的修行者,祈祷神佛保佑、显灵的行者。修验道是役小角开创的密教的流派之一。

不真切，但见他黑漆礼帽带子长垂，举止神态倒不像是狐狸精。尤其手持着一把黄色纸扇，昏暗灯火中，竟显得气质高雅。

"老翁何许人也？"

"哦，光说老翁，未能知晓。我乃五条之道祖神[1]。"

"道祖神为何前来？"

"闻你念经，不胜欣喜，特来道谢。"

阿阇梨觉得蹊跷，皱起眉头：

"道命常诵《法华经》，不只是今晚。"

"原来如此。"道祖神略一停顿，黄发稀疏的脑袋稍稍歪斜，依然用低声细语般的声音说道，"身心清净读经之时，上自梵天帝释，下至恒河沙粒之诸佛菩萨，悉能听闻。为此老翁亦不觉下民之悲近在身旁。今夜……"说到这里，突然变成讽刺的语气，"今夜你未曾沐浴净身，与女人尽欢愉，此般诵经，诸路神佛皆嫌不净，故未显灵至此，老翁方能有空前来，道谢闻经之礼。"

阿阇梨大为恼火，尖声喝道：

"你胡说什么？"

道祖神依然不动声色，继续说道：

"惠心高僧亦云，勿破念佛读经四威仪[2]，老翁之因

---

[1] 道祖神，保护行人安全的护路神。
[2] 四威仪，佛教行、住、坐、卧的规矩。

果报应,正是险入地狱之恶道。将来……"

"住嘴!"

阿阇梨摸着手腕上的水晶念珠,目光凶狠地瞥了老翁一眼。

"道命虽不肖,却也读过所有经文论释,各种戒行德目未必无修。难道你以为我是对那些话一无所知的蠢人吗?"

道祖神没有回答,蹲在矮矮的小灯台后面,一动不动地低垂脑袋,似乎对阿阇梨的话充耳不闻。

"你好好听着:生死即涅槃也好,烦恼即菩提也好,都是说静观自身佛性之意。我的肉身等同于三身[1]即一之本觉如来,烦恼业苦之三道等同于法身般若解脱之三德[2],娑婆[3]世界等同于常寂光土[4]。道命乃无戒之比丘,已深知三观三谛即一心[5]之醍醐。所以在道命眼里,和泉式部也就是摩耶夫人[6]。男女交欢乃万善功德。久远[7]本地[8]之诸法、无作[9]法身之诸佛皆显灵于我们之住所。如

---

1 三身,佛教一般指法身、报身、应身。
2 三德,佛教指涅槃具备的三德:法身、般若、解脱。
3 娑婆,即俗世。
4 常寂光土,天台宗四土之一。法身佛所在的净土。
5 一心三观,天台宗同时观察自己内心的空观、假观、中观三谛的方法。
6 释迦牟尼之母。
7 久远,《法华经》指释迦如来等佛。
8 本地,为普度众生而显现"垂迹身"的佛或菩萨的法身(真身)。
9 无作,指无因缘之造作。

此，道命之住所乃灵鹫宝土，并非尔等小乘持戒之丑类妄自容足之佛国。"

阿阇梨言毕，正言厉色，挥动手腕，厌恶地斥骂道：

"业障，速速退去！"

老翁打开黄纸扇，像是遮挡脸面，人影逐渐淡去，与变得如萤火虫般的灯火一起，猝然消失。这时，远处依稀传来高昂的第一声鸡鸣。

"春天的黎明"时刻将至。

大正五年十二月十三日

郑民钦　译

忠
义

一 前岛林右卫门

板仓修理病愈后,疲劳略有减轻,却又紧跟着患上了严重的神经衰弱。

肩肿头痛。就连平时喜欢的读书,也受了大大的影响。只要廊上有脚步声或家人的说话声,其注意力立刻受到袭扰。久而久之,只要有些许细微刺激,其神经就备受摧残。

如烟灰缸泥金画的黑底上描着金色的蔓草,纤细的蔓叶令之心绪不宁。还有如象牙筷、青铜火筷这种一头尖细的物什亦令之不安。甚至连榻榻米边缘交叉的方角和天井的四隅,都像看着刀刃一般令之感到神经极度紧张。

修理只好一天到晚愁眉苦脸待在起居室。不论做什么,他都觉得痛苦万分。他时时想,要是存在意识也消失了那该多好。但过敏的神经由不得他。他就像掉进蚁狮深穴的蚂蚁,焦躁地环顾四周。然而周围只有对其心情毫无理解、谨小慎微的谱代[1]之臣。"我很痛苦,然无人察知我的痛苦。"想到这里,他痛苦倍增。

因无周围人的体谅,修理的神经衰弱越发严重。每每发作便大声叫嚷，闹得左邻右舍鸡犬不宁，且几次将手臂放在了刀架的长刀上。这种时候，在大家眼里他简直就是一个陌生人。瘦削的黄皮脸不时痉挛着，眼神都带着一种难以言状的杀气。严重发作时，他总是用颤抖的双手抓挠左右两鬓的毛发。——身边伺候的人，一看他抓挠鬓毛就知道又发作了。大家面面相觑，谁也不敢靠近他。

发疯——修理本人亦心存恐惧，何况周围的人。当然修理很反感周围人的那种反应。他也无法抗拒自己心中的那般恐惧。发病过后，当心情更加忧郁、更加沉重时，他不时意识到这恐惧像闪电一样威胁着自己，一种凶兆似的不安袭扰着自己：恐惧莫非就是发疯的前兆？"真要疯了，我可怎么办？"想到这些，他眼前仿佛突然间一片黑暗。

当然这恐惧不断被外界刺激引发的烦躁所抵消，反之又不时引发他新的恐惧心情。换言之，修理的心情就像想追扑自己尾巴的猫一样，骨碌碌无休止地重复着不安。

修理的异常是全家人莫大忧患。其中最劳心吃力的是家老[2]前岛林右卫门。

林右卫门说起来是家老，其实是本家板仓式部派来的亲信，修理平时也要敬他三分。林右卫门黑红脸膛，身材

---

[1] 谱代大臣，世世代代服侍同一家主子的家臣。
[2] 家老，江户时代大名的重臣，统率家中的武士，总管家中一切事务。

魁梧，几乎从来没有生过病，文武双全，家中武士少有出其右者。正因为这种关系，他对修理一直充当"谏臣"的角色。大家称其为"板仓家的大久保彦左[1]"，正是起因于忠谏的外号。

林右卫门眼见修理神经发作，夜不能寐，为主家殚精竭虑，尽心尽力。既然病已康复，虽身体疲惫，也须在近日之内登上城堡。

但是若在上殿时，在陪同的各位大名、列席的旗本[2]同事面前发病的话，那是何等失礼啊。万一有一天发生杀戮事件，板仓家的七千石俸禄就会被幕府完全没收。殷鉴不远，不能发生堀田稻叶那样的争吵了。

林右卫门想到这里，每天坐立不安。而且按他的说法，修理的发病不是身体的疾病，而是心病。于是，正像他谏诤放荡不羁的生活、谏诤奢侈浪费一样，他打算果敢地向修理谏诤神经衰弱。

所以一有机会，林右卫门就苦谏修理，但对修理的发病毫无减缓的效果。反而是林右卫门越谏诤，修理越焦急，病情越厉害，有一次甚至差一点要砍杀林右卫门。修理怒不可遏地说道："你这家伙不把主子放在眼里，要不是看在本家的分上，一刀宰了你。"当时，林右卫门从修

---

1 大久保彦左（1560—1639），江户前期的旗本，侍奉德川家康，立有战功。后侍奉秀忠、家光，无欲恬淡。
2 旗本，江户时代直属将军的武士之一种。

理的眼睛里看到的不仅是愤怒,还有难以磨灭的憎恨。

主仆之间亲密的感情,由于林右卫门的不断苦谏,不知不觉变得疏远紧张起来。当然不仅是修理憎恨林右卫门,林右卫门也在不知不觉之中萌发憎恨修理的情绪。当然他并没有意识到憎恨情绪的产生。至少除了最后一刻,他对修理的耿耿忠心没发生丝毫的变化。"君不为君,则臣不为臣。"这不仅是孟子之道,其基础是为人之道。然而,林右卫门不承认这一点……

他始终坚持为臣之道。但是,苦谏的无效使他品尝到痛苦的滋味。于是他决心,使用一直在心中盘算的最后一招。这最后一招就是强迫修理隐退,从板仓家族中拥立养子。

林右卫门认为,"家族"为本。现在这个户主,必须在"家族"面前牺牲自己。尤其板仓本家乃名门世家,自其祖先板仓四郎左卫门胜重以来,未尝有丝毫瑕疵。第二代左卫门重宗继承父业,担任所司代[1],光宗耀祖之事不胜其数。其弟主水重昌在庆长十九年大阪冬季战役媾和之时,不辱使命,此后于宽永十四年岛原之乱时,统率西国之军,在天草讨伐战斗中,高举将军御名代之旗帜。这世代名门望族,万一蒙受耻辱,如何是好?作为臣子,岂有

---

[1] 所司代,京都所司代,江户幕府的官职。掌管朝廷、公卿事务,监督京都、伏见、奈良的町奉行,负责近畿诉讼、管辖寺院等。

脸面在九泉之下见板仓祖辈父老？

于是林右卫门私下秘密在家族里物色合适人选。结果发现当时任若年寄[1]的板仓佐渡守有尚未继承家督的三个孩子。只要把其中一个孩子定为继承人，提出养子申请，表面上的事情都好办。当然，这件事原本只能瞒着修理及其妻子秘密进行。他绞尽脑汁想出这个主意，现打算第一次公开出来。这时，他感觉一种从未有过的悲哀使自己的心情黯淡沉闷。这一切都是为了这个家族啊！——他的决心里渗透着月晕般的、本人只能朦胧意识到的、为了保护什么东西的某种努力。

身体虚弱的修理首先对林右卫门健壮的身体恨之入骨，接着憎恨他作为本家的仆人却实际上如此大权在握。最后，修理还憎恨他以"家族"为核心的忠义思想。"这家伙不把主人放在眼里。"——修理的憎恨情绪如同余烬中燃烧的暗火隐藏在这句话里。

就在这时，修理突然从妻子那里听到林右卫门这个恶毒阴谋。妻子偶然听说林右卫门要逼迫修理隐退，然后扶持板仓佐渡守的儿子为养子。不言而喻，修理听到这个消息后，气得发指眦裂。

---

[1] 若年寄，江户时代的官职，仅次于家老的重要职务，监督管理旗本、御家人等。

原来如此！也许林右卫门把板仓家族看得高于一切，但这种所谓"忠义"，所谓为了"家族"的利益，难道就可以蔑视现在所侍奉的主人吗？再说，林右卫门对"家族"的忧虑也可说是杞人忧天。因为这个庸人自扰，他竟然要强迫自己隐退。说不定在冠冕堂皇的"忠义"背后，隐藏着伺机霸占这个家庭的野心。想到这里，修理觉得对这个不忠不义之臣的行径，无论采用什么酷刑进行惩罚都不为过。

修理从妻子那里听到这个消息后，立即把他以前的哺育管家田中宇左卫门叫来，对他说："把林右卫门这小子处以斩首刑。"

宇左卫门歪着头发花白的脑袋，那一张显得比实际年龄更老的脸盘，由于最近辛苦操劳的缘故，更增加了许多皱纹。他对林右卫门的图谋也很不以为然。不过，不管怎么说，他毕竟是本家派来的随从。

"斩首刑恐不妥，要是让他剖腹自尽，保持武士的气节，倒未尝不可。"

修理一听，用嘲讽的眼神看着宇左卫门，然后使劲摇了两三次脑袋。

"这个可恶的混蛋，没必要让他剖腹自尽。斩首！必须斩首！"

修理一边说着，却不知何故，眼泪顺着没有血色的苍白脸颊簌簌流淌下来。接着，像往常那样，双手开始抓挠鬓发。

修理斩首林右卫门的命令立刻通过林右卫门的心腹传到他的耳朵里。

"好哇!我林右卫门也要争这一口气,绝不能拱手送死啊。"

他无所畏惧,凛然回答。他一听到这个消息,心中一直挥之不去的一种难以言状的不安情绪随之消失得无影无踪。如今心里只有对修理的深仇大恨。修理已不再是自己的主子,所以可毫无顾忌地憎恨他。他在瞬间无意识地认识到这种逻辑关系,所以心头一下子敞亮起来。

于是,林右卫门率领老婆、孩子以及部下在大白天离开修理的宅院。按照规矩,他把迁移的地址写在纸上,贴在客厅的墙壁上。林右卫门亲自把长枪夹在腋下走在前头。这一行人,包括扛背武器、扶老携幼的年轻武士和仆人在内,总共也就十人。林右卫门带着他们不慌不忙地出门上路。

此时正是延享四年三月末。暖风卷起樱花和尘埃,吹拂着武士宅院的外屋窗户,林右卫门站在风中,左右环视一遍街道,然后用长枪指挥一行人往左出发。

二 田中宇左卫门

林右卫门离开宅院以后，田中宇左卫门取代他担任家老。由于他曾经是修理的哺育管家，看待修理的目光自然与其他人不同。他以亲人般的感情，关怀修理的病情。似乎也只有他的话，修理能听得进去。于是，主从关系远比林右卫门在的时候和谐顺畅。

修理的神经发作随着夏天的到来逐渐减少，宇左卫门为此感到高兴。他并非不担心——修理万一在殿上突然发病有失体统。但林右卫门的担心是认为此乃有关"家族"的大事，而宇左卫门的担心是认为此乃有关"主子"的大事。

当然他也考虑"家族"的事。发生变故，只是导致单纯的"家族"灭亡，这并非大事。但因"主子"导致"家族"灭亡，使主子负不肖之名，此乃大事。那么，如何防范大事于未然呢？这一点宇左卫门似乎没有像林右卫门那样具有明确的见解，大概除了祈祷神明保佑和通过自己的赤胆忠诚希望修理停止发病外，别无他法。

这一年的八月一日，德川幕府举行八朔仪式[1]，这是修理病愈以后第一次外出参加公务活动。于是顺便拜访当时在西丸的若年寄板仓佐渡守。修理在殿上好像并无失礼

---

[1] 八朔，旧历八月朔日，庆贺农家收获新谷，举行赠答仪式。

轻率之处。宇左卫门紧锁的眉宇也终于舒展开来。

但宇左卫门高兴了不到一天，晚上，板仓佐渡守突然派人来，让宇左卫门赶紧过去。他心头感觉到一种凶兆威胁。从林右卫门担任老中的时候开始，还从没听说过别人夜晚派使者登门的情况。而且今天是修理病愈后的第一次上殿。宇左卫门怀着不祥的预感，慌慌张张赶往佐渡守官邸。

不出所料，果然是修理对佐渡守有失礼之举动。今天公务结束以后，修理身穿白色麻布正装礼服到西丸拜访佐渡守。他看上去脸色不太好，佐渡守以为他虽已病愈，却尚未完全康复。说话之间，倒还正常，不像病人的样子。于是佐渡守放下心来，轻松闲聊。聊天之中，佐渡守像往常一样，照例问起前岛林右卫门的情况。修理一听，脸色立刻阴沉下来，说道："林右卫门那小子，前些日子悄悄从我家里逃走了。"佐渡守对林右卫门的为人十分清楚，心想他绝对不会无缘无故地背弃主人出走的。于是询问究竟是怎么回事，并且向修理提出忠告：林右卫门毕竟是本家派来的，不论发生什么事，不和亲属商量，也不通知亲属，这样做是不妥的。但是修理一听，脸色陡变，手按刀柄，说道："佐渡守似乎特别偏袒林右卫门，但是我对自己部下怎么处理，由我一个人说了算。即使像你这样现在飞黄腾达的若年寄，也用不着多管闲事。"佐渡守没想到修理会如此无礼，一时目瞪口呆，最后推说公务繁忙，急忙起身离座。

佐渡守把事情的始末告诉宇左卫门，依然面带苦涩。他认为：

首先，没把林右卫门离开修理家的原委通知家族，这是宇左卫门的罪过；其次，修理病情尚未稳定，还有神经发作的迹象，让他参加公务活动，也是宇左卫门的罪责。修理的这番狂言幸亏是对佐渡守说的，要是在列席的各位大名面前如此大放厥词，板仓家族的七千石俸禄将立刻被取消。

"你记住，以后一定不能让他外出，尤其不能让他上殿参加公务活动。"佐渡守说完，眼睛紧紧盯着宇左卫门，"我只是担心主人在他们面前发病。明白了吗？我这是严肃的吩咐。"

宇左卫门紧皱眉头，口气坚决地回答：

"知道了，以后一定谨慎从事。"

"嗯，绝对不能再出差错。"佐渡守的口气十分严厉。

"宇左卫门以生命担保，一定照办。"

他噙着泪水，以恳求般的眼神看着佐渡守。但是，他的眼睛除了乞求哀怜的神情外，还流露出一种无法动摇的决心——这并非能够禁止修理外出的决心，而是一旦无法禁止修理外出，将采取什么措施。

佐渡守一见他这副模样，又皱起眉头，厌恶似的把脑袋转向一边。

如果遵从"主子"的旨意，就会危及"家族"。维护"家族"，就要违背"主子"的旨意。林右卫门也曾经陷入这进退两难的苦境。但他具有舍"主子"保"家族"的勇气。也许他从一开始就没有把"主子"看得很重，所以能够轻易地为维护"家族"而牺牲"主子"。

但自己做不到这一点。自己正是为了谋求"家族"的利益，才与"主子"无比亲近。为了"家族"，仅仅为了"家族"这个名义，为什么要强迫"主子"隐退呢？在自己看来，现在的修理，与手不能拿驱魔弓箭玩具的幼年修理没什么两样。自己为他讲解小人书，手把手教他难波津民谣，还有自己制作的风筝……这一切都还残留在自己的记忆里。

如果对"主子"放任不管，灭亡的不只是"家族"，"主子"本人也凶多吉少。从利害得失的角度看，林右卫门采取的策略无疑是唯一明智的方法。自己也承认这一点。但是自己无法付诸实施。

闪电划破远处的天空，宇左卫门回到修理的宅院，双手交叉胸前，反复思考这些事情。

第二天，宇左卫门把佐渡守的话原原本本地告诉修理。修理虽然立刻脸色阴沉下来，但没有像平时那样怒气冲冲。宇左卫门提心吊胆地察言观色，却略微放下心来。

这一天总算平安无事地过去了。

此后修理总是待在起居室里，差不多十天没出门，默默地思考着什么。看见宇左卫门，也不说话。只有一次，那天细雨霏霏，听见杜鹃鸣叫的声音，他自言自语说道："这鸟占据黄莺的窝巢。"宇左卫门趁机接过他的话茬儿和他说话。但他立刻又沉默下来，凝视着昏暗的天空。其他时间里，他就像哑巴一样，一声不吭、一动不动地看着拉门，脸上毫无表情。

一天夜里，离十五日的上殿还有两三天时间，修理突然把宇左卫门叫来，屏退旁人，脸色阴沉："佐渡守也说过，我这样的病体，不宜参加公务活动。我思来想去，不如索性隐退。你觉得如何？"

宇左卫门犹豫着没有开口。如果修理说的话出于真心，那是求之不得的。为什么修理这么痛快地让出继承权呢？

"您说得对。佐渡守阁下也这么说。遗憾的只是，除此之外，别无他法。那么我先向亲属们通报一声……"

"不，不，隐退这事，与对林右卫门的处理不同，不用和亲属商量，他们也会同意的。"

修理的脸上露出苦涩的微笑。

"恐怕不妥吧？"

宇左卫门愁眉苦脸地看着修理，但修理充耳不闻。

"要是隐退了，想上殿也上不了。所以嘛……"修理盯着宇左卫门的脸一字一句加重语气说道,"在我隐退之前,上殿一次,这次想去西丸的吉宗官邸拜见他。怎么样?让我十五日上殿吧?"

宇左卫门紧锁眉头,没有回答。

"就这一次。"

"对不起,我想还是不妥……"

"不让我去吗?"

两个人默默地对视着,房间里,除了灯芯吸油的声音外,一片宁静。宇左卫门觉得这片刻的时间如同一年一样漫长。他既然已经在佐渡守面前坚决表态,如果自食其言,允许修理上殿,自己的武士操守就会毁于一旦。

"我对佐渡守阁下承诺过,所以求您不要去。"

沉默片刻,修理说道:

"我知道,如果你允许我上殿,会引起亲属们的不满。这么看来,我修理是一个疯子,不仅家族亲属,连部下都对我不屑一顾。"修理的声音逐渐激动颤抖起来,再一看,他眼里含着泪水,继续说道:"我修理受人冷嘲热讽,还要把继承权让给别人,天日无光,照不到我的身上。我今生今世唯一的愿望,就是想上殿一次。我想宇左卫门不会阻止我吧?宇左卫门对我只有怜悯,不应是憎恨。修理把宇左卫门视为自己的父亲视为兄弟。不,比亲兄弟更亲。世界如此之大,可是我信得过的只有你一个人。所以,我有时也提出使你为难的要求。但是现在这要求一生只有这一次。宇左卫门,请你体谅我的心情,请你宽恕我的任性。我恳求你……"

修理双手按地,泪水流淌,俯身于家老面前,额头抵在榻榻米上。

宇左卫门深受感动:"快请起来,快请起来!不敢消受。"

他拉着修理的手,强行让他坐起来,自己也落下泪水。随着泪水的流淌,心里不由自主地逐渐涌现一种安心的感觉。他在泪水中再一次清晰地想起自己在佐渡守面前的许诺。

"好吧,不管佐渡守阁下怎么说,如果出现万一的情况,我宇左卫门甘愿剖腹谢罪。以我一人之过失,定然请您上殿。"

修理一听,立刻兴高采烈,与刚才简直判若两人。变化之快如同出色的演员,同时又具有演员所没有的自然。他突然怪声怪气地笑起来。

"噢,你同意了呀?感谢之至。不胜感谢。"接着,他高兴地环视左右,说道:"大家好好听着,宇左卫门同意我上殿了。"

但是,起居室里除了他和宇左卫门,没有别的人。"大家——"宇左卫门不放心地膝行靠前,在昏暗的灯光下,忐忑不安地瞧着修理的眼睛。

三　刃杀

延享四年八月十五日早晨八时许，修理在殿中无缘无故杀死肥后国熊本城主越中守细川宗教。事件的始末是这样的：

细川家族在诸侯中尤其出类拔萃，英勇善战，威名远扬。甚至连相传原先为贵族小姐的宗教之妻也精通武艺。宗教洁身自好，毫无疏放之处。至于民谣所唱的"细川三斋到末日，青皮刀下死非命"，完全是天命。

后来想起，在细川家族发生凶变之前也有几个前兆。第一个前兆是那一年三月中旬，品川伊佐罗子的宅院毁于一场大火。这座府邸供有妙见大菩萨，而且摆放在神前的名叫"水吹石"的石头，一旦发生火灾就会喷水，所以从未发生过火灾。第二，五月上旬贴在门上的护符，从鱼篮观音爱染院献上的护符看，"武运长久、消灾延命"几个字中少了一个"灾"字。经向上野宿坊[1]的院代[2]咨询，赶紧让爱染院重写。第三，八月上旬，每天夜晚总有一团很大的怪火从宅院大厅附近向草坪方向飞去。

此外，八月十四日白天，一个名叫才木茂右卫门精通

---

[1] 宿坊，信徒所属的寺院。
[2] 院代，虚无僧寺的住持。

天文的家臣来到目付[1]那里，说道："明天十五日，老爷本人也许会有血光之灾。昨夜观天文，见将星将落。所以请他务必审慎小心，不要外出。"目付本来对这种星术学将信将疑，但因主子平时相信这个人的预言，所以让部下把这个意思传达给越中守。于是，越中守取消了原本定于十五日举行的能狂言演出和上殿后顺便去别人家做客的安排。但上殿乃是公务，这项活动似乎无法推辞。

第二天，又出现一个不祥前兆。十五日，越中守按照惯例，换上一套上下麻布的武士礼服，然后向八幡大菩萨敬献神酒。但是，当他从侍童手里接过放着装有神酒的两个瓶子的供盘，准备向神前供奉时，不知道怎么回事，两个瓶子突然倒下来，神酒洒到外面。当时在场的人都不由得脸色大变。

十五日，越中守上殿，先由坊主田代祐悦引导进入大厅。一会儿，越中守内急，便由坊主黑木闲斋引路，走入饮水处旁边的厕所。便后出来，正在昏暗的洗手处洗手，突然有人从背后大喝一声砍杀过来。越中守大吃一惊，急忙回头，这时长刀第二次劈来，从眉宇间掠过。鲜血立刻溅入眼睛，看不清对方是谁。对方趁此机会，接连不断挥刀砍杀。越中守踉踉跄跄地挣扎，但终于倒在"四间"外

---

[1] 目付，检察大名、若年寄等有无违法行为，并向主君汇报的监察官。江户时代直属于家老。

走廊上。杀人者把短腰刀扔在一旁，仓皇逃走。

但是，陪同越中守的坊主黑木闲斋面对突发事件，惊慌失措，自己先慌慌张张地逃往大厅，然后找个地方躲了起来，所以没人知道刚才发生的杀人事件。过了一会儿，一个名叫本间定五郎的仆人从值班室来到仆从室，才发现这件事，便立刻报告徒目付[1]。于是，徒目付队长久下善兵卫、徒目付土田半右卫门、菰田仁右卫门等迅速跑到现场。整个宅第像捅了马蜂窝一样，乱成一团。

大家把伤者抱起来，只见全身鲜血淋漓，血肉模糊，根本看不出模样，辨别不出是什么人。但用嘴对着他的耳朵大声叫喊，他勉强用微弱的声音回答说："我是细川越中。"接着问："什么人杀你？"回答说："穿着上下一色的礼服。"再问的时候，越中守已不能回答。伤口是"脖子约七寸，左肩约六七寸，左右双手约有四五处，鼻上、耳旁、头部有两三处，从后背至右腰间约一尺五寸"。于是在值班目付土屋长太郎、桥本阿波手以及大目付[2]河野丰前守陪同下，大家把伤者抬到"焚火"（有地炉）房间，四周围上小屏风，由五个坊主看守，大厅里的大名轮流前来照顾。其中松平兵部少辅一路上对伤者最为亲切关照，其情甚笃，令观者不禁黯然落泪。

---

1 徒目付，江户幕府的官职。受目付领导，担任警卫、侦察等工作。
2 大目付，直属家老领导，监督大名的目付。

同时，立即派人向家老、若年寄禀报此事。且为防万一，里里外外全部关门锁户，戒备森严。在大门外等候的各个大名的家臣大吃一惊，知道宅府里发生了大事，虑及主家安全，立刻骚动起来。目付几次出来制止，无济于事，如惊涛骇浪，冲击大门。这时，府邸里面也更加混乱。目付土屋长太郎带领徒目付、火番[1]等人，在宅府内搜寻犯人，但是怎么也找不着这个"穿着上下一色礼服"的人。

然而，一个名叫宝井宗贺的坊主却在人们意料不到的地方发现了这个人。宗贺素来胆大，他一个人在别人不去的地方寻找。走进"焚火"房间附近的厕所里一看，发现一个鬓发乱蓬蓬的人黑糊糊地蹲在地上。里面昏暗，一下子没看清是什么人。只见他从"鼻纸袋"[2]里掏出剪子，正剪掉自己乱蓬蓬的鬓发。宗贺走到他身边，问道："您是谁啊？"

对方用沙哑的声音回答说："我杀了人，现在正剪头发。"

毫无疑义，此人就是杀人犯。宗贺立即叫人来，把他从厕所里拖出来，交给徒目付。

徒目付又把此人带到"苏铁"房间，由大目付及其他

---

[1] 火番，江户幕府的职称，负责江户城内的防火工作。
[2] 鼻纸袋，里面装有钱、口巾纸、药品等物的随身携带的皮袋子。

目付共同审问杀人的详细经过。但这个人只是目光茫然地看着混乱的情景，不能清楚地回答问题。偶尔开口说话，也是说什么杜鹃鸟。而且好几次用沾满鲜血的双手抓挠鬓发。——修理已经完全疯了。

细川越中守在"焚火"房间里咽气。按照吉宗的指示，对外只说受伤，放在轿子里，从"中口"出"平川口"抬回家里。到二十一日才宣布去世。

越中守死后，修理立刻被关在水野监物[1]家里。也是把他装在轿子里，从"中口"出"平川口"。水野家的五十个徒步武士一律身穿崭新的茶色单衣和崭新的白色半短裤，手持崭新的木棒，簇拥在轿子周围，戒备森严。——万无一失周到安全的护送受到大家的称赞。这些家丁都是水野监物平时精心培养的，以备不时之用。

事件发生后的第七天，二十二日，大目付石河土佐守传达了将军的指示："虽谓疯癫，精神错乱，然刃伤细川越中守，以致死亡，着其于水野监物宅第剖腹。"

修理在大目付石河土佐守面前，面对依照规矩递给他的匕首，只是茫然无措地双手叠放在膝盖上，不想接刀。于是，介错人[2]水野家的家臣吉田弥三左卫门只好从后面

---

[1] 监物，江户时代的职称，直属中务省，掌管大藏、内藏的出纳。
[2] 介错人，站在剖腹自尽者身边，将其头颅砍下来的人。

砍落其头颅。说是砍落，其实脖子的肉皮还没有全部切断。弥三左卫门手拿脑袋，让检使[1]官员检验。此人高颧骨，黄皮肤，闭眼睛，面目狰狞，惨不忍睹。检使闻着血腥味，用满意的口吻说："很好。"

同一天，田中宇左卫门在板仓式部的府邸被处以斩首罪。其罪状为："虽多次向板仓佐渡守保证禁止病中之修理外出，然自作主张，允许其上殿，故导致凶杀事件发生，实属可恶。剥夺七千石俸禄，并处斩首。"

不言而喻，板仓周防守、板仓式部、板仓佐渡守、酒井左卫门尉、松平右近将监等家族诸人均受远虑[2]之惩罚。此外，对越中守见死不救、临危逃脱的黑木闲斋，剥夺其俸禄，驱逐出家门。

修理杀人大概是一个过失，因为细川家族的九曜星家徽与板仓家族的九曜巴家徽很相似。修理本想刺杀佐渡守，却误杀了越中守。以前，水野隼人正刺杀毛利主水正也是这样的误杀。尤其是在洗手处这样光线昏暗的地方，看不清楚，容易发生误伤事件。——这是当时人们的一致看法。

但是只有板仓佐渡守反对这个观点。一听到有人这么

---

[1] 检使，调查非正常死亡者的官员。
[2] 远虑，江户时代刑法之一。犯有轻罪的武士闭门思过，不得外出。但允许夜间从便门外出。

推断，他就苦涩着脸说道："我觉得自己没有任何会被修理刺杀的理由。那是疯子干的事，刺杀肥后诸侯，大概是无缘无故。什么杀错人了，都是不负责任的妄加猜测。修理在大目付面前不是说什么杜鹃鸟嘛。这么说，说不定他把肥后诸侯当作杜鹃鸟杀的哩。"

大正六年二月

郑民钦　译

偷
盗

一

"大娘，猪熊¹大娘。"

在朱雀大街与绫小路的十字路口，一个身穿朴素深蓝色便服、头戴软乌漆礼帽的年轻武士举着细骨折扇，喊住正从这儿经过的老太婆。这个武士也就二十左右，相貌很丑，是个独眼龙。

正值七月的一天正午，暖昧闷热的夏日天空屏气般覆盖着万家屋顶。武士站立的十字路口上，有一株瘦长的柳树，枝条稀疏，像是也传染上最近肆虐的疫病一样，把瘦骨嶙峋的影子投在地上。那一天连这儿也没有一丝风能吹拂干枯的树叶，更何况烈日暴晒的大路上。大概实在酷暑难耐，几乎不见人影，只有长长的两道刚刚驶过的牛车留下的弯弯曲曲的车辙，还有被牛车碾死的小蛇。伤口发青的小蛇起先还颤动尾巴，不大一会儿，肥胖的白肚皮就翻上来一动不动了。放眼看去，在炎热的尘埃弥漫的这个十字路口，如果说有一滴潮湿的东西点缀，那就是从蛇的伤口里流出来的腥臭的血液。

"大娘!"

老太婆慌忙转过身来。她约莫六十,身穿脏兮兮的暗红色麻布单衣,披散着一头发黄的头发,拖着一双半截草鞋,挂着一根长长的蛙腿形拐杖,圆眼睛,大嘴巴,一张癞蛤蟆似的脸,显得卑微低贱。

"哦,是太郎呀。"

老太婆的嗓子眼像被强烈的阳光噎住一样,声音干涩。她拖着拐杖后退两三步,开口说话前,先伸出舌头舔了一下上嘴唇。

"有什么事吗?"

"没,没有什么事。"

独眼龙生有浅麻子的脸上勉强挤出了微笑,用不太自然的声音故作快活地说道:"只是想知道,这一阵子,沙金在哪里?"

"你一有事,准是我女儿的事。老鸹生小鹰,还是我女儿有出息呀。"

猪熊大娘讽刺地噘起嘴唇,嘻嘻一笑。

"其实也算不了什么事,我还不知道今天晚上是怎么安排的。"

"安排怎么会有变化呢?罗生门集合,时间是亥时上

---

1 猪熊,地名,位于京都市西大宫与堀川之间。

刻[1]——一切都按照以前定下来的老规矩办。"

说罢,老太婆眼睛狡猾地环顾四周,见路上没人,大概放下心来,又舔了舔厚嘴唇,继续说道:"家里的样子,听说女儿差不多给打听出来了。好像武士里还没有手脚利索的。详细情况,今天晚上大概她会告诉你吧。"

这个名叫太郎的武士一听这话,黄纸扇下面的脸上现出嘲笑般的表情,撇了撇嘴:"这么说,沙金又和哪个武士搞得挺热乎的了?"

"什么呀!她好像是装扮成走街串巷的小商贩还是别的什么去的。"

"不管装扮成什么去的,她这个人靠不住。"

"你这个人还是那么疑心重,所以招女儿讨厌。就是吃醋,也要适可而止。"

老太婆冷笑着,举起拐杖,杵了杵路边的死蛇,麇集在尸体上的绿头苍蝇轰地飞起来,又立刻停回原处。

"这事儿要是不抓紧啊,就会被次郎弄走哟。其实被他弄走也好,不过要是那样的话,事情就闹大了。连老爷子也会动辄发火,你就更不用说了吧。"

"这我明白。"武士皱着眉头,气狠狠地往柳树根上吐一口唾沫。

"其实你并不明白,就说现在,连你也若无其事的样

---

[1] 亥时上刻,晚上十点半左右。

子，可是发现她和老爷子的关系时，不也跟发了疯似的吗？那时候，老爷子要是稍微逞强，马上要对你动刀子的。"

"那都是一年前的事了。"

"不管多少年前，事情一个样。不是说干过一次的事，还要干三次吗？要是只干三次，那算是好的。像我这样的人，活到这个岁数，同样的蠢事不知道干过多少次。"老太婆说完，露出稀疏的牙齿，笑起来。

太郎被太阳晒黑的脸上流露出急躁不安的神色，他改变了话题：

"说正经的，今天晚上的对手，好歹是藤判官，已经准备好了吧？"

这时，大概是一朵云团遮住太阳，周围倏然阴暗下来，只有死蛇肚皮的肥白显得更加刺眼。

"什么藤判官！充其量，手下就那么四五个青皮[1]。就连我也是多年练就的真功夫。"

"哼，老太婆你好厉害啊。我们这边多少人？"

"跟往常一样，男的二十三个，再加上两个女的，我和女儿。阿浓那一副身体，所以就让她在朱雀门等候。"

"这么说，阿浓快临产了？"

太郎又嘲笑般撇了一下嘴巴。几乎就在同时，那朵云

---

[1] 青皮，原文为"青侍"，指穿青色衣服的、六位以下的低身份武士。

彩消失了，大街突然恢复原先刺眼的明亮。猪熊大娘也挺起腰杆，扬起一阵乌鸦聒噪般的怪笑声。

"那个蠢货，谁占了她的便宜？——说起来，阿浓对次郎本来就痴心未改，会不会是那小子……"

"行了，别在这儿盘查了。不管怎么说，那副身体很不方便。"

"其实也有办法，可是她不同意，真没辙。结果弄得我一个人去通知大伙儿。真木岛的十郎、关山的平六、高市的多襄丸这三家还没去哩——哎呀，瞧，和你聊这工夫，都快到未时[1]了。你听我唠叨也听腻了吧？"

老太婆一边说一边动着拐杖。

"可是，沙金呢？"

太郎的嘴唇不易觉察地轻轻抽搐一下，老太婆似乎没有发觉。

"今天吗？这时候大概在我家里午睡吧。昨天还不在家哩。"

独眼龙定睛看着老太婆，然后平静地说：

"那好，就这样。天黑以后再去见她。"

"那就去吧，去之前，你也好好睡个午觉吧。"

猪熊老太婆口齿伶俐地一边回答，一边拖着拐杖往前走去。她顺着绫小路往东，暗红色麻布单衣罩在身上，状

---

[1] 未时，下午两点。

似猴子，半截草鞋在身后扬起灰土，顶着烈日一路走去。

武士看着老太婆逐渐离去，渗出汗水的额头上浮现出可怕的神色，又往柳树根上啐一口唾沫，然后慢慢转过身去。

麇集死蛇的绿头苍蝇在酷热的阳光里发出轻微的嗡嗡声，乍飞又停……

二

猪熊老太婆披散着发黄的头发，发根已经被渗出的汗水湿透。她不顾落在脚上的夏日灰白的尘土，拄着拐杖一步一步往前走。

这是一条走惯的老路，但与自己年轻时候相比，到处都发生了令人难以置信的变化。想起自己还是在台盘所[1]当用人——不，想起自己意外地被那个与自己身份悬殊的男人勾引，终于生下沙金的时候。今日的京城徒有虚名，当时的遗迹几乎荡然无存。当年牛车来往频繁的大路上，如今只有蓟花蜷缩在阳光里岑寂地开放。残破歪斜的板墙里，无花果缀挂着青绿的果实，成群的乌鸦大白天也聚集在干涸的池塘里，对人毫不畏惧。而自己也不知不觉地头发变白、皱纹增多，最后成为这样弯腰驼背的老人。京城

---

[1] 台盘所，贵人家的厨房。

已非昔日之京城，自己亦非昔日之自己。

不仅外表在变，人心也在变。第一次知道女儿和自己现在丈夫的关系时，自己又哭又闹。但是后来，也觉得这是很自然的。偷盗也好，杀人也好，只要习惯了，就和家庭职业一样。就像京城大街小巷芜杂横蔓的野草，自己的心也被伤害到不知痛苦的程度。但从另一个角度看，一切看似变化，却又没有变化。女儿现在干的事情和自己过去干的事情其实十分相似。就是那个太郎也好次郎也好，他们干的事和自己现在丈夫年轻时候干的事也没有多大的差别。这么说，不论什么时候，人总是重复同样的事情。这么一想，京城还是昔日的京城，自己也还是昔日的自己……

这种想法，蓦然浮上猪熊老太婆的心头。大概由于这种对身世伤感的情绪影响，她滚圆的眼珠变得柔和，癞蛤蟆般的脸部肌肉也松弛下来——这时，她布满皱纹的那张脸突然露出生动快活的笑容，开始更加急促地移动蛙腿形拐杖。

她也必须加快脚步，在前面两三丈远的地方，在大路与狗尾草芜杂蓬乱的原野（也许原先是谁家宽阔的院子）之间，是一堵就要坍塌的瓦顶板心泥墙，里面有两三棵开始衰老的合欢树，烈日炙烤的深绿色瓦上垂挂着无精打采的红花。树下有一间四角支着枯竹、张挂旧草席为墙的古怪小屋——不论从地点还是从外形来看，都像是乞丐的栖身之地。

尤其引起老太婆注意的是，小屋前面站着一个十七八岁的年轻武士，他身穿枯黄色的麻布单衣，腰间横着黑鞘长刀，双手在胸前交叉着。不知何故，他眼睛瞧向屋里，好像发生了什么事。老太婆看到那幼稚的、眉宇间透出尚未脱尽孩子气的瘦脸颊，一眼就认出来是谁。

猪熊老太婆走到他旁边，停下拐杖，一边翘着下巴，一边说道："在这儿干吗呢？次郎。"

次郎吃惊地回过头，一看她满头白发下面的癞蛤蟆脸上，正舔着厚嘴唇的舌头，便露出洁白的牙齿微笑着默默指了指小屋。

小屋里面，地上铺着一张破旧的榻榻米，一个四十岁左右的小个子女人头枕石头躺在上面。全身几乎裸体，只有一件麻布衫盖在腰间。仔细一看，胸部、腹部皮肤黄肿滑亮，仿佛用手一按，就会流出带血的脓水。借着从草席的裂缝照射进来的阳光，只见她的腋下和脖颈有一块块烂杏般的黑斑，似乎正发出一种难以言状的恶臭。

枕头旁边，扔着一个边口残破的陶罐（罐底粘有一些饭粒，大概原先是盛稀粥的）。不知是何人恶作剧，罐里整整齐齐地堆叠着五六块沾满泥土的石块，而且正中间插着一枝花叶完全干枯的合欢花，大概是模仿在高脚漆盘上铺垫色纸装饰的情趣吧。

看到这些，一向胆大的猪熊老太婆也不由自主地皱起眉头往后退,而且就在这一瞬间,脑子里浮现出刚才看见的那条蛇的尸体。

"这是怎么啦?得了传染病吧?"

"是的。大概是附近什么人家看她不行了,就扔到这儿来。这哪儿都不好办呢。"次郎又露出白牙微笑起来。

"你干吗在这儿看着啊?"

"我刚从这儿过,看见两三条野狗好像找到什么好吃的东西,要吃她,就用石头把野狗赶走。我要不来,说不定这会儿胳膊已经被吃掉一只了。"

老太婆把拐杖支在下巴上,又端详一遍女人的身体。只见破旧的榻榻米上,道路扬起的尘土中,斜伸出两只胳膊,水肿的土黄色皮肤上清晰印记着三四个尖锐的牙印——次郎说差一点被野狗吃掉的大概就是这只胳膊。女人紧闭眼睛,不知道是否还有呼吸。老太婆又一次觉得,一种强烈的厌恶感扑面而来。

"她究竟是活着还是死了?"

"我也不知道。"

"这样子痛快呀。人一死,被野狗吃掉,又何妨呢?"

老太婆说完,伸出拐杖,远远地捅了一下女人的脑袋。那脑袋离开枕着的石头,一下子掉在榻榻米上,头发拖在脑后。但是,她仍然闭着眼睛,脸上的肌肉纹丝不动。

"你别这么做。就是刚才狗要吃她,她也是这样一动不动。"

"那不就是死了?"

次郎第三次露出白牙微笑起来。

"就是死了,被狗吃掉,也太惨啦。"

"有什么惨的?人一死,就是被狗吃,也不觉得痛。"老太婆拄着拐杖,跷起脚睁圆眼睛,嘲笑般地继续说道,"就算没死,这种奄奄一息的样子,还不如索性让狗咬断喉咙来得痛快哩。反正这样子,就是活着也没多长时间……"

"可是,眼看着人被狗吃掉,我也不能袖手旁观啊。"

猪熊大娘舔了一下上唇,一副目中无人不屑的样子。

"说得好听,你们不是互相都满不在乎地看着杀人吗?"

"这么说也是。"

次郎挠一下鬓角,第四次露出白牙微笑,和蔼地瞧着老太婆说:

"大娘,你去哪里啊?"

"真木岛的十郎、高市的多襄丸——啊,对了,关山的平六那边,你给带个口信吧。"

猪熊大娘一边说一边拄着拐杖迈出两三步。

"噢,我可以去。"

次郎也顾不得小屋里的病人,和老太婆并肩在烈日炎炎的大路上慢悠悠地走去。

"看见那个人，心情坏透了。"老太婆做作地紧皱眉头，"嗯……你知道平六的家吧？顺着这条路一直往前走，在立本寺的大门前往左拐，那儿是藤判官的宅院，再往前走差不多一町[1]就到了。你顺便在藤判官的宅院周围转一转，为今天晚上做准备，查看一下地形。"

"其实我到这儿来，本来就是这个打算啊。"

"是吗？你是个机灵人。要是你哥哥，那副长相，弄不好被人家看出来，所以不能让他去察看地形。要是你去，我就放心了。"

"大娘你议论我哥哥啊，哎哟，真够受的。"

"什么呀！其实我还算好的。要是老爷子来了，说的话连你都不能听。"

"那是因为有那件事。"

"就是有，不是也没说你的坏话吗？"

"这么说，大概是把我当小孩看待吧。"

两个人这样一边闲聊一边在狭窄的街道上慢慢走着。每走一步，京城就愈显出荒凉衰败的景象，房子与房子间杂草丛生，散发着闷热的暑气，沿途断断续续净是残破坍塌的瓦顶板心泥墙，唯有几株松树和柳树旧貌犹存。放眼望去，在飘荡着些微死人腐臭的空气里，到处都令人感觉

---

[1] 町，日本距离单位，1町约合109米。

这是一座行将毁灭的大都市。一路上只遇见一个人，还是手套木屐在地上爬行的乞丐。

"不过，次郎，你可要注意呀。"猪熊大娘忽然想起太郎的那张脸，苦笑着说，"因为你哥哥大概也迷上了我的女儿。"

她似乎没想到，这句话对次郎的心理影响比自己想象的要大得多。次郎清秀的眉宇间突然蒙上了一层阴影，不快地低下眼睛。

"我也得注意点儿。"老太婆说。

"注意又怎么啦……"

老太婆对次郎情绪如此急剧的变化略感吃惊，舔了几下嘴唇低语道：

"还是要注意吧。"

"可是，哥哥有他自己的想法，我有什么办法呀？"

"这么说太浅露了。其实啊，昨天我和女儿见了面。不是今天未时下刻[1]在立本寺门前和你见面吗？而且有近半个月，没让你哥哥和她见面了。太郎要是知道这事儿，大概又要和你大闹一场吧。"

次郎默不作声，只是急躁不安地几次点头，像要打断老太婆的侃侃而谈。但猪熊大娘一开口，就没有很快住嘴的意思："刚才在那边十字路口碰见太郎，我也对他明说

---

1 未时下刻，下午两点半左右。

了,要是这样的话,自己人不是就要动刀子吗?我只是担心,要是真的动刀动枪,万一有个闪失,伤了我女儿,那可怎么办?女儿就是那种脾气,太郎也是一个死心眼儿。所以我想把这事托付给你。因为你心地善良,连狗吃死人都于心不忍。"

老太婆说完,故意沙哑着嗓门笑起来,像是为了强行克制心中突然产生的惊恐不安的情绪。但次郎仍然阴沉着脸,若有所思,耷拉着眼皮继续走着……

猪熊大娘加快了脚步,一边心底开始虔诚地祈祷:"最好别出大事……"

差不多也是在这个时候,街上的三四个小孩子用树枝挑着死蛇,正从躺着病人的小屋外面走过,其中一个淘气的孩子弯着腰,把死蛇远远地朝女人的脸上扔去。死蛇那发青油白的肚皮恰好落在女人的脸颊上,流着臭水的尾巴耷拉在她的下巴上。孩子们高兴地欢叫起来,却又立刻吓得四散惊逃。

一直像死人一样一动不动的女人,这时突然睁开了松弛下垂的黄眼皮,腐烂变质的鸡蛋清一样的眼睛浑浊呆滞地盯着空中,一只沾满沙土的手指轻轻颤动一下,从她干裂的嘴唇深处流出微弱的一声,说不清是叹息还是呼吸。

三

猪熊大娘走后，太郎沿着朱雀大街，一边时不时摇着扇子扇风，一边在烈日之下，慢慢往北走去。

中午的大街上，行人极少。一个头戴蔺草遮阳盔笠的武士，骑在平纹油漆镶嵌马鞍的栗色马背上慢悠悠走过，他的身后跟随着身背盔甲箱的仆从。他们过去以后，只有匆匆忙忙的燕子翻闪着白色的肚皮，不时从大路的沙土上掠过。团聚在木板屋顶、扁柏板屋顶上空的旱云也一直纹丝不动，依然肆虐着熔金烁铁的猛威。大路两旁的家家户户都寂静无声，仿佛木窗板、草帘子后头的人们都已经死绝。

（正如猪熊大娘所说，沙金被次郎抢走的危险迫在眉睫。那个女人——现在甚至委身于养父的那个女人看不上麻脸、独眼、长相丑陋的自己，而移情于虽然脸庞被太阳晒得很黑，却五官端正的年轻的弟弟。这本来没什么可奇怪的。自己只是坚信：次郎——这个小时候对自己崇拜的次郎能够体察哥哥的心情，慎重行事，即使沙金主动向他伸手，也能拒绝对方的勾引。然而现在看来，这只是偏护弟弟的一厢情愿的想法。其实自己的错误在于，与其说把弟弟看得过高，不如说过于小看了沙金卖弄风骚妖媚勾人的本事。不止一个次郎，那女人一个秋波，为之粉身碎骨的男人比炎热天空下飞翔的燕子还要多。就说自己吧，也只是见她一次,就这样神魂颠倒……)

这时,一辆车厢缀饰红色捻绳的女式牛车在四条坊门的十字路口从太郎前面缓缓地往南驰去。看不见车里的人,但挂在帘子内侧从上到下渐次深红的生丝帷帐,在荒凉的街道上格外显眼妖艳。跟随的牛童和仆从,眼神奇怪地瞟了太郎一眼,只有牵牛低垂犄角,目不斜视,沉着稳重地起伏着黑漆般的脊背慢吞吞往前走。太郎正沉浸在漫无边际的思绪里,眼里也只有骄阳下金光闪闪的金属车具的印象。

他停下脚步,让牛车先过,然后一只眼睛瞧着地面,继续默默往前走。

(一想起自己在右监狱当捕快的事,便感觉仿佛那已经是遥远的过去。今昔相比,连自己都觉得判若两人。那个时候,我既不忘尊敬三宝[1],又严格遵守王法。然而现在,偷盗放火,无法无天。甚至杀人,也不止干过两三次。啊,过去的我——总是和那些差役伙伴们一起赌博,玩得兴高采烈。现在看来,那时的自己是何等幸福啊。

那是一年前的事情。但现在回忆起来,依然历历在目。——那个女人因犯盗窃罪,被捕尉送进监狱。也是偶

---

1 三宝,佛教异称。

然的一次机会，我和那个女囚隔着铁格子攀谈起来。随着交谈次数的增加，双方都把自己的私事告诉对方。最后发展到猪熊大娘带着盗贼同伙劫狱把这个女囚救出去的时候。我视而不见，故意放走他们。

从那一天晚上开始，我就开始多次出入猪熊大娘的家门。沙金估摸着我快到的时候，就拉上一半板窗，眺望暮色苍茫的街道，一看见我，立刻模仿老鼠的叫声[1]发出暗号。家里除女佣阿浓，没有别人。于是立刻拉好板窗，点亮油灯，在小小的榻榻米房间里，摆满方形餐食木盘和高脚漆盘。两人推杯换盏，最后又哭又笑，打闹嬉戏。像世上的所有恋人那样，一直玩闹到天亮。

日暮而来，天明而归。这样的日子大概持续了一个月，我渐渐了解到，沙金虽是猪熊大娘的亲生女儿，现在的父亲却是继父。她如今是二十多人的盗窃团伙的"老大"，经常在京都一带骚扰滋事，且平时还出卖色相，过着妓女一样的生活。但是这一切，反而使这个女人如同小说里的人物那样，全身笼罩着不可思议的光环，毫无低贱卑微的感觉。当然，她经常拉我入伙，但我始终没有答应。于是，她骂我是胆小鬼，瞧不起我。我因此经常大为恼火……)

---

[1] 妓女拉客发出的声音。

"驾！驾！"传来吆喝马的声音。太郎赶紧让开路。

一辆左右两边各装两袋大米的马车从三条坊门的十字路口拐弯，顺着大路往南过来。车夫只穿着一件麻布汗衫，在炎热的阳光里，也顾不得擦汗。马的身影鲜明地印在灼热的地面上，一只燕子闪动着光亮的羽毛从黑影里斜飞上天，紧接着又像一块石头掉落似的俯冲下来，从太郎的鼻尖前横掠而过，飞进对面的木板屋檐里去。

太郎一边走一边不时吧嗒吧塔地扇着黄纸扇。

（这样的日子断断续续地延续着，我偶然发现了沙金与她养父的关系。我不是不知道，并不是我一个人如此放任沙金。甚至沙金本人也多次自豪地向我提起与自己有染的公卿、法师的名字。不过我想，这个女人虽与许多男人发生肉体关系，她的心也许为我一个人独占。对，女人的贞操不在肉体。我相信这一点，以此克制自己的嫉妒。当然，这也许不过是我不知不觉间学到的这个女人的想法。但不管怎么说，这么一想，我痛苦的心灵就会得到几分缓解。然而她与自己养父的关系又是另一回事。

当我感觉到这件事的时候，心里非常不愉快。对于干这种事的父女俩，就是杀了他们也不能解心头之恨。还有那个对此熟视无睹的亲生母亲，也是畜生不如的无耻之徒。我每次看见那个醉鬼老头，不记得有多少次把手按在刀柄上，但沙金每次都当着我的面无情地嘲弄欺负养父。

奇怪的是，这种拙劣的手法，却立刻使我的心软了下来。一听她说"我非常非常讨厌这个父亲"，我即使对沙金的养父恨得咬牙切齿，对沙金却怎么也恨不起来。所以我和沙金的这个养父，虽然互相虎视眈眈，却至今还是相安无事。如果那个老头再勇敢一点——不，如果我再勇敢一点，恐怕我和他之间有一个人早就死了……）

太郎抬头一看，自己不知不觉已经拐过二条街，来到耳敏川的小桥前。干涸的河道上只有一条细流如锐利的刀刃在强烈的阳光下闪闪发亮，穿越断断续续的柳树与房舍之间，发出轻微的潺潺水声。远远的下游，有两三个黑色的东西，像是鱼鹰，搅乱水光，大概是孩子们在玩水吧。

幼时的记忆顿时浮现在太郎的心头——他和弟弟一起在五条街桥下钓丁斑鱼的记忆如同热天里的一丝凉风，唤起一种悲伤的亲切。自己和弟弟都已经不再是过去的兄弟了。

太郎过桥的时候，麻子脸上又掠过一道阴险的神色。

（那个时候，弟弟在筑后[1]的前司[2]那里做小舍人[3]。

---

1 筑后，旧国名，在今福冈县南部。
2 前司，前任的国司。
3 小舍人，公卿等的小差役。

突然有一天,我接到通知说,弟弟因偷盗嫌疑被关进左监狱。我自己是个放免,对监狱里受的苦比谁都清楚。想到弟弟身体还很稚嫩,我不由得心急如焚,于是和沙金商量。她却若无其事地轻松说道:"劫回来不就得了。"在旁边的猪熊大娘也极力怂恿这么干。我终于下定决心,和沙金一起,召集五六个盗贼策划。那天夜里,我们冲进监狱,顺利地把弟弟救了出来。那一次行动,我的胸口受到的创伤至今还留有伤痕。但是更叫我忘不了的是,我第一次杀了人——亲手杀死一个放免。他的凄惨的叫声和血腥味至今还令我记忆犹新。在今天这样闷热的空气里,我仿佛还能感觉到当时的惨烈景象。

从第二天开始,我和弟弟就躲在沙金家里,不敢露面。只要犯过一次罪,不管以后是老老实实做人还是继续为非作歹,在检非违使[1]眼里都一个样。反正早晚都是死罪,那就尽量多活几天。于是我终于听从沙金的劝告,和弟弟一起上了贼船,从此杀人放火,无恶不作。当然,开始的时候我也害怕,但干了以后,觉得没什么,不费事。我逐渐认为,干坏事也许是人的本性……)

太郎几乎是无意识地在十字路口拐弯。十字路口上有一座土坟,四周用石头堆积成一圈。土坟上并排立着两个

---

[1] 检非违使,平安朝时代的官名,掌管保安、监察和审判。

墓碑塔，暴晒在午后的烈日里。墓碑塔的底部趴着几只蜥蜴，它们烟灰一样黑色的身体令人恶心。大概被太郎的脚步声惊动，没等太郎走近，它们一下子惊醒过来，接着一溜烟四处逃窜。太郎无心看这些东西一眼。

（随着自己的坏事越干越多，感觉到自己对沙金也越来越爱不释手。不论是杀人还是偷盗，都是为了这个女人。就说劫狱吧，除了想救出弟弟之外，还因为害怕沙金笑话我对唯一的弟弟见死不救。——想到这些，更觉得自己无论失去什么，也不能失去这个女人。

然而，我的亲弟弟要抢走这个女人。沙金要被我拼死相救的次郎抢走。我现在甚至搞不清楚，是要抢走呢还是已被抢走了。我从来都不怀疑沙金的心，她勾引别的男人，我也认为这是为了干坏事的需要而默许她。后来，她和养父发生关系，我认为这是那个老头子凭借父亲的权势威严，在她本人一无所知的情况下诱惑了她。因此也就视而不见，以求平安。然而，她和次郎的关系又是另一码事。

我和弟弟的性格表面上似乎大不一样，其实相差无几。当然，由于七八年前的那场天花，我的病情重，他的病情轻，结果造成了外貌的差异。次郎天生眉清目秀的容貌没有受损，所以现在成为一个美男子。而我因为天花瞎了一只眼，成为后天的残疾。如果说我这个丑陋的独眼龙一直抓住沙金的心——这也是我的自负吗？——那肯定是因为我的心灵的力量。这么说，同一父母所生的亲弟弟也会和自己有一样的心灵。更何况无论在谁看来，他的确都比我英俊。所以，沙金迷上弟弟，原本是理所当然的。且设身处地一想，次郎终归抵挡不住这个女人的勾引。不，我始终对自己的这副丑陋嘴脸感到自卑，所以与沙金的行乐大多主动自我节制。但即使如此，我仍然发疯地热恋着沙金。那么，深知自己美貌的次郎怎么能对这个女人的妩媚勾引无动于衷呢？

这一想，沙金和次郎的勾搭也是合情合理的。不过正因为如此，才使我更加痛苦。弟弟要从我手里把沙金抢走。而且总有一天，要抢走沙金的一切。啊，我失去的不只是沙金一个人，连弟弟也要一起失去，取而代之的是出现一个名叫次郎的敌人。——我对敌人毫不留情。大概敌人对我也绝不手软。这样的话，结局不言自明：或者我杀死弟弟，或者我被弟弟杀死……）

太郎突然闻到一股强烈的尸体腐烂的气味，不由得大吃一惊。然而他心中的死亡还没有腐臭。一看，原来在猪熊小路边上，竹枝墙底下撂着两具赤身裸体的幼儿尸体，尸体已经腐烂，在烈日的照射下，变色的皮肤上到处都是一块块黑紫。一些绿头苍蝇叮在上面。其中一个孩子朝着地面的脸上，已经有一些蚂蚁在爬动……

太郎看着眼前的这一切景象,仿佛看到自己的结局也是如此,便情不自禁地紧紧咬着下唇……

(这一阵子,沙金也在躲避自己。偶尔见面,也没好脸色,还时常说一些难听的话。我火冒三丈,也打过她,踢过她。但是在打她踢她的时候,我心里就是在自我折磨。这是理所当然的。我的二十年人生都深藏在沙金的那双眼睛里。所以,失去沙金,无异于失去自我。

失去沙金,失去弟弟,最终失去自己。也许我失去一切的时刻已经来临……)

他边想边走,不觉来到猪熊大娘挂着白色布帘的家门口。这里还能闻到尸体的臭味。但大娘家门边种有一棵枇杷树,暗绿色的叶子把影子洒在窗户上,在炎热中透出一丝凉意。他不记得自己有多少次从这棵树下走进这间屋子,但是今后呢……

太郎突然感觉到一种精神疲劳,沉浸在一缕感伤情绪里,不由得泪水盈眶,便悄悄走近门口。这时,就在这时,从屋里突然传来女人尖锐的声音,还掺杂着猪熊老头的声音,一起灌进他的耳朵。这女人要是沙金,绝不能置之不理。

他立刻掀开门口的布帘,急忙一脚迈进昏暗的屋内。

四

与猪熊大娘分手以后,次郎心情沉重地一级一级登上立本寺的石阶,走到朱漆严重剥落的圆柱子下面,疲倦地坐下来。炎热的太阳被斜伸出来的高高屋瓦挡住,照不到这里。往后一看,只见昏暗中一尊金刚菩萨脚踩青莲,左手高举一根铁杵,胸前落满鸟粪,独自在光天化日下守护着岑寂无人的寺院。走到此处,次郎的心情才开始平静下来,似乎才能理智地思考问题。

阳光照样发出白炽烈焰,照耀着眼前的大路。燕子在空中穿梭飞翔,羽毛闪烁着黑色绸缎般的亮光。一个身穿白色麻布单衣、打着大遮阳伞的男人,手持夹有文书的青竹文杖,一副炎热难耐的样子慢慢走过。此后,长长的瓦顶板心泥墙上连一只狗的影子也没有。

次郎抽出插在腰间的扇子,手指把黑柿木扇骨一根根地打开,再合上,脑子里思考着自己与哥哥今后的关系。

为什么非要如此痛苦地自我折磨呢?就这么一个哥哥,还要把他当做敌人。每次见面,即使我先开口和他说话,他也爱搭不理的样子,根本谈不下去。考虑到我与沙金现在的关系,他的态度也是可以理解的。然而每次见到这个女人,我心里总觉得对不起哥哥。尤其见面以后的寂寞心情,越发觉得哥哥可怜,常常暗自落泪。现在甚至都想离开哥哥和沙金,独自一人去东国[1],哪怕一次也行。那样的话,也许哥哥就不会憎恨我,而我也会忘记沙金。因为自己这么想,便去见哥哥,本来打算不露声色地向他辞行,没想到他对我还是那么冷若冰霜。且一见沙金,所有的决心都化为乌有。为此,我不知道有过多少次自责。

然而,哥哥不知道我心中的痛苦,一心认定我是他的情敌。我可以被他骂得狗血喷头,可以让他把唾沫啐在我的脸上,甚至可以被他杀了。但是,我只希望他知道,我对自己的不仁不义是多么深恶痛绝,我对哥哥是多么同情怜悯。只要哥哥理解我,哥哥如何处置我,我都心甘情愿。不,与其现在这样心如刀绞,索性一死了之,也许更加幸福。

我对沙金又爱又恨。一想到这个女人水性杨花的秉性,我就满腔忿恨。而且她经常撒谎。更可怕的是,连哥哥和我都觉得下不了手的残酷杀人,她居然满不在乎。当看着她淫荡下流的睡相时,我常想自己为什么会如此痴心地迷恋这样的女人呢?尤其看见她与素不相识的男人也那样厚颜无耻地淫乱时,真恨不得亲手宰了她。我对沙金恨之入骨,然而一看见她的眼睛,就立刻陷入她的诱惑。没有一个女人像她这样,丑恶的灵魂与美丽的肉体如此结合在一起。

哥哥似乎并不知道我对沙金的憎恶情绪。不,其实哥

---

[1] 东国,日本关东一带。

哥好像原本就不像我这样憎恨这个女人的野兽心肠。比如，在对待沙金与其他男人的关系上，哥哥与我的看法就大相径庭。不论沙金和什么人睡觉，哥哥总认为她是逢场作戏，寻欢作乐，而采取宽容的默许态度。但我绝不这么认为。我认为玷污沙金的肉体，也就是玷污她的心灵，甚至比玷污心灵更加严重。当然，我也绝不能容许沙金见异思迁移情别恋。然而，人尽可夫比喜新厌旧更令人痛苦。正因为如此，我对哥哥也感到嫉妒。既歉疚，又嫉妒。这么看来，我与哥哥对沙金的恋情出自完全不同的态度。而这种差异更导致两人关系的恶化……

次郎呆呆地望着大路，一心想着自己的心事。这时，从街上的什么地方突然传来一阵尖锐的笑声，仿佛振荡得晃眼的阳光。伴随女人尖锐笑声的是一个男人呜噜呜噜的含混话语声，掺杂着肆无忌惮的淫声秽语。次郎不由自主地把扇子插在腰间站起身来。

次郎离开柱子，正要迈步走下石阶的时候，看见一男一女顺着小路从他面前走过往南而去。

男的身穿粉白色武士礼服，头戴软乌漆帽，腰间松松垮垮地佩挂着锻花刀柄的长刀，三十岁上下，喝得醉醺醺的样子。女的身穿白地浅紫花纹罩头衣服，头戴市女笠[1]，

---

[1] 市女笠，原为女商人戴的斗笠。菅茅草或竹皮编织而成，中间凸起，晴雨两用。

从声音举止上看,显然是沙金。次郎走下石阶,一直紧咬嘴唇,故意移开视线。然而,这两个人似乎瞧也不瞧次郎一眼。

"那你答应,一定别忘了。"

"没问题。既然我答应了,你就把心放在肚里好了。"

"可我是拼着命的,所以必须这样叮嘱。"

男人张开略有红胡须的嘴大笑起来,笑得几乎能看见他的咽喉,一边用手指头轻轻捅了一下沙金的脸颊,说道:

"我也是拼着命的呀。"

"说得好听。"

两人走过寺院门前,来到刚才次郎与猪熊大娘分手的十字路口停下脚步,旁若无人地互相调戏,然后分手。男人一边走一边几次回头,像是戏逗着什么往东拐去。女人转过身咪咪笑着,一边顺着原路往回走。——次郎站在石阶底下,看着沙金那一双乌黑的大眼睛。不知道是由于高兴还是自悲的情绪,从罩头衣服里露出的她的脸蛋如小孩子般发红。

沙金解开罩头衣服,露出汗水津津的脸,笑着问:

"看见刚才那个家伙了吗?"

"没看见。"

"那家伙呀……噢,坐在这儿吧。"

他们并排坐在石阶上。寺院门外唯一一棵细小的枝干扭曲的赤松树影,恰好落在他们身上。

沙金将坐未坐的时候,摘下市女笠,说道:

"那是藤判官那儿的武士。"

沙金这个二十五六岁的女人,身材适中,不胖不瘦,小巧的手脚像猫一样敏捷灵活。她的脸蛋可以说把可怕的野性与异常的美丽融合成一体,额头窄小,脸颊丰腴,牙齿洁白,嘴唇性感,眼睛锐利,眉毛整齐——这一切本来难以搭配在一起,但在沙金的脸上却融合得如此完美,简直无可挑剔。尤其是她那一头披肩发,在阳光映照下,乌黑闪亮,青光泛动,宛如鸟羽。次郎看着这个女人总是这么妖艳妩媚的姿态,甚至感觉到一种憎恶。

"那还是你的情人吧?"

沙金眯缝着眼睛笑起来,表情天真地摇了摇头,说道:

"要说愚蠢,没有比那家伙更愚蠢的了。他就像狗一样,对我俯首帖耳。所以啊,我什么都知道了。"

"你知道什么?"

"知道什么?就是藤判官宅院的内部情况啊。他简直滔滔不绝,连最近宅院买马的事都告诉了我。哦,对了,要不让太郎把那匹马偷出来。说是陆奥产的三岁马驹,我看不一定。"

"对,哥哥对你的话唯命是从。"

"说什么呀?我最讨厌别人吃醋。太郎也是这样,起先我也有这种感觉,现在好了。"

"说不定我也会这样的吧?"

"这我可不知道。"沙金又尖声笑起来,"怎么,生气了?我跟他们说你不来了,好吧?"

"你这个人,简直就是母夜叉。"

次郎皱起眉头,拾起脚下的一个石子扔出去。

"这么说,也许我就是一个母夜叉。不过,迷上我这个母夜叉,可就是你的命了。怎么,还在怀疑吗?那就随你的便吧。"

沙金说完,看着大路,突然目光锐利地转过头盯着次郎,嘴角掠过一丝冷笑,说道:"你还是这么怀疑的话,告诉你一件事吧。"

"什么事?"

"嗯……"

沙金把脸靠近次郎的脸,淡妆的味道伴着汗味扑鼻而来,次郎感觉到一种强烈的刺激,仿佛全身发痒,情不自禁地把自己的脸转向一旁。

"我把那件事都告诉他了。"

"哪件事?"

"就是今天晚上大伙儿去藤判官宅院的事。"

次郎简直不敢相信自己的耳朵,令人窒息的感官刺激瞬间消失无影无踪。他只是半信半疑地、目光茫然地看着她的脸。

"干吗这么大惊小怪的？这没什么大不了的啊。"沙金稍微压低声音，用嘲笑的口气说道，"我对他是这么说的：我睡觉的房间就靠着大路木板墙旁边，昨天夜里听见五六个人，大概是小偷，在木板墙外商量说要去你那儿，而且就在今天晚上。咱俩关系亲密，我才告诉你。你要是不戒备，可就危险了。所以，今天晚上对方肯定做好准备。那家伙正去召集人哩，他说叫二三十个武士来没问题。"

"你干吗说这些多余的话？"

次郎依然平静不下来，用疑惑不解的目光看着沙金。

"我说的话并不多余。"

沙金阴险地微笑着，左手轻轻抚摸次郎的右手，说道：

"这是为了你。"

"怎么是为我呀？"

次郎的心感觉到一种恐惧，难道她……

"你这还不明白吗？我这么一说，再让太郎去偷马……他再有本事，一个人也干不了。不过，叫别人帮忙，也没几个人。这样，你我不就如愿以偿了嘛。"

次郎仿佛被当头浇了一桶冷水。

"你是说杀死我哥哥？"

沙金手里玩弄着扇子，坦率地点点头。

"不好吗？"

"不是不好……这样子设圈套……"

"这么说，你能杀得了他？"

次郎感觉到沙金的眼睛像野猫一样尖锐地盯着自己，她的眼睛具有可怕的力量，逐渐地麻痹了自己的意志。

"可是，这样做很卑鄙。"

"卑鄙又有什么法子？"

沙金扔掉扇子，双手握住次郎的右手，逼视着他。

"而且，要是哥哥一个人也就罢了，还要连累其他同伙去送死……"

次郎话一出口，就觉得糟了，这个狡猾的女人自然绝不会放过这个机会。

"这么说，让他一个人去干啰？为什么要这样？"

次郎从女人手里抽出自己的手，站起来，依然铁青着脸，让沙金走在前面，自己跟在她后面，或左或右地走着。

沙金从下面仰视次郎，尖刻地说道：

"既然同意干掉太郎，赔进去几个同伙也不要紧的吧。"

"大娘怎么办？"

"要是死了，再说死的事。"

次郎停下脚步，俯视着沙金的脸。女人的眼睛燃烧着轻蔑与爱欲的炽热烈焰。

"为了你，我谁都敢杀。"

她的话如蝎子般刺心，次郎又一次感到浑身战栗。

"可是,那是哥哥……"

"我不是连老母亲都不要了吗?"

沙金说完,垂下眼睛,紧张严峻的面部表情突然松弛下来,泪水簌簌滴落在烈日照耀闪亮的灼热沙子上。

"我已经把事情告诉那家伙了,现在反悔也来不及了。要是太郎还有那些同伙知道这件事,肯定要把我杀死的。"

听着沙金这断断续续的话,次郎的心里涌现出一种绝望般的勇气。他脸色煞白,默默地跪在地上,冰冷的双手紧紧握住沙金的手。

他们在紧紧相握的双手里,感觉到一种凶残的承诺。

五

太郎掀开白布,一脚踏进家里,却被眼前的景象惊呆了。

在不大宽敞的屋子里,通往厨房的一扇拉门斜倒在竹皮屏风上,大概被屏风碰倒的烧火驱蚊的陶罐碎成两半,满地都是尚未烧尽的松叶或烟灰。地上躺着一个十六七岁、脸色苍白的胖女佣,她满头烟灰的鬈发被一个脑满肠肥的秃顶老头抓着,身上的麻布单衣被扯乱,露出胸脯,双脚使劲儿地挣扎,发疯似的尖声叫喊。老头左手抓着女人的头发,右手举着一个缺口的瓶子,要把瓶子里黑褐色的液体强行灌进女人嘴里。那浅黑色的液体在女人的眼睛、鼻子上到处流淌，却好像几乎没有流进她的嘴里。于是老头更加气急败坏地想强行掰开女人的嘴巴。但是女人不顾头发被老头抓住，拼命甩动脑袋，就是不张嘴。两个人的手脚互相纠缠在一起。太郎从阳光明亮的外面一下子进入光线昏暗的屋里，不能立刻分清各是谁的手脚，虽然一眼就知道他们是谁。

太郎手忙脚乱脱下草鞋，慌忙跨进屋里，眼疾手快一把抓住老头的右手，顺手夺下瓶子，怒气冲冲地大喝一声：

"你干什么？"

老头立刻不甘示弱地反问道：

"你要干什么？"

"我吗？我要干这个。"

太郎把瓶子一扔，又把老头的左手从女人的头发上分开，然后抬腿，一脚把他踹倒在拉门上。阿浓没想到有人搭救自己，慌慌张张往后退爬了三五米。看见老头倒在后面，像求神拜佛一样，双掌合十，浑身颤抖，对着太郎低头拜谢，她便蓬头垢面地急忙转身，光着脚跑到廊檐下面，敏捷地钻进白布里面。猪熊老头突然猛扑过去，还想拽住她，被太郎狠狠又踢一脚，跌倒在烟灰里。这时，女人已经气喘吁吁地从枇杷树下跌跌撞撞地往北跑去……

"救命啊！要杀人啦……"

老头叫喊着，却已经失去刚才的气势，踩着屏风，想往厨房方向逃去。太郎轻舒长臂，一把抓住他浅黄色水干衣领，拽倒在地上。

"杀人啦，杀人啦，快救命啊！杀父亲啦……"

"混账话！谁要杀你……"

太郎把老头压在膝盖底下，大声地嘲笑。与此同时，一股杀死这个老头的强烈欲望突然难以抑制地涌上心头。杀死这个老头当然易如反掌。捅一刀——往他那皮肤松弛、耷拉下来的红红脖子上捅一刀，一切都结束了。刀刃砍进榻榻米时的感觉，还有手握刀柄感觉到对方临死前的挣扎，以及反冲着刀刃喷涌而出的鲜血的腥味。这一切想象使得太郎不由自主地伸手握住葛藤包缠的刀柄。

"你撒谎！撒谎！你一直想杀……啊，快救命啊！杀人啦，杀父亲啦！"

猪熊老头大概看穿了太郎的用心，又猛力想反扑，最后声嘶力竭地大喊大叫。

"你为什么要那样欺负阿浓？说清楚！不然就……"

"我说，我说——可是我说了以后，也保不住你不会杀我。"

"别啰嗦！说不说？"

"说，说，说，你先把手放开，不然我憋着气，说不出来。"

太郎根本置之不理，依然杀气腾腾地重复一遍：

"说不说？"

"我说。"猪熊老头扯着嗓门,还想反抗,终于一边挣扎着说道,"我说,我只是让她喝药。可是,阿浓这个蠢货就是不喝。所以,我也就粗暴起来。就是这么点事。不,还有,是老婆子买的药,和我无关。"

"什么药?堕胎药吧。对方不情愿,不管是不是蠢货,你这么干就是凶暴残忍。"

"瞧你,你叫我说,我都说出来了,可是我说了以后,你还是要杀我。你是杀人犯!你才心狠手辣!"

"谁说要杀你?"

"要是不想杀我,为什么你握住刀柄?"

老头抬起大汗淋漓的秃脑袋,翻着上眼皮看太郎,嘴角满是泡沫。太郎心头猛然一震,要杀就得现在动手,这个念头一闪而过。他不由自主地膝盖使劲,手握刀柄,目不转睛地盯着老头的脖子。稀疏的花白头发圈围着后脑勺,两条血管在红红的满是疙瘩的皮肤皱纹里不太明显地显露出来。——太郎看见这个脖子的时候,莫名其妙地产生了一种怜悯的情绪。

"你是杀人犯!杀死亲爹!骗子!杀死亲爹!"

猪熊老头不停地声嘶力竭叫喊,终于从太郎的膝盖下挣扎着爬起来,然后迅速抓起拉门作为防身盾牌,眼睛四处转动,打算伺机逃跑。他的脸又红又肿,鼻歪眼斜。太郎一看这狡猾奸诈的嘴脸,就后悔自己刚才没有下手。他渐渐松开握着刀柄的手,仿佛自我怜悯似的,嘴角浮出一抹苦笑，缓缓坐在榻榻米上。

"杀你的那把刀，还没带来哩。"

"你要是杀了我，那可是杀父啊。"

猪熊老头放下心来，从拉门后面慢慢磨蹭出来，在斜对着太郎的榻榻米上忐忑不安地坐下来。

"杀了你，为什么说是杀父？"

太郎眼睛看着窗户，没好气地问。透过窗户能望见四方形的天空，枇杷树梢上密密的叶子在阳光映照下，表面和背面呈现出各种各样亮度不同的绿色，纹丝不动。

"为什么说是……杀父呢？沙金是我的养女，你和她有了关系，不也就是我的儿子吗？"

"那你把她当作妻子，这又是什么？你是畜生还是人？"

老头一边看着刚才争斗中撕破的袖子，一边气哼哼地说：

"就是畜生，也不能杀老子！"

太郎歪着嘴唇冷笑着说：

"这张嘴还是那么厉害。"

"我的嘴怎么厉害来着？"

猪熊老头突然恶狠狠地盯着太郎，接着嗤笑起来：

"我问你，你认不认我做父亲？不，是能不能认我做父亲？"

"这还要问吗？"

"你是说不能?"

"嗯,不能。"

"你说了不算。你听着,沙金是大娘的亲生女儿,我既然和大娘结了婚,沙金就是我的孩子。你既然要和沙金结婚,就应该认我做父亲。但你不认我这个父亲。不仅不认,有时还打我骂我。你究竟为什么要我把沙金作为自己的孩子?我把她作为妻子,有什么不好?如果我把沙金当作自己的妻子是畜生,你想杀死父亲,难道不也是畜生吗?"

老头一副洋洋自得的神情,满是皱纹的食指指着太郎的鼻子,两眼发亮,滔滔不绝。

"怎么?我没道理,还是你没道理,这种事你总该明白吧?我还告诉你,我和大娘,从我在左兵卫府当仆人的时候就已经是老相好了。她对我怎么想,我不知道。我一直爱恋她。"

太郎做梦也没想到,会在这种场合,从这个狡诈卑鄙、嗜酒成性的老头嘴里听到这样的往事。他甚至怀疑这个老头是否具有普通人的感情。爱恋猪熊大娘的猪熊老头和被猪熊老头爱恋的猪熊大娘……想到这里,太郎感觉到自己的脸上浮现出一抹微笑。

"后来,我发现大娘有情人。"

"这不是说明人家讨厌你吗?"

"有情人不能成为讨厌我的证据。你要是打断我的话,我就不说了。"

猪熊老头一本正经地说。接着,他又立刻膝行靠近太郎身边,咽下几口唾液,继续说道:

"后来,大娘怀了这个情人的孩子。这倒没什么,叫我吃惊的是,大娘生完孩子不久,就不知去向。一打听,有人说得传染病死了,有人说去了筑紫[1],后来才知道住到奈良坂[2]的熟人那里。这下子我突然觉得人活着真没意思,于是开始喝酒赌博,后来甚至被人拉上贼船,偷盗抢劫。能偷丝绸,就偷丝绸;能偷锦缎,就偷锦缎。脑子里就想着大娘一个人,过了十年,十五年,好不容易又和大娘见面了……"

老头现在已经与太郎坐在同一张榻榻米上。话说到这个地步,大概由于他的感情逐渐亢奋起来,竟然老泪纵横,嘴巴颤抖着,说不出话来。太郎睁开他的独眼,看着对方抽抽搭搭的样子,像是看一个陌生人。

"见了面,才发现大娘已不是过去那个大娘,我也不是过去那个我了。但她带来的那个女孩子就是沙金,长得很像她母亲。看见她,就像年轻时候的大娘又回到身边。于是我想,如果和大娘分手,肯定也要和沙金分开,如果不想和沙金分开,就必须和大娘在一起。好吧,既然如此,

---

1 筑紫,今日本九州地区。
2 奈良坂,奈良县北部经般若寺前往本津的山路。

索性娶大娘为妻吧。这样，就有了猪熊这个穷家……"

猪熊老头哭丧着脸靠近太郎，声音哽咽，刚才一直没有注意到的一股酒气扑鼻而来。太郎慌忙用扇子遮住鼻子。

"你知道，我这一辈子一心一意只喜欢过去的那个大娘，也就是现在的这个沙金。可是，你动不动就骂我是畜生。你就那么憎恨我这个老头吗？要是你恨我的话，索性杀死我算了。现在你就可以杀我。死在你手里，我也心甘情愿。你要明白，你杀死父亲，你也是畜生。畜生杀畜生，这倒很有意思。"

随着泪水渐干，老头又恢复了那副无赖的嘴脸，他甩动皱皱巴巴的食指，大叫大嚷：

"畜生杀畜生，来啊！你是懦夫。哈哈，刚才我给阿浓喝药，你见了火冒三丈，好像就是你把那蠢货的肚子搞大的。你这个家伙不是畜生，谁是畜生？"

老头一边说一边迅速退到倒塌的拉门后面，打算夺路逃命。他脸色发紫，龇牙咧嘴，凶相毕露。太郎被他一顿臭骂，实在忍无可忍，站起来，手按刀柄，但是他没有拔刀，嘴唇急速抖动着，突然把一口痰啐到老头脸上。

"你这样的畜生，只配这个！"

"你别叫我畜生。沙金不是你一个人的老婆。她不也是次郎的老婆吗？这么说，你偷弟弟的老婆，你也是畜生。"

太郎又一次后悔没有杀了这个老头，但同时也害怕再产生杀人的念头。他的独眼火冒金星，狠狠地一跺脚，打算离开。就在这时，又听见猪熊老头在背后指手画脚地破口大骂。

"你以为我刚才说的话都是真的吗？告诉你，全是假的。什么大娘是我的老相好啊，什么沙金长相很像年轻时候的大娘啊，全是我胡编乱造的假话。你能拿我怎么样？我是骗子！我是畜生！我是差一点死在你刀下的混蛋……"

老头唾沫飞溅，骂不绝口，口齿渐渐含糊不清，但浑浊的眼睛依然充满仇恨，捶胸顿足，大叫大喊。

太郎实在无法忍受从心底涌上来的厌恶感，捂着耳朵，匆匆离开了猪熊的家门。太阳开始偏西，仍然热浪袭人，只有燕子在空中轻灵地飞翔。

"上哪儿去呢？"

走到外面，太郎一下子清醒过来，意识到自己来这儿是找沙金。可是到哪儿才能见到沙金呢？他不知该往哪儿去。

"管他哩，反正去罗生门，等到天黑再说。"

他的这个决定，当然包含着几分能见到沙金的希望。因为沙金平时在天黑以后，喜欢女扮男装，以便夜间打劫。那些行头和家伙，都放在罗生门楼上的箱子里。太郎打定主意，沿着小路大步往南走去。

太郎从三条大街往西拐，顺着耳敏川走到四条大街——刚刚进入四条大街的时候,看见一男一女两个人一边说话一边从立本寺的瓦顶板心泥墙下面顺着这条大街往北而去。

男的身穿枯黄色的麻布单衣,女的身穿浅紫色衣服,两人身影时常重叠在一起,从小路走过大街的一路上,留下串串爽朗笑声。男的腰间佩带乌鞘长刀,在燕子繁忙穿飞的阳光下闪闪发亮。一眨眼的工夫,两人已经走远。

太郎满脸阴霾,不由自主地驻足路旁,痛苦地自言自语:

"所有的人都是畜生。"

六

夏天的夜晚很快就到深夜的亥时上刻。

月亮还没出来,京城无声无息沉睡在一望无际令人窒息的沉重黑暗里。加茂川的河面,在几许星光的映照下,泛着微弱的白光。大街小路,灯光渐熄,不论是皇宫,还是原野,或者千家万户,都在这静谧夜空下,无限地扩展着色彩、形状朦胧的广阔平面。不论是左京还是右京,除了偶尔穿飞的杜鹃叫声外,万籁俱寂。如果说其中有一点让人感觉亲切的摇曳的灯火或者轻微的声音,那也许就是在香火缭绕的大寺院大殿里,参笼香客跪拜祈祷的金粉、铜绿斑驳的孔雀明王画像前的长明灯;或许是一群乞丐在四条大街、五条大街的桥下为度过夏日的短夜而焚烧垃圾的火光；或许是朱雀门的狐狸精每天夜晚在瓦上草间点燃的吓唬过往行人的一闪一灭的鬼火。除此之外，北起千本，南至鸟羽街道的尽头，只有弥漫着驱蚊燃烧的草叶味道的深沉夜色，没有一丝风，连河滩的艾蒿也一动不动。

这时，位于皇宫北面的朱雀大街尽头的罗生门旁边，响起蝙蝠拍动翅膀一样的敲击弓弦的声音，互相呼应。于是，或一人，或三人，或五人，或八人，一身奇怪的装束，从四面八方逐渐聚集到一起。透过朦胧微弱的星光，只见他们都佩着刀背着箭，有的执斧，有的持戟，各自全副武装，打着绑腿，脚穿草鞋，威风凛凛，来到罗生门前的石桥旁边，整齐列队。站在队伍最前列的是太郎，身后是猪熊老头，似乎已经忘记了刚才与太郎气急败坏的争吵，手持长矛，矛头在黑夜中凛然闪亮。再后面是次郎、猪熊大娘，稍远处站着阿浓。沙金站在他们中央，身穿黑色水干，腰佩长刀，身背箭袋，以弓为杖，环视一下大家，然后张开她的灵巧漂亮的小嘴说道：

"大家听着，今天晚上的对手比以往都更难对付，要做好这个精神准备。这样分头行动：太郎带十五六个人从后面进去，其他人和我从前面进去。进去以后的目标是后面马厩里的陆奥马。太郎，这事就交给你办。行吗？"

太郎默不作声，看着天上的星星，只是咧着嘴点点头。

"另外,我宣布一项决定:不许把女人、小孩作为人质。因为这样做处理起来很棘手。好,要是齐了,就出发吧。"

沙金举起弓,指挥大家行动。但她回头对咬着手指头、情绪低落的阿浓亲切地说道:"你就别去了,在这儿等吧,过一两刻钟[1]大家就都回来。"

阿浓像小孩一样呆呆地看着沙金的脸,轻轻点头。

"好,走吧!多襄丸,别大意。"

猪熊老头一边把戟夹在腋下,一边回头对身边的一个同伙说。那个身穿深红色水干的同伙只是摇晃手中的长刀护手,响了几下,哼了一声,没有搭理他。倒是一个肩扛斧头、满脸黑胡子的潇洒利索的男人从旁插嘴道:

"我看倒是你自己别再让影子吓得屁滚尿流才好。"

二十三个强盗一起低声嗤嗤笑起来。他们以沙金为中心,如一团乌云,杀气腾腾地向朱雀大街涌去。像从沟渠里流溢出来的泥水向洼地漫延扩散,他们在黑夜的掩护下,迅速消失在黑暗里,不知去往何方

天空透出淡淡的微亮,罗生门高高的屋瓦俯视着寂静无声的大路,还有杜鹃时近时远断断续续的叫声。一直伫立在七丈五级大石阶上的阿浓也不见踪影。不久,罗生门楼上突然亮起昏暗的灯光,一扇窗户哗啦一声打开,露出

---

[1] 日本江户时代的一刻即一个时辰,相当于两小时。

一张瘦小的女人的脸，眺望远处的月出。阿浓一边俯视逐渐明亮起来的京城，一边感受着腹中的胎动，每次都高兴地微笑起来。

七

次郎挥动沾满血迹的长刀，和两个武士、三条狗拼死搏斗，顺着小路往南后退二三町。现在他已无暇顾及沙金的安危。对方仗着人多势众，一拥而上，紧逼不懈。恶狗也立毛耸背，前后左右，猛扑撕咬。在月光的映照下，大街微明，大体看得清楚互相挥舞的兵器——次郎被人和狗包围着，浴血奋战。

不是杀死对手，就是死于对手刀下，二者必居其一，别无生路。次郎已横下一条心，一种异常的凶狠勇气不断在他全身凝集成力量。他挡住对方的长刀，并且奋力回砍的时候，脚下还要敏捷地躲开扑上来的恶狗——他几乎同时完成这些动作。不仅如此，甚至当他反手利用对方砍过来的长刀时，还必须防备从身后扑上来的恶狗。但是，自己不知道什么时候还是受了伤。月光底下，发现一道暗红色的东西和汗水一道顺着左鬓角流淌下来。次郎正在你死我活地拼杀，一点儿也不觉得疼痛。脸色苍白，优美的眉毛横拧成一字，仿佛他被长刀舞弄一样，顾不得帽子掉落，衣服撕破，只是一个劲地挥动大刀，上下纵横，血刃相交。

不知道厮杀了多长时间，只见对着自己上半身砍杀过来的一个武士突然往后一闪，紧接着一声惨叫，次郎以迅雷不及掩耳之势对着他的侧腹一刀砍下去，直至腰窝。他听到砍断骨头的沉重声，横扫过去的刀光在昏黑夜色中倏然闪亮。紧接着，长刀在空中一抡，恰好砍断正从下面杀将过来的一个武士胳膊，对方立刻顺着原路逃去。次郎追上去举刀正要下砍，一条猎狗像皮球一样蹦跳起来，对着他的手腕扑咬上来。他不由自主地后退一步，血刃高举，却眼看着对方趁着月黑落荒而逃，不由得全身肌肉仿佛一下子松弛下来似的沮丧。次郎这才如同从噩梦中醒来，发现自己站立的地方正是立本寺门前。

大约半刻以前，从正门攻击藤判官宅院的这群强盗突然受到中门左右两边、车棚内外的箭矢夹攻，乱箭凶猛，令他们胆战心寒。冲在最前面的真木岛的十郎大腿中箭，箭杆深深插进肌肉里，站立不住，滑倒在地。紧接着两三个人有的脸部中箭，有的胳膊受伤，慌忙后退。对方躲在暗处，不知有多少弓箭手。各色翎羽的锋镝响着尖锐的声音，如雨点般射来。连退在后面的沙金，黑色水干的衣袖也被箭矢斜着射穿。

"保护头领，不能让她受伤。射吧！射吧！老子也有弓箭。"交野的平六使劲拍着斧柄，大声叫骂。听见有人噢噢地回答，同时也开始响起向对方射箭的镝鸣声。手握刀柄退到后面的次郎听见平六这句话，感觉到一种苛责，悄悄从侧面瞟了沙金一眼。只见沙金面对这一场恶战，沉着冷静，背对月光，手持弓杖，嘴角露出微笑，目不转睛地看着箭矢交飞的场面。

这时，又听见平六急躁地吼叫起来：

"怎么把十郎扔在这里没人管？你们怕被箭射中，难道就对伙伴见死不救吗？"

十郎的大腿被箭射中，站不起来，只好扶着长刀，挣扎着两腿往前蹭，如同被拔掉羽毛的乌鸦一样，一边躲闪不断飞来的箭矢。次郎见状，浑身一阵异常的战栗，不由自主地挥起腰刀。平六觉察出次郎的意图，斜眼瞧着他的脸，用嘲笑的口吻说道：

"你陪着头领好了。十郎交给这些小喽啰就足够了。"

次郎从这句话听出嘲讽的轻蔑，咬着嘴唇，以眼还眼地狠狠回瞪平六。

几个人立刻向十郎跑去，打算救他出来。然而没等他们跑到十郎身边，只听得一声刺耳的号角，在乱箭纷飞之中，六七条耳朵尖竖、牙齿锐利的猎狗气势汹汹地狂吠着从门内冲出，卷起阵阵白烟，恶狠狠猛扑过来。紧随其后的是十几个武士，手持武器，一声呐喊，争先恐后地往宅院外蜂拥过来。这一方当然也不甘示弱，抡着斧头的平六打头阵，在枪林箭雨之中，大刀闪烁，矛戟横扫，吼声四起，杀声震天，似野兽狂叫。开始时的胆怯情绪一扫而光,个个精神抖擞,热血沸腾,杀红了眼。沙金也箭搭弦上,依然挂着微笑的脸上掠过一抹杀气,迅速躲到路边的破墙后面作为掩护,准备迎敌。

很快,双方混战一场,分不清敌我,狂呼乱叫,在十郎倒地的地方展开了肉搏战。又听猎狗狂叫,那叫声充满血腥味。双方拼搏杀戮,血肉横飞,不知谁胜谁负。这时从后门进攻的一个人满身汗水尘土,而且大概还身受两三处轻伤,血迹斑斑地跑过来。从他扛在肩上的长刀的刀刃缺口来看,似乎打得格外艰苦。

"那边都要撤退了!"他借着月光,来到沙金面前,气喘吁吁地说,"因为带队的太郎在门内被他们包围了,打得很苦。"

沙金和次郎在昏暗的板墙后面,不由得对看一眼。

"被包围了……怎么回事?"

"我也不知道怎么回事。不过,看来……他这个人,我想大概不要紧的。"

次郎转过脸,从沙金身旁走开。当然那个小喽啰不会在意。

"还有,老爷子和老太婆好像手都受伤了。看那样子,被他们杀死的也有四五个。"

沙金点点头,从后面追上次郎,声音严厉地说:"那我们也撤。次郎,你吹口哨吧。"

所有的表情在次郎的脸上仿佛都已经凝固,他把左手指含在嘴里，吹出两声尖锐的口哨。这是通知大家撤退的暗号。但是，大伙儿听到这个信号后，似乎没有人转身撤退。（实际上，大概因为被敌人和狗围困着，连转身撤退的机会都没有。）口哨声撕破闷热的夜气，空虚地消失在远处的小路那头。人的吼叫声，狗的狂吠声，兵器的撞击声，地动山摇，震撼着高渺的星空。

沙金仰望月亮，闪电般挑动着眉毛。

"真没办法，那我们先回去吧。"

她话还没说完，次郎仿佛充耳不闻似的又把手指含在嘴里，正要吹第二遍口哨，只见几个同伙突然乱了阵脚，左右分开，敌人带着狗直向他们冲来。——说时迟，那时快，只听见沙金手里的弓箭嗖的一声，跑在最前面的一条白狗哀叫着应声倒下，箭矢射进它的肚子，斑斑黑血流淌在地面的沙子上。跟随在狗后面的一个武士，毫不畏惧，挥舞长刀向次郎横扫过来。次郎几乎是下意识地挡住对方的武器，刀刃相击，铿锵一声，火花迸溅。——借着月光，次郎看见对方汗水湿透的红胡须和破裂的粉白色武士礼服，认出了对方。

他的脑子里立刻浮现出立本寺门前的景象，同时突然感到一种可怕的疑惑的威胁：沙金会不会和眼前这个家伙合谋，不仅要杀死我哥哥，还要杀死我呢？瞬间产生的怀疑化作冲昏头脑的震怒，次郎脱兔般敏捷地躲闪过对方的长刀，双手紧握刀柄，奋然跃起，直刺对方胸部。对方立即倒地，次郎用脚上的草鞋狠狠踩踏对方的脸。

他感觉对方热乎乎的鲜血溅到自己的手上，便用刀尖触碰他的肋骨，感觉到强烈的抵抗。奄奄一息的对手在次郎的草鞋踩踏下，依然几次咬他。这一切自然都对他的复仇心理产生刺激的快感，但同时也有一种难以言状的精神疲惫袭上心头。如果周围环境允许的话，他肯定会不顾一切地躺下去，痛痛快快地休息。但是在他踩着对方脑袋，把血淋淋的长刀从对方的胸部拔出来的时候，有几个武士已经把他团团围住。岂止如此，一个武士从背后偷偷上来，把矛头对准次郎的后背正要刺进去。就在这时，这个武士突然往前趔趄，身子前倾，矛头刺破次郎的衣袖，脸朝下扑倒在地。原来在他的矛要刺进次郎后背的千钧一发之际，一支箭嗖的一声从后面飞来，深深扎进他的后脑勺。

后来发生的事情，连次郎都觉得是在做梦。他像野兽一样怒吼怪叫，不看对手是谁，死命抵挡前后左右砍来的长刀。他觉得周围声音腾沸，人的吼叫和兵器的撞击声混成一片，血汗模糊的脸在刀光剑影中闪动出没——除了这些，次郎的眼里没有别的东西。不过，他还是惦念留在后面的沙金，如长刀撞击时迸溅的火花一样，时常在心里闪现。然而，这种闪烁的思绪立刻消失在眼前生死关头的搏斗里。接着，刀枪碰撞和弓箭呼啸的声音如遮天蔽日的蝗虫拍动翅膀，在被倒塌土墙堵塞的小路上惊天动地地震撼回响。次郎在这样杀得天昏地暗之中，被两个武士和三条狗紧追不舍，顺着小路渐渐往南后退。

次郎杀死一个武士，又把另一个武士杀得落荒而逃，于是他觉得对付三条狗没什么可怕。然而他想得太简单了。这三条狗都是狗中良种，论个头，比起小牛犊有过之而无不及；论毛色，都是茶色花斑。它们的嘴边沾满人血，照例从左右两边向次郎的脚下扑来。次郎踢开一条狗的下巴，另一条狗扑上他的肩膀，而同时第三条狗差一点咬住次郎拿着长刀的那只手。接着，三条狗在次郎的前后左右摆出三角形的阵势，尾巴坚硬竖起，像闻着地面沙土的味道，前脚紧贴下巴，汪汪地狂吠。次郎杀死武士对手以后，松了一口气，没想到又被这些猎狗顽固纠缠，比刚才更令人恼火。

次郎越是气恼，他的长刀越是落空，甚至自己还常常站立不稳。狗趁他脚下趔趄，喷吐着热气，没完没了地扑上来。次郎心想，到这个地步，只有这最后的一招了。他拖着砍空的长刀，从准备咬他脚部的一条狗的背上勉强跳过，借着月光拼命逃跑。他心存一线希望，要是狗追得筋疲力尽，也许他可以死里逃生。次郎的这个想法本身就像溺水者抓住一根稻草想救命一样无济于事。狗见他逃跑，一齐卷起尾巴，排成一列，后脚扬起尘土，饿虎扑羊般紧追不舍。

次郎的这个计谋不仅没有让他摆脱猎狗追赶，反而使他陷入虎口。——次郎在立本寺的十字路口勉强往西拐去，大约跑出两町左右，突然听见从破晓的前方传来比后面追赶上来的狗更多更响的狗吠声。在月光照耀下，小路上拥挤着一群乌云般的野狗，左冲右撞，乱成一团，像是在抢夺食物。几乎就在同时，迅速追赶上来的一条猎狗超过他，像呼唤其他狗一样高声叫起来。这群发疯一样的野狗竞相猖獗狂叫。次郎立刻被卷进这群散发着腥膻臭味的狂乱的动物的旋涡。一群野狗深更半夜麇集在小路上本来是很少有的。原来这十几二十条狰狞凶猛的野狗在这京城的废墟上肆无忌惮地为所欲为，饥饿贪婪地寻找血腥味，是为抢夺因为传染瘟疫被抛弃在这里的那个女人。它们龇牙咧嘴，凶残地撕咬女人的肌肉和骨头，你抢我夺，暴戾恣睢。

这群野狗一见又有新的食物，呼啦一下子如被狂风吹动的稻穗从四面八方向次郎扑上来。一条健壮的黑狗从他的长刀上一跃而过，紧接着一条没尾巴如狐狸的狗从后面跳起蹿过他的肩膀，血淋淋的胡须从他的脸颊掠过，沾满泥沙的脚毛从他的眉宇间斜擦而过。他握着手中的刀不知道该砍还是该挡，不论前后，见到的都是晶亮的绿光和喘着粗气的狗嘴。而且这无数的眼睛和嘴巴从路上密密麻麻地紧逼上来。次郎一边挥动长刀，一边突然想起猪熊大娘的话："反正是死，索性横下一条心痛痛快快地死算了。"他心里叫喊着这句话，干脆闭上眼睛。一条要咬他脖子的狗吐出的气息热乎乎地喷在他的脸上，他又不由自主地睁开眼睛，长刀横扫过去。不知经过多少次搏斗，大概臂力逐渐衰弱，手里的长刀越来越重，而且脚下站立不稳。这时比被他砍杀的狗数量更多的野狗成群结队地从原野上、从坍塌的板墙边接连不断地飞跑集结过来……

次郎抬起绝望的眼睛，瞥了一眼天上小小的月亮，双手持刀横在胸前，如电光石火一样想起哥哥，想起沙金。自己本想杀死哥哥，却死在野狗嘴下。这是上天对自己最好的惩罚。想到这里，他情不自禁地热泪盈眶。然而，狗仍在向他疯狂进攻。一头猎狗忽然扫动茶色斑点的尾巴，猛扑过来。次郎的左大腿立刻感觉到被尖利的牙齿狠咬了一口。

这时，一阵遥远的嗒嗒马蹄声，从月色微明的两京二十七坊的夜色深处如风一样向着天空扩散传来，压倒喧嚣狂躁的狗叫声……

在这场腥风血雨的战斗期间，只有阿浓一个人站在罗生门楼上，脸上浮现出安详的微笑，眺望天边的月出。热得消瘦的月亮在微明泛青的天色中岑寂地从东山徐徐爬上天空，于是，加茂川木桥在灰白的水光上逐渐暗淡地浮现出来。

不仅加茂川，连眼前的京城街道，刚才还黑暗地笼罩着死人气味，倏忽之间也如同镀上了一层金色的冷光，九层塔、寺院的屋顶等一切物象泛动着似有若无的微光，若隐若现地包裹在渐明尚黑的天色里，犹如越[1]人所说的海市蜃楼。环绕街道的群山，仿佛还在经受白天的余热，山顶月色朦胧，所有的山峰皆如同陷入沉思，从淡薄的雾霭上面宁静地俯视一片荒寂的街道。阿浓闻到一缕淡淡的凌霄花的香味。原来在罗生门大门左右的浓密草丛里，一簇一簇的凌霄花伸展着花蔓，缠绕着破旧的门柱，大概要向着岌岌可危的屋瓦、布满蜘蛛网的椽子攀缘上去……

倚靠在窗边的阿浓使劲翕动鼻翼，一边尽情吸着凌霄花的香气，一边亲切地想着次郎，想着希望早日问世的腹中胎儿，想着各种各样的事情，漫无边际。她不记得自己的亲生父母，甚至也完全忘记了自己生在什么地方。只记得小时候有一次被人抱着或是背着从罗生门这样的朱漆大门下走过。当然，这个记忆究竟有几分可信，现在也不得而知。要说多少记得的，还是自己懂事以后发生的事情。然而，这些能记得的事情又净是最好不要记住的事情。比如说，有时候受到别的孩子欺负，把自己从五条街的桥上倒挂着扔进河里；有时候因为饿实在受不了就偷东西吃，结果衣服被剥得精光，吊在地藏堂的房梁上。由于犯事儿被沙金救了一命，便很自然地加入了盗贼一伙，然而受痛受罪并不因此而有所减少。虽然她的天性几乎和白痴

---

[1] 越，即越国，北陆道的旧称。

没什么两样，但也有能感受痛苦的心灵。阿浓只要违背猪熊大娘的话，就经常遭受毒打。猪熊老头往往借着酒醉，故意刁难她。甚至平时对她关心照顾的沙金，一旦被惹怒了，也会揪着阿浓的头发乱揍一顿。每次挨骂挨打以后，阿浓就跑到罗生门楼上，独自伤心流泪。要不是次郎经常过来安慰她，用亲切的话语鼓励她，也许她早就从城楼上跳下去自杀了。

如烟灰般的东西在月亮里翩翩翻飞，从屋瓦下面向着窗外微蓝的天空飘去。当然，这是蝙蝠。阿浓望着天空，入迷地凝视着稀疏的星星。这时，她又感觉到腹中胎儿的活动。她急忙竖起耳朵，凝神谛听胎儿的动作。如同她的心灵拼命挣扎着要逃脱世间的痛苦，腹中的胎儿也在挣扎着要到世间来品尝痛苦。不过阿浓并不考虑这样的事。即将成为母亲的喜悦，还有，自己也能成为母亲的喜悦，如同凌霄花的芳香一样，一直充满她的整个心怀。

她突然觉得胎儿这么动大概是因为睡不着觉的缘故。也许睡不着觉，正挥手蹬脚地啼哭哩。她不由自主地对胎儿低声说道："小宝宝，好乖乖，睡吧。好好睡吧，天快亮了啊。"这么一说，胎儿似乎不动了，却又立刻动起来。而且疼痛也逐渐厉害起来。阿浓离开窗边，就势蹲下来，背对灯台的昏暗灯火，想抚慰腹中的胎儿，便轻声唱起歌谣。

岂能抛弃君，
我心自轻浮。
波涛越松山，
波涛越松山。[1]

模糊记忆的歌声随着摇曳的灯火，在楼上颤颤巍巍断断续续。这是次郎喜欢唱的歌谣。他一喝醉酒，肯定要手拿扇子，一边打着拍子，一边闭着眼睛，反复歌唱。沙金经常拍掌笑话他唱走了调。——腹中的胎儿一定也喜欢这首歌谣。

然而谁也不知道这胎儿是否真的是次郎的孩子。阿浓本人对此讳莫如深。每当有同伙不怀好意地打听谁是孩子的父亲时，阿浓总是双手抱在胸前，羞涩地垂下眼睛，绝不开口。每当这时，她那脏兮兮的脸上总是泛起少女的红晕，连眼睫毛也噙着泪花。同伙见状，更是起哄吵嚷，取笑她是一个傻女人，连肚里孩子的父亲是谁都不知道。然而，阿浓心里坚信自己怀的是次郎的孩子。她相信因为自己爱恋次郎，所以怀上他的孩子是理所当然的。她每次在这罗生门的楼上孤独睡觉的时候，都要梦见次郎。如果次郎不是孩子的父亲，那又能是谁呢？阿浓轻声哼唱歌谣，眼睛凝视着远方，连被蚊子叮咬也没在意，仿佛坠入梦

---

[1] 出自《古今和歌集·东歌》。

境。这是忘记世间痛苦，又给世间痛苦涂抹上某种色彩的美丽而凄惨的梦境。（没有经历过痛苦的人绝不会做这样的梦。）在梦里，一切罪恶都从眼底消失得一干二净。但只有人的悲伤——人的巨大的悲伤，如同充满天空的月光，依然孤寂而严酷地存在……

波涛越松山，
波涛越松山。

歌声与灯火一起逐渐变细变弱，最后消失。与此同时，无力的呻吟开始呼唤黑暗。阿浓唱到一半，忽然感觉到腹部剧烈的疼痛。

由于对方严阵以待，将计就计，攻击后门的强盗从一开始就遭到对方箭矢的猛烈射击，接着又受到中门出击的武士沉重反击。几个打先锋的强盗本来以为这些武士不过是小毛孩的本事，根本不把他们放在眼里，现在却阵脚大乱，纷纷逃命。其中最贪生怕死的要数猪熊老头，比谁都跑得快，但不知道怎么回事，慌乱中方向错误，竟不知不觉地闯进提刀搏斗的对方武士群里。不论是肥头大耳的体格，还是提着长矛的可怕模样，都使他被对方误认为是一员骁勇干将。武士们一见猪熊老头，互相使个眼色，两三个人一组端着武器从前后步步紧逼上来。

"别搞错了！我是这家老爷的仆人。"猪熊老头惊慌失措地大声叫喊。

"胡说！你以为老子是那么容易上当受骗的傻瓜吗？你这个老不死！"

武士们破口大骂，准备一刀砍下去。这个时候，已经无路可逃，猪熊老头的脸色像死人一样煞白。

"我没有撒谎，我没有撒谎！"

他使劲睁大眼睛，环顾四周，迫不及待地想找一条逃生之路，额头上直冒冷汗，双手不停地颤抖。但周围还是双方殊死搏斗的战场，在宁静的月光下，武士和强盗厮杀在一起，刀光剑影，血肉横飞，狂呼乱叫，惊心动魄。猪熊老头觉得反正自己求生无望，立刻与刚才判若两人，横眉怒目，满脸杀气，龇牙咧嘴，猛端长矛，气势汹汹地叫骂起来：

"老子撒谎又怎么样？你们这些蠢货！混账！畜生！来啊！"

话未落音，矛头就飞溅出火花，一个满脸横肉、脸上有红痣的武士第一个跳出来从旁边猛砍过来。猪熊老头本来就已经年迈，自然不是这个膂力过人的武士的对手，还没战十个回合，就自觉体力不支，枪法逐渐混乱，只有招架之力。猪熊老头且战且退，退到小路中间，那个武士举起刀来，只听他突然大叫一声，猪熊老头的长矛柄咔嚓一声从中间折断。紧接着，他的长刀从老头的右肩朝胸部斜砍下来。猪熊老头一屁股瘫坐下去，倒在地上。他圆睁眼睛，大概无法忍受恐惧和痛苦，魂飞魄散地四肢爬行后退，颤抖着声音叫喊起来：

"我遭暗算了！遭你们暗算了！救命啊！"

红痣武士从后面踮起脚，举起沾满鲜血的长刀。这个时候，如果没有一只像猴子一样的东西在月色里掀动着麻布单衣的下摆跳进他们之间，猪熊老头肯定已经成为刀下鬼了。只见那只猴子一样的东西挡在猪熊老头和那个武士之间，匕首迅疾一闪，插进武士的乳房下面。与此同时，武士的长刀也横扫在他身上，他发出可怕的叫声，像踩在烧红的火筷子上一样蹦跳起来，然后扑在武士的脸上，两人一起倒地。

接着，两人互相抓住对方，开始野兽般酷烈残暴地殴打、撕咬、揪头发……纠缠在一起，简直分不清谁是谁。一会儿，"猴子"骑在武士身上，只见匕首又一闪亮，被压在下面的武士的脸除了那一颗红痣还保留原样外，立刻变成血红一片。接着，大概"猴子"也精疲力竭，仰面瘫软地倒在武士身上。这时，借着月光，才看清楚这个断断续续大口喘息的满脸皱纹的"猴子"，原来是长着一张癞蛤蟆脸的猪熊大娘。

老太婆抽动着肩膀喘气，躺在武士的尸体上面，左手还紧紧抓住他的发髻，发出痛苦的呻吟。接着她使劲翻了一下白眼珠，两三次极力张开干裂的嘴唇，呼唤丈夫："老爷子，老爷子。"

声音极其微弱，但包含着亲切的感情。没有人回答。猪熊老头在老太婆前来搭救她的时候，早已扔掉武器，在遍地血泊里连滚带爬地逃之夭夭了。当然，后来还有几个强盗在小路上挥舞武器和对方殊死搏斗。但对于这个垂死的老太婆来说，这一切都与自己毫无关系。猪熊大娘用越来越微弱的声音，呼唤着自己的丈夫。她的每次呼唤，都没有得到丈夫的应答，这种凄凉悲痛比身上的重伤更加尖锐地刺伤她的心灵。她的视力迅速衰弱，周围的景象逐渐变得模糊不清，除了自己眼前一望无际的巨大夜空和那一轮小小的白色月亮，其他一切都看不清了。

"老爷子……"

老太婆满嘴是血，自言自语地低声呼唤，神志恍惚，逐渐昏迷过去——也许就这样昏昏沉沉坠入再也无法苏醒的沉睡的深渊……

这时，太郎骑着一匹没有鞍辔的栗色骏马，口衔沾满血迹的长刀，双手抓着缰绳，如旋风般飞驰而过。不言而喻，这就是沙金想弄到手的那匹陆奥产的三岁马驹。强盗们被打得七零八落，撇下尸体，尽行撤退。月光下的小路白得如同铺了一层寒霜。太郎骑在马上，微风吹拂着他的一头乱发。他环顾四周，充满自豪地望着在他后面谩骂叫嚷的人群。

他理所当然地感到骄傲。当他看到同伙不敌对手的时候，心想即使别的东西抢不到，至少也要把那匹马弄到手。决心既定，便挥动那把葛藤缠柄的长刀，乱砍乱杀，只身冲进门内，一脚踢开马厩门，飞身上马，切断缰绳，两腿一夹，马儿四蹄腾空，冲破一切障碍，突出重围。为此身上不知道多少处受伤，衣袖撕裂，帽子掉落，挂在带子上，破烂不堪的裙裤血迹斑斑。一路上刀山枪林，太郎大发神威，见一个杀一个，见两个杀一双。现在想起当时冲锋陷阵、杀开一条血路的情景，不禁无限欣喜骄傲。他不时回首看着身后的人群，嘴角露出来爽朗的胜利微笑，意气风发地策马飞奔。

他心里想着沙金，同时也想着次郎。他虽然自责自欺欺人的懦弱，却仍然幻想着，有一天沙金会重新倾心自己。除了自己，谁还能在这恶战中夺来这匹骏马呢？对方不仅人数众多，而且占据地利的优势。要是次郎的话——他的脑子里突然闪过弟弟伏尸武士刀下的场面。当然，对他来说，这个想象没有丝毫不快的感觉，甚至可以说是他心底暗自祈祷的某种事实。无须亲自动手，借别人的刀杀死次郎，这不仅可以不受良心的苛责，而且从结果来看，也不用害怕沙金为此而憎恨自己。他心里虽然这么想，但毕竟为自己的这种卑鄙心态感到羞耻。于是，他右手拿下衔在嘴里的长刀，慢慢揩拭上面的血迹。

血迹擦完以后，他把长刀插入刀鞘，拐过十字路口，只见月光下，前面有二三十条野狗汪汪狂吠，而且在野狗之间，有一个模模糊糊的人影背对着坍塌的板墙挥刀搏斗。就在这时，太郎的坐骑高声嘶鸣，甩动长长的鬃毛，四蹄生风，卷起沙尘，疾风般飞奔过去。

"是次郎吗？"

太郎忘乎所以地大叫，剑眉紧锁，看着弟弟。次郎也一边挥刀砍杀，一边扬脖看着哥哥。就在这一瞬间，他们都感觉到对方眼睛深处潜藏着的那种可怕的东西。这的确是刹那之间的感觉。马大概受到这群狂叫的野狗惊吓，高昂脑袋，前蹄划个大圈，更加急速地跳跃起来，只见扬起的灰蒙蒙的尘土化作一道白柱升上夜空。次郎遍体鳞伤，仍然站在野狗群中孤身作战……

太郎苍白的脸上已经没有刚才的微笑，他心中只是一个劲儿地对自己说："快跑！快跑！"只要跑出一会儿，不，哪怕半会儿，就万事大吉。他要做的事，总有一天要做的事，现在狗替自己做了。有个声音，在他的耳边一直回响着："快跑！怎么还不跑？"是啊，反正这件事总要发生，早晚而已。如果今天弟弟和自己换个位置，肯定也会采取自己现在这种态度。"跑吧！罗生门离这儿不远。"太郎的独眼像发烧一样闪动着亮光，半是下意识地踢了马腹一脚。骏马四蹄迸溅出火花，尾巴、鬃毛披拂长风，一往无前地狂奔而去，月光里的小路如湍急的河水在他的脚下迅速倒流……

然而，一个亲切的词语不由自主地从他的嘴里流淌出来："弟弟。"他是自己难以忘怀的亲生弟弟。太郎紧紧抓住了缰绳,脸色苍白,紧咬牙关。面对这个词语,一切判断都从眼前消失。这并非是被迫选择弟弟还是沙金。这个词语如电光石火震撼他的心灵。他看不到天空,看不到小路,更看不到月亮,看到的只是无边无际的黑夜,还有如黑夜般深深的爱憎。太郎发疯地叫了一声弟弟的名字,挺起身子,侧身使劲拉起缰绳,只见马立刻转变方向。马的嘴巴流溢出白雪般的泡沫,马蹄清脆地敲打着大地。——太郎阴惨黯淡的脸上,独眼冒出火花,驱使汗水津津的骏马朝原路飞奔而去。

"次郎!"

他一路上高喊弟弟的名字,心中翻江倒海般的感情风暴借此宣泄出来。这声音带着敲打烧红的铁块般的回响,尖锐地穿透次郎的耳朵。

次郎神情严峻地看着骑在马上的哥哥。这不是平时所见的那个哥哥,甚至也不是刚才见死不救飞马而去的哥哥。从哥哥紧蹙的眉头、紧咬下唇的牙齿,还有闪动着怪异光亮的那只独眼,次郎发现正燃烧着一种几乎接近于憎恶的爱——先前从未见过的不可思议的爱。

"次郎,快上马!"

太郎策马以陨石坠落之势冲进狗群里,在小路上斜跑转圈,用叱咤的声音呼喊着。这个时刻,容不得任何的犹豫和踌躇。次郎把手里的长刀使劲往远处扔出去,趁着狗回头追赶长刀的空隙,轻巧敏捷地朝马背上跳去。太郎也立即伸出手臂，抓住弟弟的衣领，拼命把他拖上马来。马甩动脖子，鬃毛拂动月光，就地转动三圈的时候，次郎已经稳稳坐在马背上，紧紧抱着哥哥的胸部。

这时，一只满嘴沾满鲜血的黑狗怒吼着，卷起一阵沙尘向马鞍扑上来，尖利的牙齿差点咬到次郎的膝盖。危急时刻，太郎抬腿狠狠踢了马肚子一脚。马一声长嘶，摆动尾巴。那尾巴扫了一下黑狗的嘴边。黑狗扑了一个空，只扯断次郎的绑腿，一头栽到低着脑袋的狗堆里。

次郎出神地看着这一切，仿佛看着一场美梦。他的眼睛，既看不见天，也看不见地，只觉得抱着他的哥哥的脸——这张脸全神贯注地注视着前方，半边沐浴着月光，显得和蔼而庄严。他感觉到心里逐渐充满无限的安全感。这是离开母亲身边以后多少年没有感受过的那种宁静而强大的安全感。

"哥哥。"

次郎似乎忘记自己是在马上，用力抱着哥哥，高兴地微笑着，脸颊贴在太郎的胸脯上，簌簌落泪。

一会儿工夫，他们来到阒无一人的朱雀大街上，静静地策马缓行。哥哥默不作声，弟弟也沉默不语。在万籁俱寂的夜晚，只有清脆的马蹄声回响，他们头顶上横亘着清冷的银河。

八

罗生门的夜晚还没有破晓。从下面看上去,只有斜月残光在冷露濡湿的屋瓦和朱漆剥落的栏杆上迟迟徘徊。罗生门下面,斜着伸出的高高屋檐遮风挡月,又热又黑,豹脚蚊十分猖獗,空气如腐烂般凝固沉闷。从藤判官的宅院撤退出来的这一群强盗围坐在黑暗中,点燃微亮的火把,三五成群,或立,或卧,或蹲在圆柱底下,正忙着包扎伤口。

伤势最重的要数猪熊老头。他把沙金的旧夹衣铺在地上,仰卧在上面,眼睛半睁半闭,不时用嘶哑的声音发出惊悸般的呻吟。他疲惫困顿的心灵甚至时常搞不清楚自己是刚刚躺在这里的呢,还是一年前就已经这样睡在此地。像是嘲弄这个即将死去的老头,他的眼前,出现各种各样的幻影,不停地忽来忽去。对他来说,这些幻影与现在罗生门城楼下发生的事情总归要成为同一个世界。他分辨不出时间与地点,在昏迷之中,以准确而且超越理性的某种顺序重新开始自己丑陋一生的各种生活。

"喂,老婆子,老婆子怎么样了?老婆子……"

他被产生于黑暗又消失于黑暗里的可怕幻影吓得胆战心惊,扭动着身子,挣扎着呻吟。

这时,用汗衫袖子包裹额头伤口的交野的平六从旁边探出脑袋,说道:

"你问老婆子啊？老婆子已经去极乐世界了。大概现在正坐在莲花座上着急地等着你哩。"

说完以后，他为自己开的玩笑乐得哈哈大笑起来，并回头对正在另一个角落里为真木岛的十郎包扎腿伤的沙金说："头儿，看来老爷子活不成了。看着他这样痛苦，太残忍了，索性我送他上西天算了。"

沙金声音清脆地笑起来：

"开玩笑！反正都是死，让他自己死吧。"

"哦，好。那就这样吧。"

猪熊老头听着他们的对话，一种预感和恐惧袭上心头，全身如冻僵一样的感觉。接着，他又大声呻吟起来。这个对敌人怕得要死的胆小鬼也曾经以刚才平六所说的理由，不知用矛头杀死过多少个濒临死亡的同伙，而其中大多仅仅是出于杀人这个兴趣，或者仅仅为了向别人和自己显示勇气这样单纯的目的，竟然干出如此丧尽天良的事情。然而，今天……

有人——不知道他的痛苦似的——在灯影里哼起歌谣。

黄鼠狼吹笛子，
猴子吹奏乐器，
蝗虫打着节拍，
蟋蟀跳起舞蹈。

接着突然响起啪的拍打蚊子的声音，还有"哟——嚙嘿"唱和歌谣的节拍声。两三个人似乎在摇晃着肩膀，压低声音嘿嘿笑起来。——猪熊老头浑身颤抖，为了确认自己还活着，使劲睁开沉重的眼皮，一动不动地看着火光。火光在火焰四周扩散着无数的圆圈，在黑夜的顽强进攻下，放射着细微颤动的亮光。一只小金龟子嗡嗡地叫着飞来，一接触光圈，翅膀就被烧掉，掉落下来，一股臭味扑鼻而来。

自己也会像这只小虫子一样，很快就要死去。这副血肉之躯，死去以后，总归要被蛆虫、苍蝇吃得精光。啊，我就要死去，而同伙们仍然若无其事似的又唱又笑又闹。想到这里，难以言状的愤怒和痛苦咀嚼着猪熊老头的骨髓，同时一个辘轳似的不停旋转的东西飞溅着火花落到他的眼前。

"畜生！混蛋！太郎，喂，你这个混账！"

这些话从他无法活动的舌尖不由自主地断断续续流淌出来。

真木岛的十郎尽量避免大腿伤口疼痛，慢慢地翻转过身子，用干哑的声音对沙金低声说道："他怎么这么恨太郎啊。"

沙金皱起眉头，瞥了猪熊老头一眼，点点头。

有人用哼歌一样很重的鼻音问道：

"太郎怎么样了？"

"恐怕没救了。"

"谁说看见他死了?"

"我看见他和五六个人砍杀。"

"哎呀呀,顿生菩提,得道成佛了。"

"也没见次郎啊。"

"说不定也是同样下场。"

太郎死了。老太婆也已一命归天。自己大概也马上就要呜呼哀哉。死。死究竟是什么?无论如何,自己不想死。可是,肯定要死。像一只小虫那样,轻贱地死去。——这些漫无边际莫名其妙的想法,如同在黑暗中嗡嗡叫的豹脚蚊从四面八方恶毒地刺着他的心。猪熊老头仿佛感觉到,这看不见摸不着的无形而又令人恐惧的"死",正从朱漆柱子后面耐心地一动不动地注视着自己的呼吸,残酷而又沉着地凝视着自己的痛苦,且一点一点地膝行过来,如即将消失的月光,逐渐来到自己的枕头旁边。但是,无论如何,自己实在不想死……

夜晚与谁眠,

共寝常陆[1]介[2],

同衾多欢乐。

---

1 常陆,旧国名,在今茨城县。
2 介,律令制的四等官的第二位,辅助长官。

红叶男山峰,
此名天下扬。[1]

鼻音哼唱的歌谣与榨油木棒一般嘎吱嘎吱的呻吟声混为一体。有人在猪熊老头的枕边一边吐唾沫一边说:
"怎么不见阿浓这个傻瓜啊?"
"是呀,怎么不见啊?"
"我想十有八九在上面睡觉。"
"啊,听上面猫在叫。"
大家一下子安静下来,只剩猪熊老头断断续续的呻吟声和微弱的猫叫声。这时,温暖的晚风开始从柱子间吹过,轻轻送来凌霄花淡淡的芳香。
"听说猫也成精了。"
"阿浓的对象也就是变成猫精的老头吧。"
沙金衣服窸窣响动,用责怪的口气说:
"不是猫。谁上去看看?"
交野的平六答应一声,把长刀靠在柱子上,站起来。脚步声在柱子那边通往楼上的二十多层楼梯上吱嘎吱嘎响起来。所有的人都莫名其妙地紧张起来,谁也没有说话,只有含带着凌霄花香气的微风轻轻拂过。突然听见平六在楼上大声叫嚷起来。接着,响起一阵急促的下楼的脚步

---

[1] 见于《枕草子》第七十六段。

声,搅乱了惊恐而沉滞的黑暗。一定出了什么大事。

"你们说怎么回事?阿浓这女人生孩子啦。"

平六一下来,就把旧罩头衣服包裹的一个圆鼓鼓的东西伸到火光下。散发着女人气味的脏兮兮的衣服包裹着刚刚出生的婴儿。那婴儿与其说是人,不如说像一只剥了皮的青蛙,摇动着沉重的大脑袋,皱着丑陋的脸蛋大声哭叫。不论是胎毛,还是细小的手指,身上所有的一切都引起大家的厌恶感和好奇心。平六环视左右,摇晃着手里的婴儿,洋洋自得地说起来:

"我上去一看,阿浓趴在窗户下面,像死过去一样,不停地呻吟。虽说是傻子,毕竟是女人啊。我以为她生病痛苦,走到身边一看,叫我大吃一惊。像被掏出来的一堆鱼肠一样的东西在昏暗中啼叫。我用手一摸,那东西动了一下。看它身上没毛,觉得肯定不是猫。我一把把它抓起来,在月光下一照,原来是刚刚生下来的婴儿。你们瞧,大概是被蚊子叮的,胸部、腹部都是红斑。阿浓也做母亲了。"

平六站在火把前面,他周围的十五六个强盗或立或卧,都伸出脖子,露出陌生人般的亲切微笑,凝视着这刚刚被赋予生命的红红的丑陋的肉块。婴儿也不安静,手舞足蹈,最后脑袋往后一仰,又张开没有牙齿的嘴巴,尖声哭起来。

"哎呀,还有舌头。"

刚才哼唱歌谣的那个人傻乎乎地叫起来，惹得大家哄堂大笑，忘记了伤口的疼痛。这时，猪熊老头似乎拼尽剩余的全部力量突然从大家身后大声说道：

"让我看看这孩子。喂，让我看看。不给我看吗？喂，混蛋！"

平六用脚捅了捅他的脑袋，带着威胁的口吻说道：

"想看，给你看。你才是混蛋哩。"

平六弯腰把婴儿随意伸到猪熊老头眼前，猪熊老头睁大浑浊的眼睛，目不转睛地盯着。他的脸色逐渐变得像蜡一样苍白，眼皮满是皱纹的眼睛泪水盈眶，颤抖的嘴唇荡漾着奇异的微笑，从未有过的天真表情，使他脸上的肌肉慢慢地松弛下来。而且，原本好唠叨的他，现在却沉默不语。大家知道，"死亡"终于俘虏了这个老人。然而，谁也不明白他微笑的含义。

猪熊老头慢慢伸手，摸了一下婴儿的手指。婴儿似乎被针刺了一下，立刻感到疼痛似的大哭起来。平六真想斥责他几句，却又忍住了。他看见老头没有一点血色的肥胖的脸上此时闪现着一种与平时不同的、难以侵犯的严峻神情。甚至站在他前面的沙金，也仿佛等待着一种什么东西似的屏息凝神注视着她的养父——也是她的情人。猪熊老头还是没有开口，但是一种神秘的喜悦，如恰好吹来的黎明暖风一样，在他的脸上平静而愉快地荡漾开来。这时，他透过黑夜，在人的眼睛无法到达的遥远高空，看见即将岑寂而冷漠地来临的永恒的黎明。

"这孩子……这是……我的孩子。"

他的话十分清楚明白。接着,他又摸一下婴儿的手指。他的手软弱无力,眼看着要掉下来。站在一旁的沙金赶紧轻轻扶住他的手。十几个强盗都仿佛没听见这句话似的屏息不动。于是,沙金抬起头,看着怀抱孩子的平六的脸,点点头。

"这是痰堵塞喉咙的声音。"

平六自言自语地低声说。在婴儿害怕黑暗的啼哭声中,猪熊老头带着些微痛苦,如即将熄灭的火把,平静地停止了呼吸……

"老爷子终于也死了。"

"他那样虐待阿浓,也该死了。"

"尸体只好埋在这树丛里了。"

"要是被老鸦吃掉,也实在有点可怜。"

在有点寒冷的空气里,强盗们你一言我一语地议论着。这时,远处传来轻微的鸡叫声。好像天快亮了。

沙金问:"阿浓呢?"

"我把所有的衣服都盖在她身上,让她睡觉。她那副身体,应该不会有事。"

平六的语气中也带着平时没有的亲切感。

两三个人把猪熊老头的尸体抬出门外。外面依然一片黑暗。在即将破晓的淡淡月光里,稀疏萧森的树丛轻轻摇摆着枝梢，凌霄花的香气愈加浓烈。不时听见极其微弱的声音，那大概是露珠在竹叶上滑动吧。

"生死事大。"

"无常迅速。"

"这张脸，死后比活着的时候显得和蔼。"

"是啊，变得像个人样了。"

猪熊老头血迹斑斑的尸体，在人们的议论声中，逐渐被深深埋进竹子和凌霄花的茂密树丛里。

九

第二天，在猪熊大街的一户人家，发现一具被残忍杀害的女人尸体。这是个年轻的女人，身体肥胖，容貌漂亮。从伤口的形状看，进行过强烈的反抗。一个证据就是她的嘴巴堵塞着浅黄色水干的衣袖。

还有一件奇怪的事情，这户人家的女佣阿浓当时也在场，却丝毫没有受伤。在检非违使厅接受调查的时候，她做了大致这样的供述。说是"大致"，是因为阿浓天生接近白痴，无法进行更明确的叙述。

那夜，阿浓半夜醒来，听见太郎、次郎两兄弟和沙金在大声争吵。她弄不明白究竟是怎么回事，次郎突然拔刀朝沙金砍去。沙金大喊救命，拼命往外跑。这时，好像太郎也给了她一刀。接着，只听见兄弟两人的谩骂声和沙金痛苦的呻吟声。可是后来沙金断气的时候，他俩相拥默默而泣，哭了好长时间。阿浓从板窗的缝隙偷看外面发生的这起事件。她之所以不去救主，完全是害怕怀里的孩子受到伤害。

"还有，那个名叫次郎的，是这个孩子的父亲。"

阿浓说这句话时，突然满脸通红。

"后来，太郎和次郎就到我的屋子里来，对我说多保重。我让他们看孩子，次郎笑着抚摸孩子的脑袋，眼睛里还满含泪水。我希望他们多待一会儿，可他们急匆匆地出门，跳上大概拴在枇杷树上的马，不知上哪儿去了。马不是两匹。我抱着孩子，从窗户看下去，因为有月亮，看得很清楚，是两个人骑一匹马。后来我也不管主人的尸体，自己又钻进被窝里睡觉。我经常看见主人杀人，所以对尸体一点儿也不怕。"

检非违使终于弄明白了这起事件的始末，于是认定阿浓无罪，将其释放。

十几年以后，阿浓已削发为尼，一直养育着孩子。有一天，她看见以骁勇著称的丹后守的贴身警卫——一个身材高大的男人从路上经过。她告诉别人此人就是太郎。这个男人的脸上也有一些麻子，而且也是独眼。

"要是次郎的话，我会立刻跑上去，可是他很可怕……"

阿浓说话的口气、动作像姑娘一样。

至于这个警卫到底是不是太郎，谁也不得而知。但是，后来有些风闻，说他也有一个弟弟，侍奉同一个主人。

大正六年四月二十日

郑民钦　译

浪迹天涯的犹太人

基督教国家诸如意大利、法国、英国、德国、奥地利和西班牙等,几乎无一例外流传着"浪迹天涯的犹太人"的传说。因而,古往今来关于这个题材的艺术作品非常之多。古斯多夫·德莱的绘画我们耳熟能详。尤迦恩·斯、德库塔·库洛里也都写过此类题材的小说。马修·刘易斯著名的小说[1],则让我们记住了路西法和"滴血的女人",同时也记住了"浪迹天涯的犹太人"。最近,别称费奥纳·玛库莱奥德的威廉·谢夫又借用这个素材,创作了一篇短篇小说。

那么"浪迹天涯的犹太人"描述了怎样的一段故事呢?它描述了犹太人在耶稣基督的诅咒下,一面等待着最终的审判,一面继续着永远的流浪生活。根据不同的记载,那位犹太人的姓名并不一致,有时叫做卡尔塔费尔斯,有时叫做阿哈斯费尔斯,有时叫做布塔迪斯,也有时叫做伊沙克·拉克艾达姆。他的职业,亦因记载的不同而形形色色,有时是耶路撒冷的门卫,有时则是海盗的仆役,当然也有鞋匠一类的职业。不过记载中关于基督诅咒的原因却大致相同。耶稣被押解到各各他(地名)时,曾在犹太人的家门口停留，耶稣想在那儿小憩，却遭犹太人无情的詈骂和残暴的殴打。耶稣诅咒道："你让我走，我可以走，但作为代价，你要等到我回来。"后来犹太人像保罗那样，接受了阿纳尼亚斯的洗礼，并获得了教名——约瑟夫。然而，一旦背负了那个诅咒，便将永世无法获得解除，哪怕到了世界末日。关于1721年6月21日他现身慕尼黑的说法，在霍鲁玛耶尔[2]的手记中曾有记载——近期，但凡查找古代的有关文献，即可随处发现相关的记录。最早的记录恐怕是玛西·帕里斯编撰的塞特·阿尔巴鲁斯修道院年代记中的有关记事。依据这段记事，翻译奈特说大亚美尼亚大主教访问塞特·阿尔巴鲁斯修道院时，时常与之相伴的正是"浪迹天涯的犹太人"和那张餐桌。此外佛兰德的历史学家菲利普·姆斯克，在其1242年撰写的韵文年代记中，也曾有过同样的记述。所以，在十三世纪以前，或许，起码是为了以正视听吧，犹太人并未浪迹欧洲各地。然而1505年，波希米亚一位名叫克可特的织匠，在犹太人的帮助下发掘出祖父六十年前埋下的财宝。1547年，汉堡教会大主教巴尔·冯·阿伊采恩听取了犹太人的祈祷。从那个时候一直到十八世纪初叶，许多文献上都有记载，犹太人开始出现在南北两欧的土地上。

---

1 指马修·刘易斯的小说《修道士》。
2 Joseph Von Hormayr（1787—1848），德国政治家、历史学家。

这里，可以举出几个最为显明的例证：1575年出现在马德里，1599年出现在维也纳，1601年出现在利佩茨克、里拜尔和库拉卡三个地方。鲁道夫·波特莱斯认为，1604年前后，他也曾出现在巴黎，然后经由瑙姆堡和布鲁塞尔，造访了莱比锡。据说1658年，斯坦福一位男子萨姆埃尔·奥利斯身患肺疾，犹太人教授他一个恢复健康的秘方——两片红色鼠尾草叶，加上一片其他种类的树叶，泡在啤酒中饮用。接着，犹太人经由慕尼黑，再度进入英国，在那里回答了剑桥大学和牛津大学教授们的质疑。而由丹麦到了瑞典之后，却最终去向不明。从那时起直至现在，可以说音信杳然。

通过以上的简略描述，剖示了"浪迹天涯的犹太人"之人物背景以及他过去拥有的所谓历史。然而在下的目的并非仅仅传达此般信息。我是想通过这样的传奇人物，提出曾经持有的两个疑问，进而绍介自己先前偶尔发现的古代文书。最后，亦将自己已经解决的两个问题公之于世。古文书中的相关内容，也一并公示于此。那么，我曾经持有的两个疑问是什么呢？

第一个疑问，完全是关于事实的问题。"浪迹天涯的犹太人"，出现在几乎所有基督教国家。那他是否也曾到过日本呢？这里权且不论现代日本的信教状况，早在十四世纪后半叶的日本西南部，几乎所有的信教者都是天主教徒。由戴尔布洛图书馆东方馆可以查知，十六世纪初期，法蒂拉率领的阿拉伯骑兵攻陷埃尔班镇时,"浪迹天涯的犹太人"就出现在阵营中。书中写到,他和法蒂拉一起祈祷 Allah akubar(神法无边)。在"东方",显然已经留下了他的足迹。当时的日本尚处封建时代,贵族被称为大名。当时的贵族胸佩黄金十字架,口中念着基督圣祷文。贵族的夫人们则手捻珊瑚念珠,跪伏在马利亚圣母像前祈祷。所以毫无疑问,他早已抵达了日本。引用当时极其普通的说法,我怀疑当时的日本已经输入了与之相关的传说,就像"玻璃"和葡萄牙四弦琴一样。

比较第一个疑问,第二个疑问则有些许不同的性质。"浪迹天涯的犹太人"虐待了耶稣基督,才背负了永久流浪的命运。然而将基督钉在十字架上,令之备受折磨的,并不仅仅是这么一个犹太人。有人给他戴上了荆棘王冠,有人为之缠上了紫色的衣袍,还有人在十字架上钉上了 I・N・R・I 的牌子。向他扔石块、吐唾沫者,更是数不胜数。那么为何仅有犹太人背负了基督的那般诅咒呢?这是我的第二个疑问。应当如何解释呢?

多年以来,我一直带着这样的两个疑问,却徒然徜徉于东方、西方的古文书中,至今未有任何线索。而涉及"浪迹天涯的犹太人"文献,却是非常之多。我希望通读相关的诸多文献。但至少在日本,那是完全没有可能的。我担心自己将永远无法解答这些疑问。去年冬天,我陷身于那般绝望中。作为最后的尝试,我遍历了两肥、平户、天草的诸多岛屿，目的还是收集古文书。结果，在偶然间获得的文禄年间的抄本中，发现了关于"浪迹天涯的犹太人"的传说。在此无法详细叙述有关古文书的鉴定情况，只需简要描述文书的来龙去脉。其实，不过是当时一位天主教徒的传闻，原样不动地将其口述记录了下来。

根据这段记录，"浪迹天涯的犹太人"是在平户至九州本土的渡船上邂逅方济各·沙勿略。方济各身旁有一位西梅欧修士，他描绘了当时的情景。这种描述又在信徒中传播开来，渐渐地传遍四方，终于在数十年后传到了"记录"的作者耳中。如果可以相信那位作者的记录，那么"方济各神父与浪迹天涯的犹太人的问答"，正是当时天主教教徒间有名的故事之一。这段故事，似乎经常被用作传教的材料。在大致介绍了记录内容的同时，我想引用两三段记录原文，让读者一同领略消释疑团的喜悦——

首先，记录中讲到，渡船里"装载了各色各样的水果"。所以当时的季节或可推断为秋季。后段有关无花果之类的果物记述，亦是极其鲜明的凭据。此外，那艘渡船似乎也是独一无二的。时间则是正午。——笔者在进入正文之前只写这么多，倘读者希望复原当时的情景，不妨由记录的其他内容中，加入自己的独自想象。阳光照耀在海面上，反射出鱼鳞一般耀眼的光芒。读者可以想象渡船中装满的无花果和石榴，也可以想象三个红毛鬼坐在船舱中津津乐道谈天说地。自己不过一介书生，所以不可能栩栩如生地描绘出真实之中的景象。

倘若读者亦觉困难，不妨参阅贝克所著《斯坦福的历史》。也许，书中时而涉及的"浪迹天涯的犹太人"身着的服装，可以有效地启发读者的想象。贝克这样描述道："他的上衣是紫色的，纽扣一直系至腰间，裤子也是紫色的，看起来不算太旧。鞋子是纯白色的，鞋面不知是亚麻还是毛绒。须髯和头发也都是白色。手中还握有一根白色的手杖。"以上是身患肺病的萨姆埃尔·奥利斯之亲眼所见，贝克只是将它记录下来而已。所以在他遇到方济各神父时，或许穿的也是类似的服装。

那么如何知晓这便是"浪迹天涯的犹太人"呢？"因为神父在祈祷之时，他也在恭恭敬敬地祈祷。"据说，是方济各首先近前搭话的。两人交谈片刻，方济各便已知晓此非凡人。无论是说话的内容还是说话的气度，皆与当时浪迹东洋的冒险家或旅行家不同。"他对天竺南蛮的古往今来，竟然了如指掌……据说西梅欧修士自不必说，连方济各亦瞠目结舌。"便问："你是何方人士哪？"对方回答："吾乃居无定所的犹太人。"起先，神父亦对此人的真伪感觉到些许怀疑。记录中写到，神父问"敢不敢对着天国起誓"，对方起誓了，"神父便也敞开心扉与之交谈，涉及形形色色的问题"。从那些问答中可以获知，最初，他们只是探讨了历史存在的事实，几乎完全没有触及宗教上的问题。

他们谈起圣女乌尔苏拉和一万一千童贞少女的"为主献身",讲到帕特里克神父洗净罪业的传说,又谈及《使徒行传》中的故事,最终说到耶稣基督在各各他背上十字架之事。这段记事中还记述到,恰巧说到这儿,船上的水手送来了船上装载的无花果,神父和"浪迹天涯的犹太人"一同品尝了水果。此前说到季节的时候亦有涉及,这里再度提起。当然,实际上这里并无过多含义——从他们的问答中亦可看出。大致的情形,如下所述。

神父问:"我主耶稣受难时,你在耶路撒冷吗?"

"浪迹天涯的犹太人"答道:"是啊,我在现场仰望着受难的主。本来我叫约瑟夫,是住在耶路撒冷的工匠。当日,我主受到了皮拉特殿下的裁判,我竟然把全家老小统统唤至门口。真是罪不可赦呀,我们就那样说说笑笑地观望我主受苦受难。"

记录当中又这样写道,基督"在疯狂的群众中"背负十字架,跟随着人群踉跄而行。守卫在身旁的则是法利赛人(基督时代犹太教的戒律主义者)和祭司。基督肩披紫袍,额头戴着荆棘王冠。他的手上脚上布满了鞭伤和刀伤,像玫瑰花似的留着红色的印迹。只有那双眼睛仍旧像平常一样。"主那寻常一般的蓝澈目光",没有悲哀,没有喜悦,充满着超越万物的奇异表情。这种表情,在不信"拿撒勒(耶稣故乡)木匠之子"教诲的约瑟夫心中,也留下异常的印象。借用他的一段表述。他说:"即便在这种时候，每当看见主的目光，便会产生莫名的亲切之感。也许是因为，那目光很像自己死去的哥哥。"

当时，基督灰头土脸、周身汗污地途经犹太人家门口，他停下来期望小憩片刻。门口有扎着鞣皮皮带、指甲长长的法利赛信徒，也有头发染成青色、散发出干松油脂气息的娼妇。或许，那里还有罗马士兵佩带的盾牌，在晃眼的夏日阳光里左右两面都闪闪发光。然而"记录"中只是写到，当时那里"人头攒动"。约瑟夫"在众人面前，竭力向祭司们表现忠心"，他看见基督的脚步停下来，一只手挟着一个孩子，另一只手腾出来，揪住"人子"的肩膀粗暴地推搡："他对基督恶言相向：一会儿要把你慢慢钉在那十字架上，而且还要伸手打你。"

基督闻言，静静地抬起头来，责难似的看着约瑟夫。他以庄重的目光看着约瑟夫，那目光多像死去的哥哥。基督说："你让我走，我可以走，但作为代价，你要等到我回来。"犹太人望着基督的眼睛，感觉那些话像热浪一般强烈，仿佛瞬间燃烧到他的心头。基督究竟是否说了那样的话呢？其实犹太人自己也说不清楚。约瑟夫真的担心，"这样的咒语将留在自己的心中耳中，永无解脱"。他举起的双手自然地耷落下来，心头的憎恨亦自然地消解。犹太人抱着自己的孩子，不由得跪在了大街之上。他战战兢兢将嘴唇贴在剥去趾甲的基督脚旁。然而天色已晚。基督在士兵们的驱赶下，已经离开门口五六步远。约瑟夫茫然地目送着基督那紫色的衣衫，不一会儿便消隐在杂沓的人群之中。与此同时他意识到，一种无以言表的后悔之情在他的心底翻动。但却没有一个人对之表示同情。他的妻子、儿子也是同样的解释，认为约瑟夫那样做，与戴上荆棘王冠的行为没有两样，也是对于基督的嘲弄。自然，街上的人们都在耻笑他，感觉十分有趣。耶路撒冷的阳光晒得石头发焦。约瑟夫顶着铺天盖地的沙尘，眼里含着泪水，一动不动地久久跪伏于路边，他甚至不记得自己怀中的孩子，何时已被妻子抱走……

"呜呼！耶路撒冷如此广大，然而，知道令主蒙羞罪过者，恐唯己一人。正是因为我知道这样的罪过，我才受到了那般诅咒。犯了罪却不知罪者，天罚又有何用？那么，我便独自承受了将主钉在十字架上的罪业。唯有接受惩罚者，方能赎罪。所以日后受到主之拯救者，亦非己莫属。说到底，对于有罪知罪者，上天会同时颁下惩罚和救赎。"——在记录的最后部分，"浪迹天涯的犹太人"回答了我的第二个疑问。这里，没有必要探究回答的恰当与否。好歹有了一个答案，我已十分满足。

倘若有人在古文书中，发现了有关"浪迹天涯的犹太人"——为我释解疑难的答案，望不吝赐教。本来我想列举出上述引用书目，且将这小小论文的体裁发挥透彻。不巧，自己无暇实现这一初衷。

我只简略绍介贝林古德的一些说法。这些说法涉及

"浪迹天涯的犹太人"的传记起源——《马太福音》中的第十六章第二十八节以及《马可福音》中的第九章第一节。

大正六年五月十日

魏大海　译

两封信件

一个偶然的机会，使我获得了如下两封信件。两封信都是付过邮资寄给警察署长的，一封是今年二月中旬发出的，另一封则是三月上旬发出的。将这两封信件公之于世的原因，览信之后便可知晓。

第一封信

警察署长阁下：

首先，请阁下相信我正派的为人。我可以向所有的神圣起誓，做出自己的保证。请您相信，我并无精神异常。否则，我将此信呈于阁下便完全没有意义。但我因为何等苦恼，非要发出这封长信呢？

阁下，写信之时，我也曾犹豫不定。为什么呢？因为要将此信写出来，我就必须将自己全家的秘密暴露在阁下面前。那当然会大大损害我的名誉。可是不写呢，我又强烈地感觉到，每一分钟的存在都是痛苦不堪的。我终于毅然决然下定了决心。

在无奈的急迫感觉中，我写了这封信。您该不会不予理睬，把我当作疯子吧？我再次向您提出请求，请相信我是一个正派的人。百忙之中，请您务必阅读此信。因为这关系到我和我妻子的名誉。

阁下公务繁忙，阅读这样絮絮叨叨的信件，肯定烦不胜烦。然而阁下唯有了解信中描述的事实性质，才能相信我的正派为人。不然的话，您凭什么来认证那般超越自然的事实真相呢？又怎会认可那种创造性精力的奇怪作用呢？我恭请阁下留意于此。这个事实，也增添了一种奇异的性质。所以我死乞白赖地提出如上请求。也许无论怎样写，都避免不了无尽的毁谤，但却能证实我的精神状况是正常的。也能证明，这样的事实并非古往今来绝无仅有。因此，我的这封信还是有必要的。

历史上最为著名的实例之一，恐怕正是叶卡捷琳娜女皇现象。此外更加著名的例证，则是所谓歌德现象。以上皆为脍炙人口的事例，不再赘述。我只想尽可能简略地通过两三件权威实例，说明那件神秘事实的性质。首先，咱们从维尔纳医生的实例入手。依据他的说法，路得维希堡的宝石商人雷策尔，一天夜里转过一个街角，突然撞上一个男人，跟自己长得一模一样。没过多久，雷策尔帮助一位樵夫砍伐橡树，结果被大树压死了。与此相似者，尚有罗斯托克数学教授贝克的实例。说是一天夜里，五六个乞丐朋友发生了有关神学的争论，必须找到一本文书引以为证。于是一个乞丐潜入了数学教授的书斋。在数学教授每天落座的椅子上坐着一个和自己长得一样的人,正在读书。乞丐惊诧地隔着那人的肩头瞥了一眼。是《圣经》?人物的右手指点着这样一段:"快去准备你的墓葬吧。你的死期将至。"乞丐返回朋友们的居室,对大家说了自己的坏消息。果然不出所言,翌日下午六时,乞丐静静地离开了人世。

如此看来,Doppelgaenger[1] 的出现预告了死亡。但亦未必如此。维尔纳医生又这样记录道,一位被称作迪莱尼斯夫人的女性带着自己六岁的儿子和小姑,看见了身着黑衣的第二个她。然而事后,却没有发生任何变故。这种现象,也是映入第三者眼中的一个实例。此外,斯蒂林教授提出了魏玛官吏特里普林的实例以及他所熟悉的 M 夫人的实例等,也都属于相同的类型。

进而言之,倘若追寻只有第三者目睹的二重身,就会了解到此般现象司空见惯。听说维尔纳医生自己也曾发现其女仆的灯影。其次,伍尔姆的高等法院院长弗雷泽提出了一个确切的证明,他说自己的一位官吏朋友,曾在自己的书斋里看见了远在哥廷根的儿子。此外,《幽灵性质探究》的作者提出的实例是,在卡姆巴兰德之克格林顿教会区,一名七岁的少女发现了父亲的二重身;《自然阴暗面》的作者举出的实例则是,一名科学家兼艺术家 H 在 1792

---

[1] 二重身,某一人物同时出现在两个场所的现象。

年3月12日夜晚，发现了其叔父的二重身。诸如此类的例证，真是数不胜数。

诚惶诚恐，列举出以上实例，浪费了阁下的宝贵时间。谨望阁下告诉我，您并不怀疑那些事实。或许，您认为我的说法捕风捉影，是全然没有根据的一派胡言。其实，我也为自己的二重身之说痛苦不堪。这正是我向阁下提出请求的一个原因。

我描写到自己亦曾有过二重身的体验。详细说来，其实是我和我妻子的二重身。我是佐佐木信一郎，家住本区××町××巷××号，年龄三十五岁，毕业于东京帝国文科大学哲学系，职业是私立××大学伦理学和英语专业教师。妻子名叫总子，四年前与我结婚，现年二十七岁，尚无子女。这里，我特别提请阁下注意的是，我妻子有点器质性的歇斯底里。这种情况在我们结婚前后，曾经异常严重。那段时间，她竟无法和我进行语言上的沟通，沉浸于极度的抑郁状态之中。不过近年以来很少发作，脾性也较以前开朗得多。去年秋天开始，她的精神状况又出现了很不稳定的状态。近期则时常出现过激的言语和动作，令我十分痛苦。您或许要问，干吗老讲妻子的歇斯底里呢？原因在于，那与我自己对于此般奇怪现象的一个阐释有关。关于这个阐释，将在之后的描述中细细道来。

述及我和我妻子的二重身事实，究竟是怎样一种状况呢？说起来，那现象大致发生了三次。现就以我的日记为参照，尽量准确地向阁下一一描述。

　　第一次发生在去年的十一月七日，时间大约是晚上九点或九点三十分。当天，我和妻子一同参加了有乐座的慈善演艺会。坦白地说，演艺会的入场券是朋友让与我的。他们夫妇有事不能去，便十分友善地将戏票转让给我。关于演艺会，本无必要啰里啰嗦。其实我向来对音乐、舞蹈没有兴趣，为了妻子才勉强同行，所以多半节目只是徒然增加了我的倦怠或疲惫。所以即便要让我谈谈演艺会，我也没有话可说。在我的记忆中，幕间休息之前是一段有关宽永御前竞赛的讲谈。当时我就思量，从自己内心里讲，自然期待获得某种异常的收获，然而这种悬念会否伴着宽永御前的讲谈一扫而空呢？

　　幕间休息，我们来到走廊。我将妻子独自留在一边，自己去厕所解小手。这种时候的狭窄过廊里，自然挤满了人，转个身都是困难的。解完手，我从人缝里挤回来。弧形的过廊绵延至正门。正如我所期待的，我的视线落在了妻子的身影之上。她倚着对面的过廊墙壁，站在明亮耀眼的灯光中，腼腆的目光低垂。她静静地站着，脸庞侧向我，并无奇异之处。然而，偶然间一种超越了人的意志力的玄妙感觉袭击了我。我的视线似乎感觉到，妻子身旁一个背对的男人正在警惕着我。这是一个令人恐惧的瞬间，我的视觉乃至我理性的主权几乎同时粉碎了。

阁下，当时正是通过那个男人，我才认识了自身。

第二个我和第一个我穿着同样的外衣，也和第一个我穿着同样的裙裤，甚至和第一个我的姿势，都全然如一。如果他转过脸来，他的相貌或许也跟我一模一样？我不知道怎样形容自己当时的心理感受。我的周围人头攒动。头顶上许多电灯泡，放射出白昼一样的光亮。不妨说，在我的前后左右充斥了各种神秘的、难以并存的条件。实际上在这样的一种外界之中，我突然放大地看到了"自我"存在之外的别样存在。我因此而震惊不已。我的恐惧也益发强烈。要不是当时妻子抬头看了我一眼，我或许要大声地喊叫起来，将周围的注意力吸引到奇怪的幻影这边。

幸运的是，妻子的视线和我的视线碰在了一起。几乎与此同时，第二个我以极快的速度在我眼前消失了，宛若龟裂的玻璃一般。我像一个梦游症患者，恍恍惚惚走近妻子身边。然而妻子并没看见"第二个我"呀。我走到她身边时，她用和往常一样的语调说："好长时间呀。"然后看着我的脸，露出担心的神态问："怎么了？"我当时一定是面如土色。我擦擦脸上的冷汗，一时拿不定主意。方才看到的超自然现象，要不要向妻子说明呢？看着妻子那副担心的模样，我真的无法挑明真相。当时我就下定决心，不能让妻子跟我那样担忧。关于"第二个我"的一切，必须只字不提。

阁下您想，要是妻子不爱我或者我不爱妻子，怎会下了那般决心呢？我可以在这里断言，我们夫妻直至今日，一直都是相亲相爱的。外人却不以为然。阁下，那些人认为，我的妻子是不爱我的。简直令人感觉恐怖，感觉耻辱。对我而言，否定了我对妻子的爱，则是无法形容的屈辱。外人真是得寸进尺，他们又开始怀疑妻子的贞操。

我的情绪激昂，我的叙述不知不觉地离题了。

从那天晚上开始，我沉浸在一种不安的感觉之中。恰如前述实例所示，二重身的出现常常预告了当事者的死期。然而在这种不安之中，大约一个月的光景却平安无事。就这样一年过去了。我当然不会忘记——随着日月的推移，我对"第二个我"的恐惧和不安渐渐淡化了一些。不，实际上，有时我统统以幻觉的名义加以解释。

于是"第二个我"再次出现在我的面前。仿佛在惩戒我的疏忽或大意。

那是元月十七日发生的事情，时值周四正午时分。那天我在学校里上班，突然一位故交来访。下午正好没课，便一同离开了学校，去往骏河台下的一家酒馆用餐。骏河台下是个热闹地方，十字路口附近有一挂大钟。走下电车的时候，我无意间看了一眼大钟，时针正指在十二点十五分。当时的我望着那挂大钟，总觉得有一种恐惧之感。天上下着雪，天空是铅色的，大钟的白色基盘在那般背景下纹丝不动。或许，这也是一种前兆？我在这突然袭来的恐惧心情下，眼望着大钟的目光无意间又落在相隔一条电车轨道的中西屋前停车场。我看见，在那里的赤色柱子前，我和我的妻子肩并着肩，亲密地相拥而立。

妻子身着黑色大衣，围着一条烤茶色丝织围巾。我则穿着一件灰色大衣，戴一顶黑色的呢帽。妻子似乎正跟"第二个我"说话。阁下，那天的我——所谓"第一个我"恰恰穿着灰色的大衣，戴着黑色的呢帽。当时的我望着两个幻影，眼里充满了极端的恐惧。我的心中燃烧着憎恶的烈焰，尤其是，当我看见妻子的目光带着妩媚投向"第二个我"时——啊！那简直是一场噩梦！我已没有勇气再现当时自己的奇怪位置。我下意识地抓住了朋友的胳膊，神情恍惚地呆立于路旁。此时外壕线的电车由骏河台方向飞驰而下，发着喧嚣的轰鸣在我眼前一晃而过。那真是一种冥冥之中的神佑啊！当时，我和我的朋友正想穿过外壕线的铁轨。

转瞬之间，电车在我们面前飞驰而过。而后挡住我们视线的，便是中西屋前的那根赤柱。在电车遮挡的一瞬间，两个幻影已消失得无影无踪。朋友的脸上露出诧异的表情。我的脸上则是尴尬的笑容，一面催促着朋友大步离去。后来，那位朋友放风说我患了精神病。根据我当时的异常表现，那样说也是理所当然。然而，倘若将我患病的原因归罪于妻子的不忠，则是对我的一大侮辱。最近我已致函那位朋友，与之绝交。

我忙于此般事实的记述，但却并未证明，当时的妻子只是妻子的幻影。那时适逢正午前后，妻子的确不曾外出。妻子正是这样说的，家里使唤的女佣也做了证明。再说妻子日前患了头疼的毛病，精神抑郁，怎么会突然跑到外面去呢？这样看来，当时映入眼帘的妻子定是一个幻影。当我询问妻子那时是否外出时，妻子瞪大了眼睛断然否定。妻子的那般表情，至今仍然历历在目。倘若真如世人所言，妻子她欺骗了我，那她绝对不可能做出那样无辜的表情呀。

毫无疑问，我在相信存有自己的"第二个我"之前，对自己的精神状态也是持有怀疑的。然而实际上，我的头脑没有丝毫的混乱。我睡眠正常，学习也没有问题。当然第二次见到了"第二个我"以后，我动辄受到惊吓，这是遭遇奇异现象的结果，而绝对不是原因。因为此时我必须相信，在"自我"存在之外尚有另外的一个存在。

当时，我仍旧没有把幻影之事告诉妻子。倘若命运许可，或许直到今天，我也不会把那事实说将出来。可是"第二个我"异常地执拗，他又第三次出现在我的面前。此事发生在上个周二，也就是二月十三日下午七点前后。当时，我的感觉非常窘迫，似乎非得向妻子挑明一切不可了。无奈，好像唯有如此才能减轻我们的不幸。唉，算了，还是以后再告诉她吧。

那天轮到我值班。下课后不久，我就感觉到强烈的胃部痉挛，遵照医生的忠告，我匆忙坐车返回家中。午间开始的降雨伴着狂风，等我赶到家门附近时，大雨似瓢泼一般。我急忙付了车费，冒雨奔向家门口。门上的木格子，像往日一样里面上了插销。那插销是可以从外面打开的。我便打开格子门，进了屋。也许外面的雨声太大，开门的声音竟然无人听见。里面不见一个人。我脱了鞋子，将呢帽和大衣挂在衣钩上，便由门口走到隔着一个房间的书斋前，拉开了槅扇门。我有一个习惯，在去茶室之前，总要将装有教科书之类物品的提包放在书斋里。

可是这时，突然一个意外的情景出现在我的眼前。北向窗前的书桌、桌前的转椅和周围的书架，自然没有任何变化。可横在眼前的书桌旁边站着的女人，还有坐在转椅上的男人，到底是谁呢？阁下，当时我与我的幻象以及妻子的幻象，真的是近在咫尺。我无论如何都无法忘记当时的恐怖印象。我站在门槛边上，从侧面俯视着并立桌前的两人面容。窗外的冷光照射在他们脸上，使两人的脸部明暗分明。他们面前悬有一盏黄色丝绸灯罩的电灯，照得我眼前一片昏暗。这真是天大的讥讽。他们竟然在翻阅我记录了那般奇怪现象的日记！我看见了桌上那本书的形状，立刻就辨认出来。

我是在无意之中看到了这般景象。在我的记忆之中，几乎同时，我发出了尖利的叫喊声。连我自己都说不清楚，我怎么会发出那样的声音。我还记得，喊过之后，两个幻影同时转过头来望着我。倘若他们不是幻影，就可以问我妻子，当时的我是怎样的一副模样。然而，那当然是不可能的事情。当时给我留下确切记忆的，只是一种强烈的晕眩之感。除此之外什么都没有。我扑通跌倒在地，失去了知觉。妻子听到声响，惊慌地从茶室跑了出来。与此同时，那该死的幻影也消去无踪。妻子帮我躺在了书斋里，又赶忙将冰袋放在我的额上。

过了大约三十分钟光景，我恢复了知觉。妻子见我醒转过来，突然间失声痛哭。妻子说，我近期的言语行为令她难以理解。"你是在怀疑着什么，对不？那你为什么不跟我说明白呢？"妻子这样责怪道。阁下知道，世人是在怀疑妻子的贞操呀。当时，我已经听到了一些风言风语。也许这种令人惧怕的传言，也刮到了妻子的耳中。我感觉到妻子的话音在颤抖，她是担心我也怀疑着她。妻子似乎感到，我的任何异常行为或言语，都是因为那般怀疑。我若继续沉默下去，唯有令妻子徒然地遭受折磨。于是，我小心翼翼地将目光转向妻子，防止冰袋掉落下来。我低声对妻子说："原谅我，我是有事瞒了你。"我一五一十地将幻影的三次现身说了出来。然后，我又一本正经地对妻子强调说："有人在传说，说是看见我的幻影和你的幻影在幽会，那纯属捏造。我对你是绝对信任的。你也要绝对相信我。"妻子毕竟是一弱女子，成为众矢之的，令她感到痛苦异常。或许，二重身现象是极端异常的，谁都无法解答此类难题。打那之后，妻子总在我的枕边嘤嘤哭泣。

我只有一点一滴地向妻子解说。我利用前述种种实例，说到二重身存在的可能性以及其他种种情况。阁下，您知道吗？像我妻子这种具有歇斯底里禀性的女人，特别容易发生此等奇怪的现象。相似的例证不胜枚举。例如索姆纳比尔笔下著名的奥古斯特·穆勒等，就时常显示出这样的二重身。不过，或许有人要提出非议，认为此等情况下出现的二重身与我妻子的情况不同。因为前者的依据是梦游病患者的意志，而我的妻子却全然没有那般意志。退而言之，即便那样的状况可以解释妻子的二重身，或许也会产生另外的疑问，而无法解释自己的二重身。这些问题，原本并不复杂，并不像它的解释一样令人困窘。为什么呢？因为无可置疑的事实是，时常有人具有展现他人的二重身的特异能力。据说弗郎兹·冯·巴蒂尔在致维尔纳医生的信中提到，埃卡鲁茨哈兹恩临死之前曾坦言，自己有展现他人的二重身的能力。如此看来，第二个疑问也与第一个疑问相同，关联于妻子是否具有前述意志。然而意志的有无也是异常难以确定的呀。当然，妻子是无意显现为幻影者的。对于我，她显然时时惦记在心。或者说她始终怀有一个愿望便是与我同行。这里值得思考的问题，在于具有妻子这般天性的人常会引致相同的结果——二重身的出现。至少，我自己有了类似的体验。况且像我妻子这样的，尚可举出三两个实例。

我对妻子如此这般地说了一通，竭力安慰。妻子总算

满意了我的解释。她直直地望着我的脸,眼泪汪汪地说道:

"对不起。"

阁下,以上便是我经历二重身的大致经过。在此之前,作为我和我妻子之间的一个秘密,从未向任何人泄露。但是此一时彼一时。如今,有人竟公然地开始嘲笑我们,也有人向我妻子表示出憎恨,甚至编出了讥讽妻子品行不端的歌谣,边走边唱路过我的家门口。面对这种情况,我哪里还能沉默不语呢?

然而之所以向阁下倾诉此般冤屈,并不纯粹因为我们夫妇遭受了没有理由的屈辱。原因还在于,倘我们忍受那般屈辱,妻子的歇斯底里倾向会益趋严重。或许,这种倾向与二重身的出现频度是密切相关的。那样的话,世人对妻子贞操的怀疑,也将越发加剧。我不知如何摆脱这般窘境。

阁下,我处于极端困窘的状况之中,唯有仰赖阁下庇护。这是我最后也是唯一的活路。请您相信我的陈述,并对受到世人残酷迫害的我等夫妻表示同情。您看,我一个同僚竟然跑到我们面前,絮絮叨叨地大声描述报上的通奸新闻。我的一个前辈给我来信,冷嘲热讽了妻子的不端行为,并劝我与之离婚。我的学生也是一样,不仅不好好听我讲课,还在我的教室黑板上画出了我和妻子的漫画,下面写着"美丽又可爱"。以上实例,都是与我或多或少有些关联的人。近来一些素不相识的人，也常常对着我们施予意外的侮辱。有人发来匿名的明信片，将妻子比作禽兽。也有人在我家的黑墙上画画、写字，那般手段比学生有过之而无不及。更有大胆者悄悄地潜入我家院子，窥视妻子和我的晚餐景象。阁下，这般所为还像个人吗？

我想跟阁下说的，大致就是信中描述的这些。他们对我们夫妇的凌辱和胁迫，警方当如何处置呢？当然这是阁下考虑的问题，而不是我等考虑的问题。我确信贤明的阁下一定会为我们夫妇做主的，一定会最最适当地行使阁下的职权。

谨祝阁下的辖区歌舞升平，太平无事！

阁下若有问讯之处，可随时传唤。就此搁笔。

第二封信

警察署长阁下：

阁下的玩忽职守，使我们夫妻遭遇了最后的不幸。我的妻子昨日失踪了，到现在仍旧杳无音讯。我非常担心。也许，妻子是无法承受世间的压迫，自杀身亡了？

世间，到底这样子滥杀了无辜。阁下呢，也是令人憎恨的一个帮凶。

今天，我决定离开本区的居处。在无为无能的警察署长阁下辖下，居民何以获得安全的生活？

阁下，前天我已向学校辞职。今后打算全力投入到超自然现象的研究中。阁下或许会像一般的世人那样，对我的计划报以冷笑吧？然而身为警察署长，却否定一切超自然现象，您不感觉耻辱吗？

阁下是否考虑过？您太缺乏人类同情心。您手下的许多警察患有传染病。您做梦也没有想到吧？尤其是，这种传染病因接吻而迅速地传播。此等事实的知情者，舍我其谁？这些事例，足以破坏阁下傲慢的世界观……

其实我写了很长的一封信，涉及许多空泛的哲学问题。我又感觉没有这个必要了，便将之统统删去。

大正六年八月十日

魏大海　译

大石内藏助的一天

晴日的阳光照耀在关闭的槅扇上。那棵嵯峨老梅，树影映在好几间屋室的向阳处。从右到左，鲜明似画。原浅野内匠头[1]的家臣——寄居于细川家中的大石内藏助良雄[2]，端然盘坐于槅扇之后，正在专心地阅读。所读之书，许是细川的一个家臣借予他的——《三国志》中的一册。

前厅原有九人。片冈源五右卫门外出入溷。早水藤左卫门在下房议事。余下六人是吉田忠左卫门、原惣右卫门、间濑久太夫、小野寺十内、堀部弥兵卫和间喜兵卫。他们仿佛忘记了照耀槅扇的日影，有的专心读书，有的整理讯息。六人皆寂然无声。都是五十开外的老人了，坐在这初春的客房里仍觉拘拘寒冷。时而有人在轻轻咳嗽。但那音响，似不足以摇动屋里飘逸的淡淡墨香。

内藏助的目光时而离开《三国志》呆望远方。他将双手静静地罩在火盆上。火盆上面是一层铁网，看得见炭盆底下美妙的红色。那红色将炭灰照耀得微微泛红。内藏助感受着火盆的温暖，心中充满了无虑的满足。此时的满足，好像去年年末十五的那般满足。内藏助为亡故的主君复仇之后，退隐泉岳寺。当时他曾自吟一诗：

"往事犹新历在目，无云月夜浮世清。"

退出赤穗古城后，已度过了近乎两年的岁月。近乎两年的时光里，他一直在焦虑地筹划。他的余党们总想轻举妄动。内藏助却要稳定局势，慢慢等待时机的成熟。这样做对他并非难事。然而仇家派出的奸细时刻窥测于身旁。表面上，他装作玩世不恭，企图蒙蔽奸细的目光。同时他又必须消解同志者的疑惑，以免为自己的假象所蒙蔽。他回想起当初山科与圆山谋反。当时的苦衷仍历历在目。不过所有的人，现已各得其所。

如果说现在还缺少点儿什么，那便是幕府对这一党四十七人下达的指令。想必，那指令近期即将送达。这是没有疑义的。党羽们皆已到达了指定地点。然而此举并非单纯的复仇。诸人以近乎一致的形式，成就了他的道德要求。他体味了事业成功的满足，也同时体味了道德实现的满足。那般满足，无论从复仇的目的上看，还是从复仇的手段上看，都没有丝毫良心的愧疚或阴翳。对他而言，显然没有比这更大的满足了……

---

1 浅野长距，江户时代前中期的大名。播磨赤穗藩第三代藩主。内匠头为其官位。
2 大石良雄，赤穗藩浅野家首席家臣，内藏助为其官职。为亡故的浅野长距复仇，集结四十七名武士杀死吉良义央，后被监禁，幕府命其切腹自尽。

想到这里，内藏助的眉头舒展开来。抬眼望时，吉田忠左卫门好似读书倦怠了，书卷铺在膝盖上，在用手指习字。内藏助隔着火盆搭话道：

"今天的天气很暖和呀。"

"是呀。这么耗着，暖洋洋的，快要睡着了呢。"

内藏助微微一笑。他的心中，浮现出年初正月元旦景象。当时，富森助右卫门三杯屠苏酒醉，吟出一句小诗——"早春在今日，酒醉不耻睡武士"，确切地体现了良雄此刻的满足心境。

"说来还是有所疏忽。未能实现初衷呀。"

"是啊，所言极是。"

忠左卫门拿起手边的烟袋，谦恭地吸了一口。烟雾在早春的午后滞留片刻，又在那明媚、静寂的空中化作淡淡的蓝色散去。

"一起过着这样悠闲的日子，真是做梦也未曾想到呀。"

"是啊，我也是做梦都没有想到。不能想象还能够再度幸逢春天。"

"看来，我等真是幸运之人哪。"

两人心满意足，眼睛里充满了笑意。——此时，良雄身后的槅扇上映出一个人影，那人影在手触槅扇拉手的瞬间消失了。而后，早水藤左卫门强健的身躯出现在客厅中。倘非如此，良雄还会久久地陶醉在惬意、温暖的春日之中，回味那洋洋自得的满足之情。然而现实却伴着藤左卫门复杂的微笑，无情地将二人拉了回来。藤左卫门的两颊健康红润。当然他微笑之中的含义，二人尚未察觉。

"下房里好像很热闹呀。"

忠左卫门说道。他又抽了一袋烟。

"今日的当班是传右卫门。他嘴里俏皮的闲话不断。片冈他们也来了，正坐在一起闲聊呢。"

"怪不得呢。来得晚了些吧？"

忠左卫门被烟呛了一口，苦笑着说。小野寺十内正在写字。他抬起头来，仿佛想到了什么，旋即又将目光留在纸上，一个劲儿地书写。或许，他是在给京都的妻女写信？

内藏助眯起眼睛笑道：

"有什么逸闻趣事呀？"

"哪里，净是些不着边际的废话。不过，近松方才讲到甚三的故事，逗得传右卫门都笑出了眼泪。还有——啊，对了，要说还有一个有趣的话题。据说，我们杀死了吉良将军之后，江户城里时有仇杀的事件发生呢。"

"哦，那倒是没有想到啊。"

忠左卫门面带诧异的表情望着藤左卫门。对方看到自己的话题引起兴趣，露出十分得意的神态。

"还有三两个类似的话题。比较可笑的当属南八丁堀凑町附近的斗殴事件。事件的起因，是米店的掌柜和临街的染匠伙计在浴池里打架。就为着一点鸡毛蒜皮的小事儿，好像是谁把水溅到了谁的身上。结果，米店的掌柜就被染匠的伙计用澡堂的木桶，没头没脸地打了一顿。这样一来，米店的一个学徒记下了仇。当晚染匠的伙计外出时，他便躲在暗处往伙计肩上抡了一铁钩。说是有个说法，叫什么'主子结仇徒儿报'……"

藤左卫门手舞足蹈地大笑道：

"这真是无法无天哪。"

"那伙计好像伤得不轻。奇怪的是，附近的人都说米店的徒儿仗义。余下的趣事发生在通町三巷和新麴町二街。还有一个什么地方来着？反正，据说这样的事情随处可见。可笑的是，人们都说这些寻仇事件是在仿效咱们。"

藤左卫门和忠左卫门笑着互望一眼。显然，闻听复仇之举在江户的人心之中产生了影响，哪怕是细微之处的些许影响，也是令人愉快的。唯有内藏助一人沉默不语。他用手臂挡住额头，露出尴尬的神情。——藤左卫门的话题虽也让他感到了些许满足，但是同时，令之感受到一缕奇妙的抑郁。当然他并不想为自己所有行为的结果负责。实现了复仇之后，江户城中的寻仇事件频发。这与他们的良心，当然风马牛不相及。但即便如此，内藏助方才心中的春日温馨，亦已冷却了几分。

事实上，此时他仅对己方行为的影响造成的那般意外波动，感觉到些许惊诧。放在平常，他可能和藤左卫门、忠左卫门一笑了之。然而此时的这件事，却在他领受了极大满足的心中，突然播下了恼人的种子。也许，他那满足的底部是悖理的。对于那般行为与结果的完全肯定，或亦带有自私的性质。当然，在他当时的心中，还完全没有涉及那样的思想解剖。他仅在春风之中感受到一丝冰冷，感受到莫名的抑郁。

不过内藏助的心中抑郁，并没有特别引起身旁两人的注意。藤左卫门是个善人。他确信不疑的是，自己这般感觉有趣的话题，内藏助一定也会感觉有趣。否则，他便不会特意跑到下房，将当班的细川家丁堀内传右卫门带到这里来。厚道的藤左卫门回头望望忠左卫门说："我去叫传右卫门过来吧。"说罢，他急乎乎拉开槅扇，满面春风地去了下房。须臾，他便满脸漾着往日的微笑，得意洋洋地将传右卫门带了过来。一眼望去便可知晓，这是一个粗鲁的人。

"哎呀，诚惶诚恐。怎敢劳您大驾？"

忠左卫门一见传右卫门，立刻替代良雄笑脸相迎。传右卫门的性格素朴、直率。忠左卫门一行寄宿于此之后，早就与之打成了一片，建立了故旧一般的朋友温情。

"早水氏非得要我过来。可我觉得，过来会添麻烦的呀。"

传右卫门一落座，便挑动着粗壮眉毛，环视屋里的诸位说。太阳晒得黝黑的面颊肌肉,总似笑非笑地抽动着。他向屋里的所有人打招呼,不论是看书的还是习字的。内藏助也礼貌地点头示意。让人感觉有些滑稽的是堀部弥兵卫。他正手捧着《太平记》苦读。戴着眼镜,一副瞌睡相。此时,他睁开眼睛看了一眼,旋即又慌乱地正了正眼镜,小心地低下头去。还有就是间喜兵卫。间喜兵卫好像感觉十分可笑,他朝向一旁的屏风方向,表情痛苦地抑制住笑意。

"传右卫门先生也讨厌老人是吗?怎么从来不到我们这边来呢?"

内藏助说道。他的语调不同寻常,言语流畅。此时,他心中已被搅乱的情感得以恢复,先前的满足之情又暖融融流入他的心田之中。

"不,不能那么说。我是拗不过他们,才不自量力地乱说了一气。"

"听说您的故事很有趣呀。"

忠左卫门也在一旁插言道。

"有趣……什么故事?"

"就是江户城中效仿仇杀的故事呀。"

藤左卫门提醒道。传右卫门和内藏助面带微笑对视片刻。

"哦,你说那个故事吗?人情这东西,有时真的非常奇妙。町人百姓,也会感受忠义之情,并仿而效之。无论怎样堕落的风俗，都将发生改变。正好，眼下的流行，净是些没人爱看的东西，什么净琉璃呀，歌舞伎啦，诸如此类。"

下面的会话，内藏助已完全没有兴趣。他特意用一种沉闷而谦卑的语调，巧妙地将话题转换了方向。

"感谢夸奖吾等之忠义。但依个人所见，吾等首先感觉的乃是耻辱。"

说了这句话，他抬眼望望在座各位。

"为何这么讲呢？赤穗一藩，人数众多。可是如您所见，余下者皆为无名之辈。尤其是那位名叫奥野将盐的藩头，曾参与我们的策反。可他中途又改变了主意，退出了我们的同盟。这的确非常遗憾。此外，进藤原四郎、河村传兵卫、小山源五右卫门等人，地位都在原惣右卫门之上。佐佐小左卫门等人的身份也在吉田忠左卫门之上。然而所有这些人物，都在临近举事的当口变了卦。其中，竟然还有在下的亲属。你说，我们是不是要首先感觉到耻辱？"

在场的空气随着内藏助的这番话，顿时变得凝重起来，而失去了先前的那般明朗。从这个意义上，可以说，他确实如愿以偿地转换了话题。不过，内藏助对于这样的转换是否感觉愉快，则是另外的一个问题。

听了他的一番话，早水藤左卫门攥紧了拳头，在膝上蹭了两三下。

"他们都是一帮畜生,臭名远扬,没有做人的资格。"

"正是如此。说到高田群兵卫之流,那更比畜生还不如。"

忠左卫门扬眉看看堀部弥兵卫,似乎在谋求赞同。弥兵卫乃一血性男子,当然不会沉默不语。

"回来的那天早晨我遇见了他,我朝着他啐了一口唾沫,但是不解恨。必须让那恬不知耻的家伙颜面丢尽,方能解我心头之恨。"

"高田这个混蛋自不必说,其实,小山田庄左卫门那小子,也是一个十足的混蛋。"

间濑久太夫这样自言自语道。原惣右卫门和小野寺十内也都随声附和着,唾骂那些背盟之徒。就连平日里沉默寡言的间喜兵卫,也在频频颔首。间喜兵卫口拙,只好用满是白发的脑瓜,表达出对于同伴意见的赞同。

"真是不可思议呀。同处御藩,怎会有诸位这般忠臣,又有那般负义之徒呢?那种无功受禄的败类,自然遭到武士和町人百姓的唾骂。去年,冈林杢之助剖腹自杀了。据说原因就是亲朋好友群起攻之,不得已而为之的。到了那步田地,亲朋好友也是没有办法,总不能为之承担污名吧。外姓人对之自然更加苛刻。在当今的江户人眼中,效法复仇,乃见义勇为之举。人们早已义愤填膺,就是将那些败类砍了头曝尸荒野,也毫不为过。"

传右卫门器宇轩昂地说道,仿佛自己并非局外人。他那副模样似乎表示，为众人复仇，乃是自己当仁不让的大事。在他的鼓动下，吉田、原惣、早水、堀部几人，均处在一种亢奋的状态之中。他们义愤填膺地痛斥乱臣贼子。——唯有大石内藏助一人，双手放在膝盖上，一副无动于衷的神情。他的言语越来越少，呆呆地望着火盆里的炭火。

他发现了一个新的事实——自己转换的话题，变成了诛伐昔日负义朋辈的战场。己方的忠义受到世人盛赞。与此同时，那心中拂过的春风，却再次降低了几分温度。他转换话题，乃是对于背盟之徒心存惋惜。实际上，他是对朋辈的负心感觉遗憾，同时也感觉到某种不快的心情。他对不忠的武士并无怨恨，而唯有怜悯。他早已尝遍了人情向背与世故流转。在他看来，那些变节者的行为都是非常自然的。若说还能运用率真一词，那便是一种可悲的率真。为此，内藏助才对那些背盟者，始终抱有宽容的态度。而在复仇之举实现之后的现在，能够给予他们的就只有怜悯的微笑了。世人的感觉是，即便杀了他们，仍旧不解心头之恨。为什么？为什么将吾等尊为忠义之士，就必须让彼等沦为畜生呢？其实，吾等与彼等并无太大的差异。——在内藏助心中，对于自己带给江户町人的那般影响并不感觉愉快。若在稍许不同的意义上考量背盟者所受的影响，传右卫门的观点显然代表了一种天下公论。内藏助绝非偶然地流露出那般痛苦的表情。

然而内藏助的那般不快又是一种命运的体现——承受最终结局的命运。

在传右卫门眼中，内藏助的沉默或许显现了特有的谦虚。为此，他的人品才越发受到人们的敬佩。为了表达人们的这种敬佩，质朴的肥后武士生硬地突然转变了话题。他开始盛赞内藏助的忠义之魂。

"日前一位智者说，唐土一勇士吞炭致哑，终为主公杀死仇人。可那勇士跟咱内藏助大人相比，真是算不了什么呀。内藏助大人曾无奈地遭受着精神沦落的煎熬。"

传右卫门这样的开场白后，又絮絮叨叨说了一年之前内藏助自我放纵的一件逸闻。当时他正在高尾和爱宕观赏红叶。那样子装疯卖傻，曾令他苦不堪言。在岛原和祇园赏樱的酒宴上，他愣是演出了一场苦肉计。想必当时的他，一定痛苦万分……

"听说当时京都流行的那首歌谣——'大石做小材，碎粉铸壳型'，就与大人的品行相关呀。显然，没有足够的隐忍之心，就不可能那样瞒过天下所有人。方才，天野弥左卫门大人所言极是。沉着、勇敢的赞美之词，内藏助大人当之无愧。"

"哪里哪里，那不是什么了不起的事情。"内藏助勉为其难地应答着。

传右卫门略觉不足者，乃是内藏助的神态不够高傲。与此同时，内藏助在他心中又变得更加高尚。刚刚面向内藏助的他把脸转向长年在京都值勤的小野寺十内,更加热情地抒发自己的敬佩之心。他的那副模样就像一个孩子。一党之中,深通人情世故、名望颇高的十内感觉可笑,同时也感觉可爱。他一本正经地接过传右卫门的话头,一五一十地讲述了另外的一段趣事。当时内藏助为了欺瞒仇家的奸细,曾裹着法衣出没于升屋的名妓夕雾的住所。

"那般不苟言笑的内藏助,竟也作过一首歌谣——'乡里风情'。那首歌谣竟也大受好评,在当时的烟花柳巷中颇为流行。当时,内藏助的装束是墨染的法衣。祇园的樱花散落时节,他经常醉醺醺地在园中游荡。'乡里风情'的歌谣大为流行,内藏助的放浪形骸也闻名遐迩。这种状况并没有丝毫的奇怪。夕雾呀,浮桥呀,这些岛原或撞木町的名妓,一谈到内藏助,人人皆刮目相看。"

内藏助听着十内的这番话,感觉十分痛苦。他感觉到,那几乎是一种侮辱。同时,这些话自然而然地勾起了他放浪形骸的往昔回忆。对他而言,那些回忆有着异常鲜丽的色彩。在那些回忆之中,他看见了细长蜡烛的亮光,闻到了沉香香油的馨香,也听到了加贺节庆的三弦声。他联想到十内方才提及的"乡里风情",也联想到如下一个诗句——"泪滴濡湿袖,蒲叶浮露珠"。那般风情与诗句,伴随着仿佛从春宫画中走出的夕雾与浮桥的倩影,历历在目地浮现于心中。毫无疑问,他曾无怨无悔地生活在记忆所有的放浪中，也曾在放浪的生活中，完全忘却了复仇义举而享用着短暂的惬意瞬间。他是一个极端诚实的人，不愿意自我欺瞒地否定这个事实。当然，对于明了人性真谛的他，做梦也不会认为这是不道德的。因此当人们盛赞自己，或将自己所有的放浪行为说成是实现忠义的手段时，他便会感觉到不快和负疚。

怀有这种思想情愫的内藏助，自然对佯癫苦肉计之类的褒扬，感觉到十分痛苦。他意识到，自己在遭受着第二次打击。仅存于胸间的那缕春风，眼见得拂面而过，而后则在冷冷的寒影中，仅留存对于所有误解的反感，以及未能预知误解的、自身愚钝的反感。他觉得这样下去，他的复仇，他的同志，还有他自身，或许都将在一种乱七八糟的赞赏声中留传后世。——他面对着这样一种令人不悦的事实。他的双手仍旧罩在火盆上面，但盆里的火势却越来越弱。他避开传右卫门的目光，漠然地叹了口气。

就这样过了几分钟。大石内藏助借口入溷，溜出前厅。他独自倚在廊柱上观赏寒梅老树、古庭绿苔与山石间的美丽鲜花。日色渐淡，树丛中的竹叶阴影，宛若率先展开了黄昏的幕帐。拉门内，人们仍在津津有味地说话。他听着听着，一种莫名的哀愁渐渐包围了他。他闻见了寒梅的馨香，同时感受到一种冷彻心底的孤寂。这种莫名的孤寂来自何处呢？——内藏助仰望着仿佛镶嵌于蓝天之上的冻僵的花朵，一动不动地久久伫立。

大正六年八月

魏大海　译

女体

　　杨是中国人。一个夏夜，天气闷热异常。杨醒转后趴在床上，胳膊肘支着下巴颏，陷入漫无边际的妄想中。突然他发现一只虱子趴在床沿。屋里灯光昏暗，灯光下虱子的微小脊梁闪现出银色光亮。莫非，它瞅上了一旁熟睡的妻子肩头？虱子蠢蠢进逼。裸睡中的妻子一直面朝着杨，发出安稳的熟睡声。

　　杨盯视着虱子缓慢的步伐，心中猜想那虫子的世界。人类仅需两步三步跨到的距离，虱子竟要爬上一个钟点。而且遍游的疆域，不过是床沿上下。他想，那么假如自己生为一只虱子，该有多么寂寥呀……

　　在这种漫无边际的遐想之中，杨进入到朦胧的意识之中。当然，那里既非梦境，亦非现实，杨只是莫名其妙地陷入了恍惚的心情底部。突然，他感觉到自己又警醒过来，无形之中自己的魂魄进入到虱子的躯体之中，在汗臭熏天的寝床上蠢蠢蠕动。杨感觉这个现实太过意外，不由自主地昏然悚立。令之惊悚不已的尚不仅于此——

　　在他行进的前方，是一座高高的山脉。那山脉温暖、浑圆、自然天成。山体高大，望不见顶，仿佛一块巨大的钟乳石，悬垂到寝床之上。紧挨寝床的部位仿佛是微微泛红的石榴籽儿，暖暖的，像包容着火焰。其他部位，则是丘陵一般洁白无垠的山脉。那洁白柔润、圆滑，像凝脂一般。和缓的山腰起伏有致，又仿佛月光照耀的白雪上，微微泛出蓝色的阴影。迎着光亮的部位，化出了水乳交融的玳瑁色光泽。遥远的天际，描画着弯弓似的美丽曲线。这样的山脉，堪谓天下仅有……

杨惊叹地睁开了双眼，注视着美丽的山脉，这才知晓，原来那山脉正是娇妻的一只乳房。此时，他的惊诧无法言喻。他目不转睛地盯视着象牙山一般的巨大乳房，忘却了爱，忘却了恨，甚至也忘却了性欲。惊叹之中，他更像凝固了似的一动不动，甚或也忘掉了寝床上下的汗臭气息。——杨在化作虱子之后，才真正意识到娇妻的肉体之美。

而对于艺术家，确应像虱子一样细致观察的，并不单单是女人的肉体之美。

大正六年九月
魏大海　译

戏作三昧[1]

一

天保二年（1831）九月一天上午。神田同朋町的松汤澡堂，照例一清早便浴客熙熙攘攘。式亭三马[2]几年前出版的滑稽本里曾写道："那浮世澡堂，简直便是神、释、色与无常的大杂烩。"如今这澡堂中的光景，实与那时毫无二致。但见澡堂里热气蒸腾，透过窗户射进来的日光，影影绰绰能瞧见一个个湿淋淋、光溜溜的身子，挤在狭窄的冲澡处，晃来晃去：一个梳老婆髻[3]的，泡在池子里哼"俗曲"；有个梳本多髻的，站在穿衣处拧手巾；还有锛儿头上挽个大银杏髻的，正让人搓他那刺过青的后脊梁；另一个梳由兵卫髻的家伙，从方才就一个劲儿地洗脸；有个秃子坐在水槽前不停地冲洗；再就是留着娃娃头的小崽儿，一心在玩小竹桶和瓷金鱼。真个是热闹非凡。先是哗哗的浇水声和木桶的碰撞声，其次便是聊大天哼小调的，最后从账房那边还不时传来木铎声。总之，池汤的入口处，人称"石榴口"，里里外外一片嘈杂，就跟打仗一样。且不说商贩乞丐之流会掀开帘子闯进来，洗澡客进进出出,更是不在话下。

就在这片闹嚷嚷中,有个年过六旬的老人,斯斯文文挨在角落里,静静地搓着身上的污垢。两鬓的头发干黄寒碜,眼睛像是也有些毛病。人瘦,身子骨倒还蛮结实,可以说挺硬朗。手脚上的皮肤已松,却透着一股不服老的劲头儿。脸盘也如此,宽宽的腮帮子,略嫌大的嘴巴周围,显得精力旺盛,有股子野劲儿,几乎不减当年。

老人仔细洗完上身,也不用存在澡堂里的自留桶冲一冲,便洗起下身来。不论用黑色的搓澡巾搓多少遍,他那又干又皱的皮肤也搓不出什么污垢来。八成是勾起了迟暮之感,老人只洗了一条腿,忽然泄了气似的,拿搓澡巾的那只手竟停了下来。望着桶中混浊的水面,分明映出窗外的天空,红红的柿子,稀稀拉拉挂在枝头,下面,露出瓦屋顶的一角。

这时,老人的心头投下一道死亡的阴影。倒也不是要过他命、令人忌讳的那种死。说起来,不过像这桶中的天空一样宁静可人,是一种解脱烦恼、安然寂灭之感罢了。

---

1 本篇主人公曲亭马琴(1767—1848),本名泷泽兴邦,系戏作代表作家,其主要作品有《椿说弓张月》《八犬传》等。《八犬传》,我国有李树果译本。
2 式亭三马(1776—1822),亦为戏作家之一,其代表作《浮世澡堂》,有周作人译本。
3 明治维新前,日本男子梳发髻,下文提到的本多髻、大银杏髻、由兵卫髻等,均为不同的发型。

要是能摆脱一切尘劳,长眠不起——像个无知无识的孩童,梦都不做一个,就那样睡过去,该是何等快意!想我非但为谋生疲于奔命,几十年来还苦于不停地写作,弄得身心疲惫不堪……

老人不禁怃然,抬起眼睛。周遭的谈笑依旧好不热闹,与此同时,一个个浴客赤条条的,在水蒸气里动来动去,令人眼花缭乱。石榴口那儿的俗曲声中,这会儿又夹着别的小调。此刻落在他心头的阴影,永恒之类的问题,在这里当然丝毫也看不到。

"哎哟,先生!想不到会在这种地方遇上您老。曲亭先生一清早就来洗澡,在下真是做梦也想不到。"

老人冷不防给人一招呼,这才回过神来。一看,身旁有个人红光满面,中等个儿,梳着细银杏髻,面前摆着自留桶,肩上搭块湿手巾,笑得甚开心。看样子是刚从池子出来,正要用干净水冲身。

"你照旧好兴致,好得很嘛。"

马琴微微笑着,略带挖苦地答道。

二

"哪儿的话,一点也不好。要说好,先生的《八犬传》,才越写越出彩儿,越发有奇趣,写得棒极了!"

细银杏髻说着,把肩上的手巾放到桶里,抬高嗓门,高谈阔论起来。

"想那船虫[1]装成盲女,要杀小文吾。小文吾给抓起来,遭到严刑拷打,被庄介救了出来。这一安排,实在妙不可言。于是乎庄介与小文吾才有重逢的机缘。不才如我,近江屋平吉,虽说只是一个小杂货店主,但对小说,自信颇懂行。而先生的《八犬传》,就连在下,也无可挑剔,令人佩服之至。"

马琴一声不响,又洗起脚来。当然,对爱看他小说的读者,他一向颇有好感。不过,他倒不会因为有好感就改变对那人的看法。像他这种聪明人,这么做,本是顺理成章的事。反过来说,即使对某人有看法,也从不会影响他对其人的好感,这确也有点怪。所以,有的场合,他对同一个人既瞧不起,又抱有好感。像这位近江屋平吉,便是这样一位读者。

"能写出那样的杰作,花的心血,想必也非同寻常。在当今,先生可谓日本的罗贯中哩——哎呀,这话说得冒失啦,得罪得罪。"

平吉放开嗓门大笑起来。八成让他的声音吓了一跳,旁边有个矮个子正在冲澡,皮肤黑黢黢的,挽个小银杏髻,长了一对斜眼,回头瞅瞅马琴和平吉,做了个怪相,朝地上唾了一口痰。

---

[1] 船虫及下面出现的小文吾、庄介等,均是《八犬传》中的人物。

"你还热衷于写俳句吗？"马琴巧妙地换了话题。倒不是在乎斜眼的表情。以他衰退的视力哪儿还能看清这些个，这倒是他不幸中的万幸。

"承先生垂询，惶恐之至。在下虽好此道，却作不好。尽管觍着脸到处现眼，今儿参加个诗会，明儿又去赴个诗社，却不知为什么，总不见长进。先生如何？对和歌、俳句之类，是不是也饶有兴趣？"

"不，不大擅长此道。原先倒也写过。"

"您这是说笑话。"

"哪里，看来是与性情不合，至今都没入门呢。"

马琴说到"与性情不合"，格外加重了语气。他并不认为自己作不来和歌、俳句。当然，在这些事上，也自认并不缺少才气。只不过他一向瞧不起这类艺术。因为，和歌也罢，俳句也罢，形制实在过于微小，容纳不下他的全部构思。一首和歌，一句俳句，无论叙景抒情有多精彩，所表现的内容，较之他的作品，充其量只抵得数行而已。在马琴眼里，那是第二流的艺术。

三

马琴加重语气，说"与性情不合"，就包含了这层轻蔑。不幸的是，这位近江屋平吉，压根儿没听出其中的弦外之音。

"噢,竟是这么回事啊。在下还以为,像先生这样的大作家,写什么都能得心应手。咳,俗话常说,人无全才。"

平吉拿拧干的手巾,吭哧吭哧把皮都搓红了,带点客套地这样说道。马琴原是谦虚之辞,平吉竟照字面去领会。自尊心甚强的马琴,大为不满。尤其平吉客套的口吻,更叫他不痛快。他便把手巾和搓澡巾往地上一扔,坐直了身子,板起脸,盛气凌人地说道:

"话又说回来,像时下的和歌诗人,或是俳句宗匠,他们那点能耐,我自信还及得上。"

话一出口,顿时难为情起来,觉得自己的自尊心,简直像个小孩子家。方才平吉对《八犬传》大加赞赏,自己也没觉得有多高兴,这会儿,给人家看成不会写和歌、俳句,倒又不满意起来,这不明摆着自相矛盾吗?他猛省过来,慌忙拿起桶,从肩膀一直浇了下去,像是要把心里的羞愧给冲掉似的。

"就是嘛。要不然,您老也写不出那样的杰作呀。这么说来,在下能看出先生会作和歌、俳句,实在是好眼力呀。咳哟,怎么自吹自擂起来啦。"

平吉又放开嗓门,大笑起来。方才那个斜眼已经不在跟前。吐的那口痰,也让马琴的冲澡水冲掉了。可是,马琴倒比刚才越发感到不安。

"哎呀,尽顾了说话,我也该到池里泡泡了。"

马琴有说不出的狼狈,一面打着招呼,慢腾腾地站起身来,一面又生自己的气,感到该离开这位好心眼的忠实读者。见马琴那么神气十足,平吉好像觉得,连他这个读者都脸上增光似的,便朝马琴的身后说道:"那么,请先生改天作首和歌或俳句,好吗?您老答应啦?可千万别忘喽。那在下也就此别过了。知道您老忙,不过,路过我家的时候,请进来坐坐吧。在下也要去府上叨扰。"

说完,又涮起手巾来,眼睛望着马琴走向石榴口的背影,心里琢磨着,遇见曲亭先生这件事,回家后,该怎么讲给老婆听才好呢?

四

石榴口里暗得像傍晚一样,热气蒸腾,比雾还浓。马琴眼睛不好,跌跌撞撞地扒拉开浴客,好歹摸索到池汤的一角,总算把满是皱纹的身子泡了进去。

水有点热。他感到热水连指甲都浸透了,不禁长长吁了口气,慢悠悠地四下里打量着。昏暗中,好像露出七八个脑袋。有说话的,有唱小曲的。热水融化了人身上的油腻,滑不唧溜,水面上反射着从石榴口照进来的昏暗光线,悠悠地晃荡着。令人恶心的澡堂子味儿,直冲鼻子。

马琴的想象,向来带点浪漫色彩。就在这澡堂的热气里,无意中,眼前浮现出一个场景,是他正打算写的小说里的。一艘沉甸甸的乌篷船。船外,海面上似乎正日暮风起。浪打船舷,听来沉重滞浊,像油在晃动。与此同时,乌篷船也呼啦呼啦作响,八成是蝙蝠在拍打翅膀。有个船夫放心不下这声音,悄悄从船舷探出头去察看。海面上雾蒙蒙的,只有红红的月牙儿,阴沉沉挂在天上。于是……

正想到这儿,一下子给打断了。因为他忽然听见石榴口那边,有人对他的小说在说长论短。声调也好,语气也好,分明是故意说给他听的。马琴本想从水池里出来,却又打消了念头,一动不动听他数落。

"什么曲亭先生、著作堂主人的,净说大话,马琴写的那玩意儿,全是炒人家的冷饭。说白了吧,他那本《八犬传》,还不是现成抄的《水浒传》!话又说回来,咳,要是不挑剔,有些故事还算有点意思。好歹有人家中国小说打底儿不是?所以呀,他那本书,光是看一遍,就乖乖不得了。可是,这回干脆又抄起京传[1]的来了。我简直傻了眼,气都生不出来了。"

马琴老眼昏花,眯缝着眼去看那个嚼舌头的人。因为热气挡着,看不大清,像是方才身边那个挽小银杏髻的斜眼儿。要真是他,没准是平吉刚才夸《八犬传》,惹他憋了一肚子火,才故意拿马琴出气。

---

[1] 即山东京传(1761—1816),江户后期的戏作家,所著读本、洒落本自成一家。

"头一点，马琴写的玩意儿，全靠耍笔头子，肚里没一点货色。就算有，也像个教私塾的冬烘先生，不过讲一通四书五经罢了。因为他对当今世事，一窍不通。证据就是，除了陈年旧事，他压根儿没写过别的。把阿染和久松[1]写得活灵活现，他没那本事。所以，才写什么《松染情史秋七草》[2]。照马琴大人的口气学舌的话，这种例子多得数不胜数。"

要是自己自认高出对方，你就是想恨对方也恨不起来。对方这么损自己，马琴尽管恼火，却也怪，竟恨他不起来。相反，倒是极想表示一下自己的轻蔑。之所以没这么做，恐怕是因为上了年纪，火气压得住的缘故。

"要讲写小说，一九[3]和三马才了不起呢。人家写的人物，浑然天成，都写活了。决不靠耍小聪明，卖弄半吊子学问，胡编乱造。这一点上，跟蓑笠轩隐者[4]之流，不可同日而语。"

凭马琴的经验，一旦听到别人说自己作品的坏话，不但会不高兴，而且还感到害处不小。要说呢，倒不是因为承认人家说得对，就会沮丧，没了勇气。其实，他的本意

---

[1] 阿染与久松实有其人，因双双情死，成为江户时代歌舞伎、木偶净琉璃脚本的题材。
[2] 《松染情史秋七草》(1808)，系马琴根据阿染和久松情死事件改编的小说。
[3] 一九，即十返舍一九（1765—1831），江户后期的戏作家，以《东海道徒步游记》等滑稽小说而知名。
[4] 马琴的别号。

是，如果硬要否定人家说得不对，往后创作起来，动机反会变得不纯。动机一不纯，其结果，创造出来的艺术，往往就不成样子，他怕的是这个。那些专门媚俗的作者又当别论，但凡有点骨气的作家，格外容易陷入这种险境。所以，别人对自己小说的恶评，直到如今，马琴尽量不去看。不过，想归想，却又禁不住想看看究竟是怎样的恶评。此刻，他之所以在澡堂里听小银杏髻信口雌黄，一半原因也是受了这念头的蛊惑。

他觉察到这一点，立马责备自己，竟然还泡在池汤里虚度光阴，真是愚不可及。于是，不再理会小银杏髻的尖嗓门儿，一脚跨出石榴口。隔着热气，看得见窗外的蓝天，还看见蓝天下暖洋洋地沐浴着阳光的柿子。马琴走到水槽前面，平心静气地用清水冲身。

"反正马琴欺世盗名。亏他号称日本的罗贯中呢。"

澡堂里，那人大概以为马琴还在场，照旧痛斥腓力[1]，骂不绝口。偏巧是个斜眼儿，兴许没看见马琴早已跨出了石榴口。

五

然而，马琴出了澡堂，心里沉甸甸的。斜眼儿倒是得

---

[1] 此处芥川用的是英文"Philippics"一词的日文外来语，借古雅典辩家狄摩西尼抨击腓力王演说一事，转指小银杏髻之批评马琴。

计了，那番刻薄话，起码在这点上，还真奏了效。马琴走在秋高气爽的江户街头，对方才在澡堂听到的恶言恶语，以自己的眼光，一一审视，严加品评。他当即就弄清一件事：不论从哪一点上来看，都是不值一顾的谬论。话虽如此，一度给扰乱的心情，却轻易平静不下来。

他抬起闷闷不乐的眼睛，望着两旁的店家。店里的人，与他的心境了不相涉，个个都为当日的营生忙活。土黄布上印着"各地名烟"的布帘子，梳子形的"正宗黄杨木"的黄招牌，写有"轿灯"字样的挂灯，还有上书"卜筮"二字的算卦招子——这些东西杂乱无章地排了一溜，乱糟糟地从他眼前掠过。

"这些恶言恶语，我压根儿不放在眼里，可为什么心里这样烦躁呢？"

马琴接着又想：

"让自己不高兴的，首先是那个斜眼儿对自己心怀恶意。不拘什么理由，只要别人对自己怀有恶意，心里就会别扭。这有什么法子！"

想到此处，对自己的怯懦，不免有些羞愧。其实，像他那样目空一切的人固然不多，对别人的恶意敏感到这地步的，也着实少有。从行为上说，虽说结果相异，原因实乃相同，即同一神经不同作用之故也。这事他当然老早就有所察觉。

"不过，让我不快活的，还另有缘故。那就是，自己被迫落在这样一个处境，成了斜眼儿的对头。我一向不喜欢跟人交恶，所以从来不去争强斗胜。"

推究至此，还想再深究一步时，不料心情起了变化。他嘴巴本来抿得紧紧的，这时忽然咧了开来，从这一点上也看得出来。

"最后，把自己弄到这地步的，居然是那个斜眼儿。这事儿真让人不痛快。要是对手多少高明些，自己准不甘示弱，将这不痛快回敬过去。可是，要跟那么个斜眼儿叫阵，再怎么着，也不屑于此啊。"

马琴一面苦笑，一面仰望高空。老鹰欢快的叫声，同阳光一起雨点般地落了下来。一直郁闷不舒的心情，渐渐轻快起来。

"总之，不管斜眼儿如何恶意中伤，顶多让我不自在罢了。老鹰叫得再响，太阳也不会停止旋转。我的《八犬传》，必能完成。到那时，日本就有了从古到今无与伦比的一大传奇！"

他恢复了自信，安抚自己道。在窄巷中拐了个弯，静静地朝家走去。

六

到家一看，暗乎乎的门厅里，脱鞋石上摆了一双麻花绊的雪屐，挺眼熟。一见之下，来客那张平板单调的脸，立刻浮在眼前。一想到又要耽误工夫，心里不免生厌。

"今儿上午算又白糟蹋了，唉！"一边想，一边上了木板地。女用人阿杉慌忙出来迎接，手拄地上，跪在那儿，仰头看着他脸说道：

"和泉屋老板正在屋里等您回来呢。"

马琴点了点头，把湿手巾交给阿杉。可他不想马上进书房。

"太太呢？"

"朝香去了。"

"少奶奶也去了？"

"是。带了小少爷一起去的。"

"少爷呢？"

"去了山本老爷家。"

家里人全出门了。他有点扫兴。不得已，只好拉开挨着门厅的书房门。

一看，客人端坐在屋子中间，正在抽一管细细的银烟袋，白脸膛上油光光的，拿捏着一股子劲儿。马琴书房里，除了裱着拓本的屏风，壁龛里挂着一对"红梅黄菊"条幅外，再没一件像样的装饰品。挨着墙，清一色摆了一排五十几只桐木书箱，倒也古色古香。窗户纸恐怕过了年还没换过。东一块西一块补窟窿的白纸上，在秋阳的辉映下，斜映出硕大的芭蕉残叶在婆娑弄影。正因此，客人的华丽服饰，同书房的氛围就越发显得不相称。

"哟,先生,您回来啦。"

槅扇一拉开,客人就圆滑地打招呼,还毕恭毕敬低头行了个礼。他就是书铺老板和泉屋市兵卫。当时《新编金瓶梅》声誉甚高,仅次于《八犬传》,便是由他承印的。

"等了不少工夫吧?偏巧今儿一早去洗了个澡。"

马琴不经意地皱了下眉头,依旧彬彬有礼地坐下来。

"哎呀,一清早去洗澡?真是不错呢。"

市兵卫一声感叹,好似大为钦佩的样子。不论多点小事,他都能信口恭维,钦佩一番,这种人很少见。何况那钦佩又是装出来的,就更加少见。马琴慢条斯理地抽着烟,照例赶紧把话转到正事上。他尤其不喜欢和泉屋老板钦佩人的劲儿。

"不知今儿有何贵干?"

"嗳,那个,又来请您赐稿哟。"

市兵卫指尖捏着烟袋转了一下,说话一副娘娘腔。这家伙性格有些怪。多数场合,表里不一。而且,何止是不一,经常是完全相反。一旦执意要做一件事时,说起话来,准是拿出一副娘娘腔来。

马琴一听这声音,不由得又皱起眉头。

"要稿子?那可不成。"

"哦,有什么为难吗?"

"何止为难!今年我接了几部小说,压根儿腾不出手弄长篇。"

"难怪。真是大忙人呀。"

说完,用烟灰筒磕了磕烟袋上的灰,刚才的话仿佛忘得一干二净,脸上像没事人似的,冷不丁提起鼠小僧次郎太夫的事来。

七

鼠小僧次郎太夫原是有名的大盗,今年五月上旬被捕,八月中给枭首示众的。他专偷大名府,偷来的钱财全施舍给穷人,所以得了个"侠盗"的怪名,备受称赞。

"先生,听说被盗的大名府有七十六家,盗走的钱共有三千一百八十三两二分之多,真令人吃惊。虽说是个强盗,却非一般人所能做到。"

马琴不禁动了好奇心。市兵卫说这话,心里得意得很,因他总能给作者提供些素材。这一得意,不用说,常惹得马琴恼火。恼火归恼火,好奇心照旧给吊起来。马琴有相当的艺术天赋,这方面格外容易上钩。

"嗯,是了不起。我也听到种种传说,没想到真如此厉害。"

"反正该算是盗中豪杰吧。听说从前当过荒尾但马守的随从,所以对大名府内的情形,才轻车熟路的。行刑前游街示众,据看光景的人说,人长得胖墩墩的,还挺招人喜欢,身穿一件越后产的蓝绉绸裖子,里面衬的是白绸子单和服。这人物,不恰好该在先生的小说里出场嘛!"

马琴含糊其辞地应了一声,又点上一袋烟。而市兵卫可不是含糊其辞就能打发掉的。

"您看怎么样?能不能把这个次郎太夫写进《新编金瓶梅》里?您忙,我再清楚不过了。就请勉为其难,答应下来吧。"

说到这里,从鼠小僧一下又回到催稿的事上。他这套把戏马琴早已见惯,仍是不肯应承。非但如此,比方才越发不痛快。虽说是一时中计,上了市兵卫的当,自己居然动了几分好奇,真是愚蠢透顶。烟抽得寡淡无味,一面说出这样一番道理来:

"首先,勉强去写,总归也写不出好东西来。不用说,那会影响销路。你们也会觉得没意思不是?所以呀,照我的意思去办,对双方都好。"

"话虽如此,可还是想请您勉力而为,您看行不行?"

市兵卫一边说,一边用视线"抚摸"马琴的脸(这是马琴形容和泉屋老板某种眼神的话),鼻孔里不时喷出烟来。

"无论如何也写不出来。就是想写,也没工夫。没法子。"

"那可难倒我了。"

说着,这回突然把话锋转到作家同行之间的事上来。两片薄薄的嘴唇,依旧叼着细细的银烟袋。

八

"听说种彦[1]又有新书要出版了。无非是丽辞华藻、哀戚悲切的故事罢了。种彦写的东西,自有他种彦才有的独特之处,别人是写不来的。"

不知市兵卫是什么心思,凡提到作家名儿,不管对谁,从不加尊称。马琴每回听他这么直呼姓名,心里就想,他背后对自己恐怕也是直呼"马琴"的吧。这种浅薄小人,把作家当成雇来的伙计,称名道姓的,自己凭什么要给他写稿子?逢到肝火旺的时候,就越想越来气,这是常有的事。本来就没好脸色,这会儿一听种彦的名儿,就越发难看起来。市兵卫却好像满不在乎。

"然后我们还琢磨着,要不要出春水[2]的小说。先生讨厌他,可他倒挺投合那班俗人的趣味呢。"

"唔,是吗?"

记得几时曾见过春水来着,眼前浮现出他那张脸,显得格外的猥琐。春水直言不讳,说:"我才不是作家呢。不过是为赚钱,投读者之所好,写些艳情小说供他们消遣罢了。"这话马琴早就有所耳闻。不用说,他从心里瞧不

---

[1] 柳亭种彦(1783—1842),江户后期的戏作家,《伪紫田舍源氏》为其代表作。
[2] 为永春水(1790—1843),江户后期的戏作小说家,以人情本小说《春色梅儿誉美》著称。

起这号不像作家的作家。尽管如此,此刻听见市兵卫不加尊称,直呼其名,仍情不自禁感到愤愤然。

"总之,要说写那类色情故事,他最拿手啦。而且,笔头上是出名的快手。"

说着,市兵卫睃了马琴一眼,然后赶紧又盯住衔在口中的银烟袋杆。刹那间,他的表情显得非常下流。至少马琴这么觉得。

"他写得那么快,据说是走笔如神,不写上三两章,就不能罢手。先生有时是不是下笔也很快呀?"

马琴心里不仅不痛快,还觉得受了胁迫。他自尊心甚强,不愿意别人拿自己和春水、种彦之流相提并论,看究竟谁的笔头快。马琴其实是属于写得慢的。他认为那是自己没能耐,也常有泄气的时候。可是话又说回来,他又时时把笔头的快慢,当作衡量自己艺术良心的尺度,而且深以为贵。可是,自己心里怎么想又当别论,听任那班俗物来妄加訾议,则断断不容许。于是,他朝壁龛的红枫黄菊望过去,一吐心中块垒道:

"那得看时间和场合。有时快,有时慢。"

"哦哦,得看时间和场合。原来如此。"

市兵卫第三次叹服。不过,他决不会这么叹服一下就罢休的。紧接着,劈面就问:

"那么,一再提到的稿子的事,您是不是已答应下来了?像春水他……"

"我跟春水先生不一样。"

马琴有个毛病,生起气来,下嘴唇爱朝左撇。这工夫,猛一下朝左撇了过去。

"恕不从命。——阿杉,阿杉!和泉屋老板的鞋子摆好了吗?"

九

马琴将和泉屋市兵卫撵走后,一个人靠着廊柱,望着小院里的景致,肚里的火还没消,他极力想法儿压下去。

阳光洒满一院子,叶子残破的芭蕉,快秃光的梧桐,青青的罗汉松和绿绿的竹子,暖洋洋地一起领受这只有几坪[1]大的秋色。这边,净手钵旁的芙蓉花,七零八落,只剩下了几朵。对面,种在袖篱外的桂花,却依旧香气袭人。老鹰的叫声,似笛子般清脆,时不时自蓝天远远飘落下来。

面对自然,他不由得想起人世间的卑劣来。人之所以不幸,就缘于住在这卑劣的人世间,为这卑劣所烦恼,连自己的言行也不得不变得卑劣起来。就在方才,自己把和泉屋给撵走了。撵人走这种事,当然不是什么高尚之举。可是,对方实在卑劣,自己是给逼到那一步上的,非那么

---

[1] 坪为日本土地或建筑面积单位,1坪约合3.3平方米。

做不可。结果，就那么做了。那么做，只能说明自己也变得卑劣起来，跟市兵卫是半斤八两。换句话说，自己身不由己，已然堕落到这个份儿上了。

想到这里，他记起前不久发生的同样一件事。去年春天，有个叫长岛政兵卫的人，住在相州朽木上新田一带，写信给马琴，要拜他为师。信上称，我自二十一岁耳聋，便决心要以文章扬名天下，直到二十四岁的今天，始终潜心于写小说。不用说，我是《八犬传》和《巡岛记》的忠实读者。不过，待在这种乡野，对修业习艺，总归多有不便。因此，能否到府上来，收留我权当门客？另外，我还有够出六册书的小说原稿，想请您斧正，并代觅合适的书局出版。——信的大意如此。在马琴看来，对方这些要求，全是一厢情愿的如意算盘。马琴苦于视力不好，知道对方耳聋，便生出几分同情。于是，回信说，所求之事，碍难接受。马琴这么写，可以说是够郑重其事的了。岂料对方回信，从头到尾，除了谩骂，就没别的。

信的开头是这么写的：你的《八犬传》也罢，《巡岛记》也罢，写得又长又臭，我是耐着性儿才看完的，而你，对我的小说，仅有六册，却连看都不肯看一眼。你的人格有多低下，这不是明摆着的事吗？结尾则大肆攻击：身为前辈，竟不肯收留个晚辈当门客，真是吝啬鬼。马琴一怒之下，当即回信。信中还写了这样一句话：我的小说，竟为足下这种浅薄之徒所读，实为我终生之耻。从那以后，就杳无音信。如今那个政兵卫是不是还在写小说？是不是还在梦想着，有朝一日，他的小说在日本广为传诵呢……

想起这件事，不禁觉得政兵卫很可怜，自己也很可怜。这样一来，又引发马琴一种说不出的寂寥之情。太阳无忧无虑地照着桂花，香气四溢。芭蕉和梧桐悄然无声，叶子连动都不动一下。老鹰也和原先一样，叫得还是那么欢快。这大自然，还有这人世间……马琴像做梦似的，靠在廊柱上发呆，直到十分钟后，女用人阿杉来禀报，午饭已经做好了。

十

马琴一个人无情无绪地吃完午饭，这才回到书房。心里有说不出的烦乱，很不痛快。为让自己平静下来，便翻开很久都未翻过的《水浒传》。一翻就翻到风雪夜，豹子头林冲在山神庙看到火烧草料场那段。戏剧性的场面，照例引起他的兴致来。可是看了一段，反倒有些不安起来。

家人朝香去，还没回来。屋里鸦雀无声。他打起精神，对着《水浒传》，百无聊赖地抽起烟来。烟雾中，脑子里又冒出向来就有的一个疑问。

身为道德家和艺术家，那个疑问，一直缠绕不去。以前,对"先王之道"他从来没疑心过。就像他自己公开说过的那样,他的小说就是"先王之道"在艺术上的表现。这倒没什么矛盾。可是,"先王之道"赋予艺术的价值,同他在感情上想赋予艺术的价值,想不到相差甚远。他心中道德家的一面,肯定前者,而艺术家那面,当然是认可后者。讨个巧,用妥协的办法来摆脱这矛盾,他也不是不想。其实,他就公开说过些模棱两可的话,想拿调和的腔调,掩饰他对艺术的含糊态度。

然而,他骗得了人,却骗不了自己。他否定戏作的价值,称之为"劝善惩恶的工具",可一旦碰上汹涌而来的艺术灵感,心里立即会感到不安。《水浒传》中的一段,之所以出其不意,给他的心情以这种影响,就是这个因由。

在这点上,马琴心里是胆小的,他一声不响地抽着烟,硬把心思转到还没回家的亲人身上。然而,《水浒传》就摆在眼前。不安的念头始终围着《水浒传》兜圈子,怎么也赶不走。正在这工夫,好久没上门的华山渡边登[1]来了,来得恰是时候。穿着和服外褂和裙裤,腋下夹了个紫包袱,大概是来还书的。

马琴好高兴,特意走到门厅去迎接这位好友。

---

1 华山渡边登(1793—1841),江户后期的画家,并精通汉学、兰学。因著书谴责幕府闭关自守政策,被迫自杀。

"今儿个来,一是还书,二来有件东西想请您看看。"

华山一进书房,果然就这样说道。再一看,除了包袱,还拿着一卷像是绢画的东西,外面用纸裹着。

"要是有空,就请过过目。"

"噢,那就让我先睹为快吧。"

华山似乎有些兴奋,故意微微一笑,来掩饰自己的心情,一边打开卷在纸里的绢画。画上画着几株萧森、光秃的树,远远近近,稀稀落落,林间站着两个抚掌谈笑的男人。无论是散落在地上的黄叶,还是麇集在树梢上的乱鸦,画面上无处不流露着微寒的秋意。

马琴凝视着这幅淡彩的寒山拾得像,眼里渐渐闪动着柔和温润的光辉。

"你总是画得这么出色。让我想起了王摩诘。是意在'食随鸣磬巢乌下,行踏空林落叶声'吧?"

十一

"这是昨天刚画完的,还算满意。要是您老人家喜欢,打算送给您,所以就带来了。"

华山摸着刚刮过胡子还青乎乎的下巴,踌躇满志地说。

"当然,说是满意,不过是在至今所画的画里差强人意而已。总是画得不能得心应手呀。"

"那太谢谢了。一向承你厚赠,实在过意不去。"

马琴眼里看着画，嘴上喃喃道着谢。不知怎的，心里蓦地闪过，还有工作撂在那里没做完呢。而华山，好像也在琢磨自己的画儿。

"每次看古人的画，总要想，怎么画得这么精妙！树是树，山石是山石，人物是人物，真是绘影绘神，把古人的心情画得悠悠然，简直呼之欲出。能画到这一步上，实在了不起。而我，说起来，水平还及不上个孩子。"

"不过，古人也说过，后生可畏呀。"

马琴瞅着华山，见他只顾想自己的画，心里似乎有点妒忌，例外开了句玩笑。

"后生的确可畏。所以，我们给夹在古人和后生之间，身不由己，只有任人推着赶着往前走的份儿。恐怕不光我们是这样。古人大概也同样，后生想必也会如此。"

"不错，要不往前走，立即就会给推倒了。这样看来，最要紧的是，得先想法子，如何往前走，哪怕走一步也好。"

"正是。这比什么都要紧。"

宾主为各自的话所感动，两人一时都不作声，侧耳聆听秋日里那些轻微的动静。

"《八犬传》写得还顺手吧？"

隔了一会儿，华山转过话题问道。

"哪里，毫无进展，真没法子。这方面似乎也不及古人呢。"

"您老人家要这么说，我们就更惭愧了。"

"要说惭愧,我比谁都惭愧。不过,无论如何也得尽力而为,除此别无他法。最近,我准备豁出去,跟《八犬传》拼老命了。"

说着,马琴难为情似的苦笑了一下。

"虽然也想过,大不了是个戏作罢了,可是,做起来却没那么简单。"

"我画画儿也一样。既然画了,我就想,尽我所能,一直画到底。"

"彼此都在拼命哪。"

两人放声大笑起来。然而,那笑声里,充溢着只有他俩才知道的寂寞。与此同时,这寂寞,同样又使宾主二人感到一阵强烈的兴奋。

"不过,画画儿很叫人羡慕呀。至少不会受到公家指责,这比什么都强。"

这回马琴把话锋一转。

十二

"那倒没有。但您老人家写的东西,无需担这个心吧?"

"哪儿呀,多着呢。"

于是,马琴举了一件实事为例,说明书籍审查大人专横到了极点。他小说里有一段写到当官的受贿,为此便下令要他改写。对这件事,马琴批评道:

"审查大人那班家伙，越是找碴，越露马脚，有趣得很。他自己受了贿，就嫌人家写受贿的事，非逼你改掉不可。因为他们自己下流，爱动邪念，只要涉及男女之情的，不管什么书，立马就说是淫书。而且，还自以为道德上比作者高多少似的，真让人哭笑不得。俗话说，猴子照镜子——龇牙咧嘴。因为自知低人一等，有气。"

马琴一个劲儿地打着比方，华山不禁笑了起来。

"这类事大概挺多。不过，即使被迫改写，也不会有损您老人家的颜面。管他审查大人说什么，好作品总归是好作品。"

"话是这么说，蛮横无理的事，实在太多了。对了，还有一次，写到探监人去送吃的和穿的，也给删掉了五六行。"

马琴说着说着，竟和华山一起呵呵地笑了起来。

"可是，过了五十年一百年，那些审查大人已成粪土，而《八犬传》则留存后世。"

"《八犬传》留下来也罢，留不下来也罢，反正我觉得，不管什么时候都会有审查大人。"

"是吗？我倒不那么认为。"

"就算审查大人没有了，审查大人那一号人，不管什么世道都不曾断过。要是以为焚书坑儒只有古时候才有，那就大错特错了。"

"近来，您老人家净说些灰心的话。"

"倒不是我灰心。是审查大人横行的世道让我灰心。"

"那就努力创作,岂不更好?"

"看来只好这样了。"

"那咱们就一道拼命吧。"

这回,两人谁都没笑。非但没笑,马琴还神情庄重地瞅着华山。华山这句像是玩笑的话,竟令他出奇地觉着刺耳。

"年轻人首先得明白,活下去才是正经。想拼命,什么时候都能拼。"

过了一会儿,马琴这么说道。他知道华山的政治见解,这时,忽然感到一丝不安,故而才这么说。华山只是笑了笑,不想回答。

十三

华山走后,马琴趁这股兴奋劲儿还没退,觉着该接着写《八犬传》,便照常对着桌子坐了下来。他一向有个习惯,总是先把头天写好的通读一遍,然后再接着往下写。所以,今天也是先拿起行距又窄又密、朱笔改得满篇皆红的几页稿子,慢慢用心重读一遍。

不知何故,写的东西与自己的心意,一点都不贴切。字里行间,处处透着一种不纯的杂音,破坏通篇的和谐。起初,还以为是肝火太旺的缘故。

"得怪这会儿心情不好。这可是自己尽心尽力才写出来的。"

想到这儿,又重读一遍。可是,同方才没什么两样,还是很糟糕。心里一下慌了起来,都不像个老人样了。

"先头写的怎么样呢?"

他又看先前写的那段。照样是信手涂鸦,行文散乱,粗制滥造的词句比比皆是。接着又往前看。再接着往前看。

一直看了下去,展现在眼里的,竟是篇结构拙劣、章法混乱的作品。写景,不能给人留下一点印象;抒情,引不起别人的共鸣;而议论,又没丝毫道理可循。花了好几天的心血,写出来的几章稿子,今儿让他一瞧,净是些没用的饶舌。他顿时痛苦得像心上挨了一刀。

"只好从头再写了。"

马琴心里这样叫着,把稿子恨恨地一推,支起一只胳膊,侧身躺了下去。兴许还在惦记稿子的事,眼睛一直没离开书桌。就在这张书桌上,他写下了《弓张月》《南柯梦》,如今又在写《八犬传》。桌上的端砚,蹲螭形的镇纸,蛤蟆形的铜笔洗,雕有狮子、牡丹的青瓷砚屏,以及刻着兰花的孟宗竹根笔筒——所有这些文具,对他创作的艰辛,早已司空见惯了。看着这些文具,觉得这回失败,给他毕生的劳作投上了一道阴影——他禁不住怀疑起自己的真正实力来,不免忧心忡忡,有种不祥之感。

"直到方才,还寻思着,要写一部在当今之世无与伦比的巨著来着。没准也跟别人一样,不过是种自负而已。"

这种忧心,益增他孤独落寞之感,最是叫人不堪忍受。他并没忘记,凡是他尊敬的日本和中国文豪,在他们面前,自己从来都是谦恭的。但在同时代作家里,他对那些庸庸碌碌之辈,则极是傲慢不逊。结果,自己的能力竟同他们半斤八两,而且还是个讨厌的辽东豕[1],他马琴,怎能甘心承认这个事实呢?然而,他的"我执"太强,没法用"彻悟"和"断念"来解脱自己。

他躺在书桌前,瞧着这部失败的稿子,那眼神,就像遇难的船长,眼睁睁瞅着船往下沉。他闷声不响,一直在跟极度的绝望搏斗。要不是这当口,他身后的槅扇稀里哗啦给拉了开来,传来一声"爷爷,我回来啦",接着,一双柔嫩的小手搂住他的脖子,还不知要郁闷到什么时候呢。小孙子太郎一拉开槅扇,一下子就跳到马琴的腿上。只有小孩子才会这么大胆,没有顾忌。

"爷爷,我回来啦!"

"噢,回来得好快呀。"

说着,《八犬传》作者那布满皱纹的脸上,顿时笑逐颜开,就像换了个人似的。

---

[1] 辽东豕,典出《后汉书·朱浮传》,系少见多怪、自鸣得意、自负之喻。

十四

起坐间里很热闹,听得见老伴儿阿百的尖嗓子,还有儿媳妇阿路羞怯的声音。不时还夹带着男人的粗嗓门儿,好像儿子宗伯这时也赶巧回来了。太郎骑在爷爷腿上,故意装出一本正经的神气,望着天花板,像是侧耳聆听大人说话。小脸蛋给外面的凉气吹得红扑扑的,小小的鼻翼,随着呼吸一掀一掀的。

"我说呀,爷爷。"

穿着土红色出门衣裳的太郎,忽然开口道。孩子在极力想什么,又要拼命忍住笑,小酒窝儿一会儿露出来,一会儿又没了。那神情引得马琴直要发笑。

"每天要好好儿的。"

"嗯,每天要好好儿的?"

"用功啊!"

马琴扑哧笑了出来。一边笑一边接过话头问道:

"还有呢?"

"还有……嗯……还说不要发脾气。"

"哦哦,就这些吗?"

"还有哪。"

太郎说完,仰起梳着一绺髻的小脑袋,自己也笑了起来。他一笑,眼睛就眯成一条缝,露出白白的小牙,还有一对小酒窝儿。看他这小模样,怎么也想象不出,将来长大会变得像世人一样可怜。马琴虽然沉浸在天伦之乐里，心里却又这么嘀咕着。不过，却更忍不住想要逗他。

"还有什么？"

"还有哇，还有好多好多呢。"

"好多什么？"

"嗯——爷爷呀，以后会变得更了不起，所以……"

"变得了不起，所以？"

"所以说呀，您要好好忍耐。"

"是在忍耐啊。"

马琴不由得严肃起来，答道。

"说是还得好好、好好忍耐。"

"是谁这么说的？"

"是……"太郎调皮地瞅了爷爷一眼，笑了起来，"谁呀？"

"对了，你今儿个朝香去了，是听庙里老和尚说的吧？"

"不对。"

太郎马上摇摇头，从马琴腿上欠起半个身子，略微扬起下巴说：

"谁？"

"浅草寺的观音菩萨这么说的。"

说着就快活地笑了起来，声音大得全家都听得见，大概怕给马琴逮住，赶紧跳到一旁。没费劲儿便让爷爷上了他的当，开心得直拍手，一溜烟地朝起坐间逃去。

可是也恰在这一刻，马琴心里闪过一个再严肃不过的念头。他嘴上微微笑着，好不幸福。不知不觉，眼里噙满了泪水。这玩笑，是太郎自己想出来的，还是他娘教的？他不该问。这节骨眼上，能从孙子口中听到这样的话，马琴觉得不可思议。

"是观音菩萨这么说的？用功吧！别发脾气！而且要好好忍耐！"

六十多岁的老艺术家，含泪笑着，孩子气地点了点头。

十五

当天夜里。

座灯上罩着圆纸罩，光线不大亮，马琴在灯下开始续写《八犬传》。他写作时，家人谁都不得进书房。屋子里静悄悄的，只有灯芯儿的吸油声，和着蟋蟀的鸣声，枉然絮聒着漫漫长夜的寂寥。

刚下笔的时候，脑子里隐隐闪过一道光。等写过十行二十行，这光竟一点一点亮了起来。凭经验，马琴知道那是什么，便小心翼翼提笔往下写。灵感和火，如出一辙。不懂得生火，即使着了一下，马上又会熄掉……

"别急！尽量考虑得深一点！"

马琴几次提醒自己，不能由着一管笔，像脱缰的野马似的。方才脑子里那点光亮，微末如星，现在竟势同潮水,奔流直下,汛过江河。而且势头越来越猛,不容分说地把他推向前去。

不知什么时候,听不见蟋蟀声了。这会儿,圆座灯的光线虽不大亮,眼睛倒也不觉得吃力。一管笔气势如虹,纵横纸上。他拼着命写,那态度像同神明较劲儿似的。

脑子里的洪流,恰像横空的银河,不知从什么地方滚滚而来。

来势之猛,让他害怕。怕自己的体力,万一经不住怎么办?他紧捏着笔杆,一再对自己说:

"只要有口气,就一直写下去。要写的东西,这会儿不写,怕就写不成了。"

那股洪流像道朦胧的光,速度丝毫没有减缓。奔腾飞跃,让他应接不暇,淹没一切,汹汹然直袭而来。他完全给击垮了,把一切都抛诸脑后,顺着那股洪流,纵笔挥洒,势同狂风暴雨。

这时,他那有如帝王般威严的眼睛里,既不是利害得失,也非爱恨情仇,更看不到一丝一毫为毁誉所苦的心怀,而是充满不可思议的喜悦。或者说,那是一种感激之情,悲壮得让人神往。不懂得这种感激之情,怎么能咂摸到戏作三昧的甘美呢?又怎么能理解戏作家庄严的灵魂呢?这不正是"人生"吗?残渣污秽荡尽之后,仿佛一块崭新的矿石,光辉夺目,呈现在作者面前……

这时,起坐间里,阿百和阿路婆媳俩正对着灯,在做针线活儿。大概已经让太郎睡下了。身子瘦弱的宗伯,坐在一边,一直忙着搓药丸。

"你爹还没睡吧?"

阿百把针在油乎乎的头发上蹭了蹭,不大满意地嘟哝着。

"准是只顾写书,什么都忘了。"

阿路眼睛仍盯着针,低头答道。

"真拿他没办法。又赚不了多少钱。"

阿百说着,看了看儿子和媳妇。宗伯装作没听见,不言语。阿路也一声不响,继续飞针走线。不论这儿还是书房里,倒都听得见蟋蟀的唧啾,叫得秋意越发浓了。

大正六年十一月

高慧勤　译

西乡隆盛

这个故事是本间先生告诉我的。本间毕业于大学历史系，比我高两三级。他可是名人。写过两三篇关于维新史的有趣论文。去年冬天，我迁居镰仓。迁居的一周之前，我和本间在一起吃饭，偶然听他述及此事。

不知为何，他说的故事至今仍回旋在我脑际。所以，我要将之付诸笔端，也对新小说的编者们，聊尽一点寄稿之责。当然，之后我才听说，这个故事在文友之间乃一名段，被称作"本间先生的西乡隆盛"。这样说来，本故事在特定的社会层面中，或已人所共知。

本间先生叙述之时特别强调，"真伪的判断乃听者的自由。"本间先生所反对的，我自然也不会赞同。读者呢，只要像阅读过时的新闻报道那样，漫不经心地逐行阅读下去，我就心满意足了。

大约是八年以前的事情。一个寒冷的夜晚——时值三月下旬，虽说即将迎来清水樱花初绽的季节，但夹杂着雪花的降雨，仍令人感觉寒冷。当时本间还是大学学生，晚上九点一过，他便乘坐京都始发的上行快车，在列车的食堂里，独自饮上几杯白葡萄酒，并昏昏然地抽着 M.C.C 牌香烟。列车经过了米原车站，很快便接近了岐阜县境。隔着玻璃窗注视窗外，外面是一片漆黑。不时看得见微小的火光流向车后。可那是远处的灯光，还是火车烟囱里迸出的火花？着实难以判别。耳边，交织着寒雨敲击车窗的声音以及喧嚣的车轮下单调的咣当声。

约莫一周之前，本间先生利用春假来此研究维新前后的史料。顺便，他也想独自逛逛京都。然而抵达之后，才发觉需要探究的问题很多，希望观赏的名胜也是形形色色。他感觉那期间太忙了，不知不觉地压缩了休假的时间。甚至连新学期的备课时间，都已大大地减少。尽管他十分眷恋京都的舞蹈和保津川的乡间景色，也只好徒然地眺望东山。真觉得有点儿对不住自己。雨天，本间先生终于下了决心，他将物品收拾停当，走出草屋的大门。他身着制服、制帽，精力充沛地驱车到了七条的停车场。

然而赶上的却是一辆二等列车，车里挤得挪不开窝。列车员担心地望了望，总算为他找到了一块安身之地。可这点地方，根本无法睡觉。怎么办呢？卧铺自然早已售罄。本间先生暂时挤在一名陆军军官和其夫人之间。那军官膀大腰圆，酒气熏天，其夫人则一边睡觉，一边磨牙。被胖子那样挤着，本间先生尽量将身子缩小，然后沉醉在青年一般、漫无边际的空想之中。不一会儿，空想渐渐地枯萎了，身旁的压迫感却益发强烈。本间先生不得已，站起身将制帽放下占着位子,躲到隔着一节车厢的餐车中避难去了。

餐车里倒是空荡荡的,仅有一位旅客。本间先生坐到最顶头的餐桌前,要了一杯白葡萄酒。其实他并不想喝酒,只是现在没了睡意,借此打发时间罢了。态度简慢的男侍将琥珀色的酒杯放在他面前,他也只是嘴唇轻抿一下,随即点燃了M.C.C牌香烟。他喷吐的一个个蓝色小圈,在明亮的灯光下袅袅升腾。本间先生将双腿长长地抻往桌下,心中顿时感觉到一缕舒坦。

身体倒是轻松了,心情却奇异地仍旧郁闷。总觉得这样坐在这里,玻璃窗外的那般黑暗就会突然间破窗而入。或者,那白色桌布上整齐码放的盘盘罐罐,将顺着列车行进的方向滑落在地。车窗外骤雨哗哗。雨声中,本间他感到一种莫名的痛苦抑压。抬起眼睛,失神地环顾餐车内景。只见那镶着镜框的碗橱、几只颤动着点点光亮的电灯以及插着油菜花的玻璃花瓶,一面发出无法耳闻的声响,一面急不可待地涌入眼帘。然而在所有的这些物象中,更加吸引本间注意的却是对面桌上的一位食客。那食客的胳膊肘支在餐桌上,捏着一只威士忌酒杯慢慢地抿用。

食客是位须发斑白的老绅士。老绅士红光满面的双颊上,蓄着稀稀拉拉像似西洋人的颚须。尖鼻子上戴着一副金属框的鼻夹眼镜,更加强化了一种骄矜的感觉。他身穿一件黑色的西服。可是即便远远望去,也绝非上等洋服。——老绅士与本间几乎同时抬起了头，漫不经心地相互窥望。此时，本间心中不禁发出哎呀的轻微惊叫。

这是为何呢？本间只是感到，老绅士的这副面容，仿佛在何处见过。当然他也说不清楚，究竟是在现实之中见到的呢，还是在照片上见到的，只是可以确认，自己一定在什么地方见过的。于是，本间慌忙在自己的心中搜索着熟人的姓名。

本间的搜索尚在进行，老绅士却突然间站起身来，在车身的摇动中平衡着身体，大步走向本间的身旁。他十分随意地坐在了桌子对面，用壮年人似的宏大嗓音，对本间说道：

"噢，失敬。"

本间有点儿摸不着头脑。他在年长者的面前露出暧昧的笑容，并从容地微微颔首。

"你认识我吗？什么，不认识吗？不认识也无妨。你是大学的学生吧？而且是文科大学。我做的营生跟你差不多呀。或许，我亦可算作同业公会的一员。你的专业是什么？"

"历史学科。"

"哈哈，史学。你也是乔森博士所蔑视者。乔森曰：历史学家不过是 almanac-maker（历书制造者）。"

老绅士说完，仰面大笑。看来，这老头儿已酩酊大醉。本间并不答话，独自窃笑着打量长者的一举一动。他观察到，老绅士低矮的翻领下，系着一条黑色的领带。他的西装背心，业已磨得破烂，胸前却煞有介事地挂了一块大大的银锁怀表。他穿着这样寒碜的服装，绝不像是因为贫穷。证据在于他的领口和衬衫袖口统统是新衣的白色，熨帖地靠在肌肤之上。也许他是属于学者一类的阶级，不修边幅？

"历书制造者。真是名实相符。哎呀！依照我的思维方式，那里却存在很大的疑问。然而，我们可以不去理会那些。你告诉我，你最最希望从事的研究是什么？"

"维新史。"

"那么，毕业论文的题目也在这个范围之内喽？"

本间感觉，整个儿是在经历着一场口试。听那口吻，简直是穷追猛打。此时他已茫然地预感到，自己将陷入异常窘迫的境况之中。本间若有所思地拿起葡萄酒杯，有意简单地回答道：

"打算探究的问题是西南战争。"

老绅士闻言，突然一言不发，身子往后一仰，带着训斥般的口吻吩咐道：

"哎！再来一杯威士忌！"

说完他又若无其事地转向本间，夹鼻眼镜的后面流露出一缕淡淡的嘲笑，继而说道：

"西南战争吗？有意思。老朽的叔父也曾加入叛军，且战死在沙场。为此，我曾特意地做过研究，探究了一些细节方面的事实真伪。我不知道，你是根据哪些史料进行研究。关于那场战争，曾有许多惊人的以讹传讹，而且误传竟可笑地源自正确的史料。所以，假如不能审慎地对史料加以取舍，就会犯下难以想象的谬误。你是要做研究的，恐怕首先亦要注意这个问题。"

本间揣测着对方的态度和语气，不知听了这样的忠告，是否该向长者表示感谢。他心中没底，便一口一口地抿着白葡萄酒，极度暧昧地"哦、哦"应付。老绅士丝毫没有注意本间的那般反应。此时，男侍将威士忌端了进来，老绅士咕咚地饮上一口，由口袋里掏出一只濑户烟斗，填入烟丝。

"当然，就算是再小心，也可能会有讹误。这样讲，似乎有点儿失礼，可是关于那场战争的史料，的确有许多怪异之处。"

"是吗？"

老绅士默默地点点头，擦着洋火，点燃烟斗。老绅士的面相颇似西洋人。红色的火苗在额下一闪，浓烟便掠过斑驳的额须，整个儿是一个埃及佬。本间望着他，突然感觉到，老绅士莫名其妙地让人感觉面目可憎。当然他是喝醉了酒。但是怎么可以不负责任地拉着人家听他吹牛，甚至让听者默默地感受惶恐？本间感觉，就是冲着自己制服上的这些金扣，都是有失颜面的。

"可我觉得，自己没必要那么惶恐。——你那样想，理由是什么呢?"

"理由?没有理由。是事实。关于西南战争的史料,我都一一做了细致的查阅,其中发现了多处讹传。这就足够了。你说不是这样吗?"

"那当然。可以这样说。那么我想请教一下,您所发现的是怎样的事实?我想可以作为我重要的参考。"

老绅士叼着那只烟斗,沉默了片刻,而后眼睛望着玻璃窗外,双眉怪异地颦蹙着。眼前,横亘着一个停车场,那儿站着一些乘客。微微一闪亮,乘客们便在暗夜的细雨中被甩向车后。本间望着车外的景色,心中嘟囔了一句:

"活该!"

"倘若没有政治上的顾虑,我也不会憋在肚子里不说。——万一泄密的事让山县公知道,那可不是闹着玩儿的。那并非我个人的麻烦呀。"

老绅士思前想后,慢条斯理地这样说。之后调整了一下夹鼻眼镜的位置,来去打量着本间的面孔。他那脸上浮现的轻蔑表情,早在其眼神之中显现出来。他将杯中剩下的威士忌酒一口饮下,骤然将他那胡子拉碴的面孔贴近前来,满口酒气地在本间的耳际,耳语一般地嘟哝道:

"只要你肯保证绝不外传,我就向你透露一点儿秘密。"

这回轮到本间皱眉了。本间此刻的心中似乎感觉到,这家伙别是个疯子吧?在这般追究的同时他又觉得,这么眼睁睁放过一个秘密,也着实有点儿可惜。此时的本间还真有点儿孩子般的不服气——哪能遇上这点儿挑战就退却了呢？本间将M.C.C牌香烟的烟头扔到烟灰缸中，脖子挺得直直的，一板一眼地说：

"好吧，你说吧，我不会外传。"

"那好。"

老绅士的烟斗里冒着浓烟。他眼睛很小，却目不转睛盯着本间的那张脸。本间奇怪，刚才为何没有感觉到呢？对方的眼神是正常的。不过话说回来，那眼神与凡夫俗子的眼神又不相同。老绅士的眼神睿智而亲善。那眼神是明朗的，始终包含着一种坦荡的微笑。本间默默不语，对视中强烈地感觉到，在自己的眼睛和对方的言行之间，存在着一种奇异的矛盾。当然，老绅士丝毫没有意识到这种矛盾。青色的烟雾绕过夹鼻眼镜，徐徐地散去。老绅士目送着烟雾去处，目光静静地游离开本间的脸庞，飘向了辽远的天空。他的头颅微微后仰，自言自语似的说了一些莫名其妙的话。他说：

"若论及事实细节上的出入，那可数不胜数。所以我只说说那件最大的误传。那便是西乡隆盛并未战死在城山之役。"

听到这里，本间不由得笑了起来。这一笑打断了交谈。本间只好抽出一支M.C.C点燃，硬是装作一本正经地应付道："是吗？"他已无心再听下文。西乡隆盛战死城山的事实，在所有的正史中皆有记载。而这个老人竟漫不经心地称之为"误传"。——仅凭这一点,本间便大致明晓了老人所谓的事实。当然不能说他是精神异常。不过是个乡巴佬罢了,要么将义经、铁木真混为一人,要么将丰臣秀吉看作私生子。本间想到这里,心中同时感觉到滑稽、气愤或一种失望,他决心尽快结束和老人的这般问答。

"你信不?西乡隆盛当时并未战死于城山,他如今还活在人世呢。"

老绅士说完,意气昂然地瞥了一眼本间。当然,本间仍旧漫不经心地"啊、啊"应付着。对方露出一丝讥讽般的微笑,之后以平静的口吻特意问道:

"你不相信我的话吗?我知道无须分辩,你是不信的。然而——我说西乡隆盛仍然在世,你不信的理由是什么呢?"

"你不是说,你对西南战争也感兴趣吗?你对那般史实进行了研究。那么这个问题干吗还要我来回答?既然阁下问到这儿,我便就我所知陈述一二。"

本间感到,老人那可恶的倚老卖老实在可恨,他巴不得一刀两断,赶紧了结掉这场喜剧。虽然显得有点儿小气,本间还是说了以上那样的开场白,接着连珠炮似的为城山战死说正名。我在这里无须详尽描述。不过本间的议论还像平素的研究一般,追求的是具有决定性意义的、引证的确切性和逻辑的彻底性。对于撰写论文,这当然具有充分的必要性。然而那叼着濑户烟斗吞云吐雾的老绅士，听了之后却全然没有退缩之意。金属框夹鼻眼镜的后面，细小的眼睛仍然放射出温柔的光芒，脸上浮现出讥讽的微笑。老人的目光奇妙地挫败了本间的论锋。

"当然，在你的那种假论之上，你的论说是正确的。"

本间的论说告一段落，老人这样悠然地说道。

"在你所列举的记载中，有加治木常树、城山笼城的调查笔记，还有所谓的市来四郎日记。这样的一些假定，当然都是确切无误的事实。可是对我来说，一开始就对这些史料持否定态度。所以你的那些枉费心机的名论，对我来讲只能说是彻头彻尾的空谈。啊，等一下。我想关于那些史料的正确性，你可以从诸多方面进行辩护。可是我呢，却持有超越了一切辩护的确切实证。你知道那是什么吗？"

此时，本间仿佛堕入五里雾间，不知如何应答为好。

"因为，西乡隆盛和我就在同一列火车之上。"

老绅士用几近严肃的语调，不容置疑地断然说道。平素处事不惊的本间，此时不禁愕然。但是，尽管理性亦会受到威胁，却不应在这种问题上权威扫地。本间不由自主地从嘴边挪开了握着 M.C.C 香烟的手，慢悠悠将香烟吸回肚中，眼睛里流露出惊异的表情。他一言不发地凝视着老人高耸的鼻子。

"和我说的这种事实相比，你的那些破史料算是什么呀?不过是一张破纸罢了。西乡隆盛并未在城山战死。你要证据吗?他就在这趟上行快车的软卧车厢里。还有比这更加确切的事实吗?或者,你所信赖的不是活生生的人,而是写于纸上的文字?"

"好啊。你说他还活着,可我只有亲眼所见,才能相信呀。"

"亲眼所见?"

老绅士带着傲然的语调,重复着本间的猜忌。说完,动作缓慢地磕了磕烟袋里的烟灰。

"是的。亲眼所见是必须的。"

本间重新振作起精神,有意态度冷淡地强调了前述疑问。然而这种疑问对于老人,似乎并没有特别重大的效果。老人听着本间的描述,依然露出十分傲慢的态度,夸张地耸耸肩头。

"他当然是在我们的火车之中。你若想见,现在就可以见到他呀。当然,南洲先生或许已经睡下了。这样吧。反正隔着一列软卧,过去看看也无妨呀。"

老绅士说完,将那濑户产的烟斗装进口袋里,并以眼神向本间示意:"跟我来。"随即,老人吃力地站起身。本间见状,也不得不跟着老人站起身来。他嘴上叼着 M.C.C 烟,双手插在裤兜里,慢悠悠地离开了座位。本间跟在跟跟跄跄的老绅士身后,由两边并排的餐桌中间,大步走向餐车门口。餐车里剩下的只是白色桌布上的两个酒杯，一只装过白葡萄酒，另一只装过威士忌。大雨倾盆，袭向行进中的列车。风雨声中，酒杯寂寞的身影瑟瑟颤抖。

大约过了十分钟光景，态度冷漠的男侍又将琥珀色的液体，注满在白葡萄酒和威士忌的酒杯之中。此外，戴着夹鼻眼镜的老绅士和身着大学制服的本间，也像先前一样地落座于桌旁。隔着一个餐桌的桌子旁，坐着方才擦肩而过、身着便装的一个胖男人，还有一个艺伎一般的女人，他们好像在用筷子食用炸虾。两人流畅的上方方言缠绵悱恻，其间掺杂着嘎吱嘎吱的刀叉声。

幸好本间对此全不介意。此刻，本间头脑里充斥了方才所见的、令人惊异的景象。软卧车厢茶绿色的凳子和相同色调的窗帘之间，卧着一位山样巨大的肥壮白头汉。——啊！本间简直不敢相信自己的眼睛。从那仪表堂堂的相貌上看，正是南洲先生特有的风骨啊。或许是因为心情的缘故，他感觉那儿的电灯并不比餐车的灯光明亮，但南洲先生那别具特征的眼睛和脸庞，远远的亦明晰可辨。不论怎样讲，那正是自己从小到大、始终确认不疑的西乡隆盛呀……

"怎么？你仍旧赞同'城山战死说'的主张吗？"

老绅士红润的脸上露出爽朗的微笑。他在等着本间的回答。

本间无言以对。他不知道自己该相信哪边。是万人确认的无数史料呢，还是眼前魁伟的老绅士？倘若怀疑了前者，则应怀疑自己的大脑；怀疑了后者呢，则当怀疑自己的眼力。本间的疑惑是完全正常的。

"你方才已亲眼看到了南洲先生，却仍旧相信那些史料吗？"

老绅士端起威士忌酒杯，像讲课一般继续说道。

"请你先思考一下，你所信赖的所谓史料究竟是什么？我们暂且不去考虑所谓的'城山战死说'。不妨说，世上并没有一种绝对正确的史料，可以给历史妄下断言。任何人记录一种事实的时候，都会自然地对细节进行一些取舍选择。即便不是有意为之，事实也是如此。这样一来，记录与客观事实便越来越远。不是这样吗？所以表面上看事情有了结果，实际上却完全不是那么回事。最近，一则消息时常成为话题中心——伍尔塔·拉雷废弃了曾已定稿的世界史著述。想必你也有所耳闻。实际上，我们连眼前的事象都没搞清楚。"

实话实说，老绅士所说的这些，本间并不清楚。沉默之中，老绅士兀自认定本间是知晓的。

"我们再来看看'城山战死说'。那些记录本身即有着许多疑点。当然，关于西乡隆盛明治十年（1877）九月二十四日战死城山的记录，所有史料都是一致的。然而，实际上死去的，只是一个貌似西乡隆盛的人。那个人究竟是不是西乡隆盛，自然是另外的一个问题。你方才提到的情况也是事实。有人说发现了他的首级或没有首级的尸体。如此这般的奇谈怪论亦有许多。持有怀疑也是自然而然的事情。话说回来，即便仍旧持有疑问，即便你不肯承认你在车上见到了西乡隆盛，至少得承认见到了一个酷似西乡的人。这种情况下，你还能说自己确信那些史料吗？"

"可是史料上说，的确发现了西乡隆盛的尸体呀。那么——"

"天下相貌酷似者数不胜数。右腕留有刀伤旧痕者，也不会绝无仅有。你听说过狄青为侬智高尸检的故事吗？"

这次，本间老实地承认"不知道"。其实他正苦恼于长者的种种奇谈怪论，老人居然知道那么多怪事儿。同时，他也渐渐由那夹鼻眼镜的长者面前，感觉到一种敬意。老绅士则由口袋里掏出他的濑户烟斗，慢悠悠地抽起了埃及香烟。

"狄青追了五十里，入大理境，发现一敌者尸骸，内着金龙衣衫。众人皆云，此乃智高。唯狄青不信。'焉知此非伪者？纵令坐失智高，亦不可欺瞒朝廷，枉自邀功。'这不仅是道德高尚的问题，也是对于真理应当持有的态度。然而遗憾的是，当时西南战争中指挥官军的诸将军们，却缺乏此般周密的思虑。为此历史上的许多可能被当做了现实。"

老绅士说得本间哑口无言。无奈之中，他只有像个孩子一样尝试做最后的反驳。

"可是,哪里会有那么相像的人呢?"

老绅士闻言,突然将嘴上的濑户烟斗摘了下来,香烟呛得他拼命咳嗽。他哈哈大笑起来。那笑声惊得邻座艺伎回转头,诧异地望向这边。老绅士的笑声难以止住。他一只手扶着夹鼻眼镜,以免笑得掉落在地,另一只手握着点燃的烟斗,由喉咙深处发出笑声。本间感到莫名其妙。他的白葡萄酒杯放在面前,只顾茫然地望着长者的面孔。

"当然会有啦。"老人答道。好大一会儿,总算喘过一口气来。

"你刚才不是亲眼所见的嘛。像那个男人,是不是酷似西乡隆盛呢?"

"那么,那个人是谁?"

"那个人吗?那是我的一个朋友,本职是医生,也擅长南画。"

"那他不是西乡隆盛喽?"

本间一本正经地这样问道,旋即感觉赧颜。因为此时,忽然间感觉置身于新的光亮之中,意识到在此之前,自己扮演了多么滑稽的一个角色。

"倘若令你心中不快,还请多加包涵。我在和你谈话时,只觉得你的想法充满青年人的诚实,便想与你开个玩笑。可尽管如此,我所说的却是真话。——我就是这样的一个人。"

老绅士在口袋里摸索着，掏出一张名片递给本间。名片上没有任何名分。可是本间看过名片之后，总算想了起来，自己与老绅士似曾谋面。老绅士注视着本间的面容，露出了满足的微笑。

"见到先生，真是做梦未曾想到。我说了许多无礼的话，诚惶诚恐。"

"不。刚才你的'城山战死说'相当精彩嘛。你的毕业论文若能写成这个样子，便会得出有趣的结论。我那所大学，今年也有一位专攻维新史的学生。——啊呀不说啦，好好喝一杯。"

外面的雨雪似乎停息了，听不见窗子上雨击的声响。带着女伴的客人起身离去。唯有玻璃花瓶中插着的油菜花，在冷澈的餐车中淡淡飘香。本间端起酒杯，将白葡萄酒一饮而尽。他用手撑着变红的脸庞，突然问道：

"先生是怀疑论者吧？"

老绅士夹鼻眼镜后的眼睛表示了肯定。那双眼睛是明朗的，始终在微笑。

"我是皮浪[1]的弟子。这已足矣。我们什么都不知道。对自己亦尚且不知，何况西乡隆盛的生死！所以，我要是撰写历史，才不写那种没有谎言的历史。只要能写出那种近似于史实的美丽的历史，我就会感觉满足。年轻的时

---

1 皮浪，公元前三世纪的希腊哲学家。怀疑论的鼻祖。

候，曾想要做小说家。当时的理想成真，或许会写那样的小说。当初若真的做了小说家，也许比现在的状况要好。总之我是一个地地道道的怀疑论者。你难道不这样认为吗？"

大正六年十二月十五日
魏大海　译

袈裟与盛远

上

夜晚，盛远在泥墙外远眺月华，一边踏着落叶，心事重重。

独白

月亮已上来了。向来都迫不及待企盼月出，可唯独今夜，倒有点害怕月色这般清亮。迄今的故我，将于一夜之间消失，明天就完全是个杀人犯了；一想到这里，浑身都会发颤。两手沾满鲜血的样子，只要设想一下就够了。那时的我，自己都会觉得怎地可憎。倘是杀一个恨之入骨的对手，倒也用不着如此这般于心不安，但今夜所杀，是一个我并不恨的人。

他，我早就认识。名叫渡左卫门尉，倒是因为这次的事儿才知悉的。作为男人，他过于温和，那张白净脸儿，忘了是什么时候见的了。得知他就是袈裟的丈夫，一时里确曾感到嫉妒。可是，那种嫉妒之情，此刻在我心上已消失得无影无踪,事如春梦了无痕。因此,渡尽管是我情敌,我对他既不憎也不恨。唉,倒不如说,我对他有点儿同情更好。听衣川说,渡为博得袈裟青睐,不知费了多少心思;我现在甚至觉得,这男子还挺讨人喜欢的。渡一心想娶袈裟为妻,不是还特意去学了和歌吗?想起赳赳武士居然写起情诗来,嘴角不觉浮起一丝微笑。但这微笑绝无嘲弄意味,只是觉得那个向女人献殷勤的男子煞是可爱。或许是我钟爱的女子引得那男人巴结如许。他的痴情,对身为情夫的我,带来莫大的满足也未可知。

然而,我爱袈裟能爱到那种程度吗?对袈裟的爱,可分为今昔两个时期。袈裟未嫁渡之前,我就爱上她了。或者说,我自认为在爱她。但,现在看来,当时的恋情,很不纯正。我求之于袈裟的是什么呢?以童男之身,显然是要袈裟这个人。夸张些说,我对袈裟的爱,不过是这种欲望的美化,一种感伤情绪而已。证据是,和袈裟断绝交往的三年里,我对她的确没有忘情。倘如在此前,同她有过体肤之亲,难道我还会不忘旧情,对她依然思念不已吗?羞愧管羞愧,我还是没有勇气作肯定回答。在这之后,对袈裟的爱恋中,掺杂着相当成分的对不识的软玉温香的憧憬。而且,心怀愁闷,终于发展到了如今既令自己害怕又教自己期待的地步。可现在呢?我再次自问:我真爱袈裟吗?

然而,在做出回答之前,尽管不情愿,也还得追叙一下事情的始末根由。——在渡边桥做佛事之际，得与阔别三年的袈裟邂逅。此后的半年里，为了和她幽会，我一切手段都用上了，而且次次奏效。不，不光是成功，那时，正如梦想的那样，与她有了体肤之亲。那时左右我的，未必会像上文说的，是出于对不识的软玉温香的渴慕。在衣川家，与袈裟同坐屋里时已发觉，这种恋慕之情，不知何时已淡薄起来。因我已非童身，斯时斯地，欲望已不如当初。但细究起来，主要原因还是那女人姿色已衰的缘故。实际上，现在的袈裟已非三年前的她了。肌肤已然失去光泽，眼圈上添出淡淡的黑晕。脸颊和下巴原先的那种美腴，竟出奇般地消失了。唯一没变的，要算那水汪汪黑炯炯的大眼睛啦。这一变化，于我的欲望，不啻是个可怕的打击。睽隔三年，晤对之初，竟不由得非移开视线不可。那打击之强烈，至今还记忆犹新……

那么相对而言，已不再迷恋那个女人的我，怎么又会和她有了关系呢？首先是一种奇怪的征服心理在作祟。袈裟在我的面前，把她对丈夫的爱，故意夸大其词。在我听来，无论如何，只感到是虚张声势。"这个娘儿们对自己丈夫有种虚荣。"我这么想。"或许这是不愿意我怜悯她的一种反抗心理也未可知。"我转念又这么想。与此同时，想要揭穿这谎言的心思，时时刻刻都在强烈鼓动着我。若问何以见得是谎言呢？说是出于我的自负，我压根儿没理由好辩解的。可尽管如此，我还是相信那纯是谎言。至今深信不疑。

不过当时支配自己的，并非全是这种征服欲。除此之外——仅这么说说，就已觉羞愧难当了，除此之外纯粹是受情欲驱使。倒不是同她未有体肤之亲的一种渴念，而是更加卑鄙的一种欲望。不一定非她不可，纯为欲望而欲望。恐怕连买欢嫖妓之人，都不及我当时么卑劣。

总之诸如此类的动机，使我和袈裟有了关系。更确切地说是戏侮了她。而现在回到我最初提出的问题——唉，关于我究竟爱不爱袈裟，哪怕对自己也罢，事到如今，已无须再问了。倒不如说，有时我甚至感到她可恨。尤其是事后，她趴在那里哭，我硬把她抱起来时，觉得袈裟比我还要无耻。垂下的乱发也罢，脸上汗津津的剩脂残粉也罢，无不显出这女人身心的丑恶。如果说，在那以前，我还爱她，那么，从那天起，这爱便永久地消失了。或者不妨说，截至那天，我从没爱过她，而自那以后，我心里反而生出了新的憎恨。可是，唉，今晚，不正是为一个我不爱的女人，想去杀一个我不恨的男人吗？

这绝不是谁之过。而是我自己公然宣称。"不是想杀渡吗？"——想起当时对她附耳细语时，连我自己都怀疑自己在发疯。可我居然那样说了。尽管竭力忍着，心想别说，终究还是小声讲了出来。回想当时为什么要讲，自己至今也弄不明白。如果这样想也未尝不可，那就是我越瞧不起她、越恨她，就越发忍不住想凌辱她。唯有杀了渡左卫门尉——袈裟炫耀的这个丈夫，且不管她愿不愿意，都得逼她同意，才能让我称心。我仿佛被噩梦魇住一般，竟违心地一味劝她去谋杀亲夫。然而，若说我想杀渡，没有充分的动机，那就只能说是人间不可知的力（说是魔障也成），在诱使我的意志走入邪道。除此以外，别无解释。总之，我很固执，三番五次在袈裟的耳边嘀咕此事。

过了会儿，袈裟猛地抬起头来，坦率地告诉我，同意我的计划。可我对这简洁的回答，不只是意外。看袈裟的脸，有种迄今未见过的、不可思议的光辉映在她眼里。奸妇——我立即萌生这意念。同时，又好像很泄气，这计划的可怕，突然展现在我眼前。在此期间，那女人的淫乱，令人作呕的衰容，使我不断为之苦恼。这已无须再说。要是还能挽回，我真想当场收回前言，然后羞辱那不贞的女人，把她推到耻辱的深渊。那样，即使我玩弄了她，说不定良心上还可以拿义愤充作挡箭牌。但我还未能顾上那样做。那女人宛如看透了我的心思，忽然换了副表情，紧紧盯着我的眼睛——说老实话，我已骑虎难下，不得不同她约好杀渡的日子和时辰，因为我害怕，万一我反悔了，袈裟会向我报复。时至今日，这种惧怯之情仍死死揪着我的心。有人笑我胆小，就随他笑吧。因为他没看到袈裟当时的神情。"假若我不杀渡，看来即使袈裟不亲自动手，我也准会被她弄死的。与其那样，不如我把渡干掉的好。"——望着那女人无泪干哭的眼睛，我绝望地这么想。

我发过誓后,看到袈裟苍白的脸上泛起酒窝一潭,俯首垂目在笑,岂不更加证实我的恐惧不是毫无来由的吗?

唉,为了那可诅咒的约定,既不道德,又昧良心,现在还多了一重杀人的罪名。要是赶在今晚毁了约——这连我自己也不肯。一方面,我发过誓,而另一方面,我说过——是怕报复。这绝不是欺骗。但除此之外,好像还有些什么。究竟是什么呢?逼着我这个胆小鬼去杀一个无辜的男人,那巨大的力量,到底来自何方?我不明白。我不知道,照理说——不,没这种事儿。我瞧不起那女人。我怕她。恨她。但即使如此,兴许还出于我爱那女人的缘故也未可知。

盛远还在徘徊踯躅,已然不再作声。月光朗照。不知从何处传来时兴的歌声。

真个是人心非同无明之黑暗,好一似烦恼之火,命危夕旦……

下

夜晚，袈裟在帐子外，背着灯光，一边咬着袖子，陷入沉思之中。

独白

他究竟来不来呢？想必总不至于不来吧？月亮都快西斜了，可还没听见脚步声，他不会遽尔反悔吧。万一不来——唉，我又得像个妓女一样，抬起这张羞愧的脸，面对天日。我怎么会做出这种无耻的事来呢？那时，我与路旁的弃尸真毫无二致。受人侮辱，受人蹂躏，到头来落得厚着脸皮，丢人现眼，而且还得像哑巴一样，一声都不能言语。万一真是如此，纵然要死也死不了。不，他准会来。上次分手时，我盯住他的眼睛，心里没法不那么想。他怕我。尽管恨我，还瞧不起我，但却怕我。不错，要是就凭我自己，他未必肯答应来。可是，是我求他。我算准了他的自私心理。不，是看透了他那自私自利引起的卑劣的恐怖。所以，我才能这么说。他准会悄悄来的，没错……

然而，单凭我自己，休想能办到。我这人有多惨哪。要是在三年前，就凭我的美貌，比什么都管用。说是三年前，不如说到那天为止，倒更接近真实也未可知。那天，在伯母家见到他时，我一眼就知自己的丑相印在了他的心上。他装得若无其事，像是在挑逗我，对我温声软语。但是一个女人，一旦得知自己丑陋，几句话怎能安慰得了。我只是觉得窝心，感到可怕，伤心难过。儿时，奶娘抱我看月食，感觉很可怕，但那时的心情比现在不知要强多少。我的种种梦想，顿时化为泡影。过后，仿佛细雨潇潇的黎明，凄凄惶惶的感觉一直围绕着我——我被这孤寂所震慑，如同死了一般，委身于他，委身于那个并不爱我、那个恨我瞧不起我的好色之徒——向他显示自己的丑陋，难道是因为耐不住那份孤寂？还是因为我的脸贴在他胸前，像给烧昏了一样，霎时间把什么都搅糊涂了呢？要不，就是我跟他一样，被一种肮脏之心所驱使吧？这么想想，我都不好意思，感到害羞，无地自容。特别是离开他的臂弯，又复归自由之身时，我直觉得自己有多下贱呀！

气愤之情夹着凄凉之感，不管心里怎么想，千万不能哭，可眼泪还是止不住往下流。不过，这不仅是因为有亏妇道而倍感悲伤。妇德有失，加之又遭轻贱，如癞皮狗一般，被人憎恶，受人虐待，这比什么都让我伤心。后来，我做了什么呢？现在想来，好像过去很久了，只模模糊糊记得一些。我抽泣之际，觉得他的胡子碰了我的耳朵，随着一股热鼻息，听到他低声对我说："不是想杀渡吗？"听到这话，说来也奇怪，到现在也不明白，不知怎么当时心境一下豁亮起来。是兴奋吗？如果说这时月光很明亮，恐怕是因为我心里高兴的缘故。总之，和明亮的月光不一样，那是一种兴致勃勃的心情。然而我从这句可怕的话里，岂不是感到一丝快慰吗？唉，我这个女人呀，难道非要谋杀亲夫，还得照旧被人爱，才觉得痛快不成？

我好似这明亮的月夜，因为孤寂，因为心头一宽，又接着哭了一阵。接下来呢？然后呢？究竟是几时，诱使那人跟我约好来杀我丈夫这些事的？就在订约的那会儿，我才想起自己的丈夫。老实说，这还是头一回。在那之前，我一门心思只顾想自己的事，琢磨自己受人戏侮的事。只有在那时，才想到我丈夫，我那腼腆的丈夫——不，不能说是他的事。而是每当他要对我说什么时，总是微笑的面孔，清清楚楚呈现在我眼前。我的计策猛地兜上心来，恐怕也是忆起他那张面孔一瞬间的事。此言何出呢？因为当时我已决心一死了。能做出这样的决定，岂不高兴。但是，当抬起这张哭脸，向那人望去时，便又像上次似的，看到自己的丑陋映在那人心上，喜悦之情顿时化为乌有。于是，又想起和奶娘一起看月食时黑沉沉的光景。恍如隐藏在喜悦的心情之下，形形色色的怪物都给放了出来似的。我要做丈夫的替身，难道真是因为爱他？不，不，在这好听的借口后面，是因为我曾委身他人，有一种赎罪的心情。可我没有自戕的勇气。我想在世人眼里，多少会显得好一些，我心里还存有这么一种卑劣的念头。何况这么做，八成还能得到宽恕。而我比这还要卑鄙，也更加丑陋。那人对我的憎恶、轻侮以及邪恶的情欲，我美其名曰做丈夫的替身，其实，不是想对这些个进行报复吗？证据是，望着他的面孔，仿佛那月光一样，我的兴致忽然竟冰消瓦解，只有满腔的悲伤，转瞬间冻僵了我的心。我不是为丈夫去死，而是为了自己。我是因心灵受到伤害而感到愤然，身子受了玷污而为之悔恨，因这两个原因才去死的。唉，我活着毫无意义，而死也没有一点价值。

然而，我这没有价值的死法，比苟延残喘地活着，不知让人多开心哩。我忍住悲伤，强带欢颜，同他再三商定谋杀亲夫之约。可他也很敏感，从我的话语当中，也能听出一二，万一他失了约，恐怕也猜得出，清晨我会做出什么事来。既然如此，他誓也发过，是不会不来的。——那是风声吗？一想到自从那天以来，一直痛苦忧伤，今夜总算熬到了头，心里顿觉一宽。明天，太阳想必会在我无头的尸体上，洒下一抹寒光吧。看到尸体，我丈夫——不，不要去想他，他是爱我的。可我对这爱却无能为力。很久以来，我就只爱一个男人。而这唯一的男人，今夜却要来杀我。在我看来，这灯台的光，也显得晶光耀眼。更不消说，我是被情人折磨致死的呢。

……袈裟吹灭了灯台的火，不大会儿，黑暗中隐约听到撬开板窗的声音。与此同时，一线淡淡的月光泻了进来。

大正七年三月

高慧勤　译

蜘蛛之丝

一

一天，佛世尊独自在极乐净土的宝莲池畔闲步。池中莲花盛开，朵朵晶白如玉。花心之中金蕊送香，其香胜妙殊绝，普熏十方。极乐世界大约时当清晨。

俄顷，世尊伫立池畔，从覆盖水面的莲叶间，偶见池下的情景。极乐莲池之下，正是十八地狱的最底层。透过澄清晶莹的池水，宛如戴上透视镜一般，把三恶道上之冥河与刀山剑树的诸般景象，尽收眼底。

这时，一名叫犍陀多的男子，同其他罪人在地狱底层挣扎的情景，映入世尊的慧眼。世尊记得，这犍陀多虽是个杀人放火、无恶不作的大盗，倒也有过一项善举。话说大盗犍陀多有一回走在密林中，见到路旁爬行的一只小蜘蛛，抬起脚来，便要将蜘蛛踩死。忽转念一想："不可，不可，蜘蛛虽小，到底也是一条性命，随便害死，无论如何总怪可怜的。"犍陀多终究没踩下去，放了蜘蛛一条生路。

世尊看着地狱中的景象，想起犍陀多放蜘蛛生路这件善举。虽然微末如斯，世尊亦施以善报，尽量把他救出地狱。侧头一望，说来也巧，净土里有只蜘蛛，正在翠绿的莲叶上，攀牵美丽的银丝。世尊轻轻取来一缕蛛丝，从莹洁如玉的白莲间，径直垂向杳渺幽邃的地狱底层。

二

这边犍陀多正和其他罪人，在地狱底层的血池里载沉载浮。不论朝哪儿望去，处处都是黑魆魆暗幽幽的，偶尔影影绰绰，暗中悬浮着什么，原来是可怕的刀山剑树，让人看了胆战心惊。尤其是四周一片死寂，如在墓中。间或听到的，也仅是罪人的叹息声。凡落到这一步的人，都已受尽地狱的折磨，衰惫不堪，恐怕连哭出声的力气都没有了。所以，任是大盗犍陀多，也像只濒死的青蛙，在血池里唯有一面咽着血水，一面苦苦挣扎而已。

偶然间，犍陀多无心一抬头，向血池上空望去，在阒然无声的黑暗中，但见一缕银色的蛛丝，正从天而降。仿佛怕人看到似的，细细一线，微光闪烁，恰在自己头上顺顺溜溜垂落下来。犍陀多一见，喜不自胜，拍手称快。倘抓住蛛丝，攀援而上，准保能脱离苦海。不特此也，侥幸的话，兴许还能爬进极乐世界哩。如此，再不会驱之上刀山，也庶免沉沦血池之苦了。

这样一想，犍陀多赶紧伸出双手，死死攥住蛛丝，一把一把，拼命往上攀去。原本是大盗，手脚并用，区区小事一桩而已。

可是，地狱与净土之间，何止千万里！不论犍陀多怎样心焦气躁，要想爬出地狱，谈何容易。爬了一程，终于筋疲力尽，哪怕伸手往上再爬一段，也难以为继了。一筹莫展之下，只好住手，先歇会儿喘口气，便吊在蛛丝上，悬在半空中，一面放眼向下望去。

方才是不顾死活往上攀，总算没白费力气，片刻前自己还沉沦在内的血池，不知何时，竟已隐没在黑暗的地底。那寒光闪闪，令人毛骨悚然的刀山剑树，也已在自己脚下。如果照这样一直往上爬，要逃出地狱，也许并非难事。犍陀多将两手绕在蛛丝上，开怀大笑起来："这下好啦！我得救啦！"那吼声，自打落进地狱以来，多年不曾得闻的。可是，蓦地留神一看，蛛丝的下端，有数不清的罪人，简直像一行蚂蚁，不正跟在自己后面，一心一意往上爬吗？见此情景，犍陀多又惊又怕，有好一会儿傻愣愣地张着嘴，眨巴着眼睛。这样细细一根蛛丝，负担自家一人尚且岌岌可危，那么多人的重量，怎禁受得住？万一半中间断掉，就连好家伙我，千辛万苦才爬到这里，岂不也得大头朝下，掉回地狱里去吗？那一来，可乖乖不得了！这工夫，成百上千的罪人蠢蠢欲动，从黑洞洞的血池底下爬将上来，一字儿沿着发出一缕细光的蜘蛛丝，不暇少停，拼命向上爬。不趁早想办法，蛛丝就会一断两截，自己势必又该掉进地狱去了。

于是，犍陀多暴喝一声："嘿，你们这帮罪人！这根蛛丝可是咱家我的！谁让你们爬上来的？滚下去！快滚下去！"

说时迟，那时快，方才还好端端的蜘蛛丝，竟扑哧一声，从吊着犍陀多的地方突然断裂开来。这回有他好受的了。霎时间，犍陀多像个陀螺，滴溜溜翻滚着，嗖地一头栽进黑暗的深渊。

此时，唯有极乐净土的蜘蛛丝，依然细细的，闪着一缕银光，半短不长的，飘垂在没有星月的半空中。

三

佛世尊伫立在宝莲池畔，始终凝视着事情的经过。当犍陀多倏忽之间便石头般沉入血池之底时，世尊面露悲悯之色，重又踱起步来。犍陀多只顾自己脱离苦海，毫无慈悲心肠，受到应得的报应，又落进原先的地狱。在世尊眼里，想必那行为是过于卑劣了。

不过，极乐莲池里的莲花，并不理会这等事。那晶白如玉的花朵，掀动着花萼，在世尊足畔款款摆动。花心之中金蕊送香，其香胜妙殊绝，普熏十方。极乐世界大约已近正午时分。

大正七年四月十六日

高慧勤　译

地狱变

一

像堀川大公[1]这样的老爷,恐怕是前无古人,后无来者。传说堀川大公诞生之前,大威德明王曾在其母枕边显灵。总之他一出生,即与凡人不同。所以他所做的一切,都会出乎吾辈的意料。我曾有幸拜访了堀川府邸,那规模简直难以形容。壮观?豪放?非吾等凡夫可以想象。世人亦议论纷纷,有人将大公的秉性比同秦始皇或隋炀帝。其实,那真是人们常说的群盲摸象。大公的尊意,绝非仅顾一己的荣耀华贵。他更多考虑的是平民百姓——所谓天下为公,天下共乐。

所以即便遇上二条大宫百鬼夜行,他也不会有太多麻烦。在因模仿陆奥、盐釜景色而出名的东三条河原院,每天深夜都会出现融左大臣的鬼魂。可被大公呵斥后便销声匿迹了。在这般威望下,当时京都城里的老少男女提及大公都毕恭毕敬,仿佛遇见了神灵显现。一次大内梅花宴之后,归途中拉车的老牛跑了,撞伤一位过路的老人。可那老人却合起双手,庆幸自己被大公的御牛撞上。

在大公的一生当中，这样传之后世的故事尚有许多。如盛宴之时赏赐白马三十，或令其宠爱的童子伫立于长良桥桩伫立，或令承袭了华佗之术的震旦[2]高僧为自己疗治腿伤。诸如此类，数不胜数。而在这般逸事之中，最令人惊异的则是那件家传重宝——地狱变屏风的来历。平素处变不惊的大公，唯有此次流露出惊异的表情。毋庸置言，吾等侍奉左右的仆役更是惊吓得魂飞魄散。小的在大公身旁侍奉了二十年，见识这般令人惊恐的物什也是头一遭。

描述这个故事之前，先得了解一下地狱变屏风的画师良秀。

二

说起良秀，如今或许还有人记得。他是一位名望很高、年龄约莫五十的画师。在当时画坛，无人能出其右。从外表上看，他却身段低矮，瘦骨嶙峋，让人感觉是一个心术不良的老叟。他刚来大公官邸时，时常穿一身丁香色的狩衣便服，头戴一顶揉乌帽子，神态谦卑。不知何故，他的嘴唇不像老人，过分红润扎眼，像野兽般令人恶心。有人说，他常常湿舔画笔，才将嘴唇染成了红色。这说法

---

1 为作者虚构的人物。日本历史上被称为"堀川大公"的皆为当朝权贵。
2 中国的别称。

或有道理。也有人说话刻薄,说良秀举动像个猴子,所以送了他一个诨名——猿秀。

说到猿秀,还有这样一些说法。当时的大公官邸里有个十五岁的侍女,是良秀的独生女儿。姑娘生得乖巧可爱,完全不像她的生父,可谓天资聪颖。她虽幼时丧母,却因此变得少年老成,善解人意。所以大公夫人很喜欢她,府上的侍女们也都喜欢她。

一次,丹波国献上了一只驯服的猿猴。喜好恶作剧的少爷,偏巧给猿猴起了个名字就叫良秀。他是看到猿猴的样子可笑,才起了这个名字。官邸中的人见状哄堂大笑。笑笑也罢,人们还饶有兴趣地围着猿猴,一会儿让它爬上松树,一会儿叫它搬挪草席,且"良秀、良秀"地叫着,极尽虐待之能事。

某日,良秀的女儿手持拴有红梅寒枝的书信走过长廊。远处的拉门方向,突然蹿出了小猴良秀,它一瘸一拐地仓皇奔逃。看来是腿部受了伤,已无力像平素一样跃上门柱。小猴身后,少爷挥动着一根细枝追赶而来,嘴里喊着:"站住!站住!你这盗柑贼!"良秀之女见状迟疑片刻。抱头逃窜的小猴便一把揪住她的裙裾,低声哀鸣着,令姑娘骤然间感觉到无法抑制的悲哀之情。她一手拿着梅枝遮挡着,轻轻舒展开另一侧散发着紫地丁花香的宽袖,亲切地将小猴揽于怀中,对少爷微微欠身,用冷澈的语调说道:

"少爷,只是一个畜生,饶了它吧。"

少爷气呼呼追赶过来,顿足捶胸,脸上一副不依不饶的表情。

"干吗护着它?它偷吃我的柑子!"

"只是一个畜生嘛……"

姑娘重又强调说,脸上依然是静寂的微笑。她狠了狠心,继续说道:

"一听良秀,总觉得是喊父亲,我怎能视若无睹呢?"

不愧是少爷,闻此言便顺从了姑娘。

"是吗?若是给你老爸求情,我便饶了它。"

少爷不大情愿地说完,将手中的细枝扔在地上,朝来时的拉门方向离去。

三

打那之后,良秀女儿便与小猴亲密起来。姑娘将公主赠予的黄金铃铛,用美丽的红绳拴着,系于小猴的脖颈。小猴无时无刻不围绕在姑娘身旁。一次姑娘受了风邪,卧床歇息,小猴则规规矩矩地坐在枕旁,久久地咬着手指,一副忧心忡忡的模样。

奇怪的是,从此便无人像过去那样虐待小猴。相反,大家开始喜欢它,连少爷都时常过来喂食一些柿子、山栗之类的。倘若哪个侍卫不慎踢到了小猴,少爷便会大发雷霆。大公老爷听说了少爷发火的事,则令良秀之女抱着小猴上殿。自然,他也听说了姑娘怜惜小猴的故事。

"孝敬父母,弥值嘉奖。"

大公当即赠予姑娘一件红色的裙裾。小猴围着裙裾左右打量,且毕恭毕敬地代之奉受了赏赐。老爷见状心中大悦。所以大公老爷偏爱良秀之女,完全是出于赞赏。赞赏姑娘对于小猴的怜爱,赞赏姑娘孝敬父母的恩爱,而绝不是世间传说的出于好色。自然,日后又有了另外一些传言,且听我慢慢说来。这里不妨将话挑明,良秀之女即便国色天香,也不过是画匠之女,大公老爷怎会寄情于她呢?

当然良秀之女堂前露脸,乃是因为她的聪明伶俐。她是正大光明的,因而不会招致其他侍女的嫉恨。相反,打那之后,众人对姑娘和小猴更加怜惜。二者每时每刻厮守在公主身旁,游览的车队出行时,也是每每伴之左右。

姑娘的故事暂且按下。我们先来说说其父良秀的故事。如前所述,大家转眼都对小猴表示出怜爱之情。可是对关键人物良秀呢,大家仍旧表露嫌恶之状,背地里仍旧"猿秀猿秀"地叫着。不仅在大公的官邸之中,连横川地方的僧都[1]说到良秀,都脸色骤变地流露出嫌恶之情,仿佛遇见了一个魔障。(的确如此。尤其良秀在讽刺漫画中讥讽了僧都的品行,对僧都有失恭敬。)总之不论问谁,

---

[1] 僧官的名称。

对于良秀的评价都是不敢恭维的。假如说，有人说过良秀的好话，或许仅有他的两三位画师伙伴，或是只知其画不知其人者。

其实，良秀不仅是相貌猥琐，他还有更加令人嫌恶的怪癖，所以完全是自作自受。

四

他都有些什么怪癖呢？吝啬、贪婪、无耻、怠惰。——哦，更有甚之，他还专横、傲慢，时刻以当朝第一画师自居。这些表现若仅仅限于画坛尚可原谅。可他死倔。世间一切惯习或惯例，他统统嗤之以鼻。良秀一个年长的弟子说，邸里曾有一位著名的桧垣女巫跳神，嘴里喃喃着吓人的神谕。良秀却充耳不闻，随手抄起身旁的笔墨，一笔一画地画出了女巫的恐怖面容。在良秀眼中，恶魔作祟只是欺骗小儿的把戏。

良秀就是这么一个人物。他将吉祥天女画成了卑微傀儡。将不动明王描画成获赦无赖。总之他的行为无可饶恕，若别人责怪他，他还会说："我良秀画的神佛岂会反过来惩罚我？多奇怪啊。"对此他的弟子们也是目瞪口呆。其中也有不少的人，忙碌中虑及未来的恐惧——简而言之，感觉罪孽深重。而良秀却时常在想，天下自己这样的伟人真正是绝无仅有。

无可置疑，良秀在画坛占有很高的地位。尤其是，他的画作无论画笔还是色彩的运用，皆与其他画师迥然不同。为此，有些与之作对的画家说，良秀乃一画坛顽主。那帮画家推崇的则是川成或金冈之流。论及往昔的名匠之作，则有板户梅花月夜馨，屏风宫卿闻笛声，皆与优美的故事有关。而说到良秀的画作，则唯有奇异的惊悚之感。例如良秀的那幅画在龙盖寺门上的《五趣生死图》，据说行人深夜途经门下，能耳闻天人叹息和啜泣声。不仅如此，据说还能嗅到死人的腐烂恶臭。更有甚者，按照大公的吩咐，他也给宫中的侍女们作画。但是只要上了他的画作，三年之内必患绝症，不治而终。这些都是良秀沦落画道邪途的有力证据。

可是如前所述，他是一个刚愎自用的人。那般情状，反而令良秀更加傲慢。一次大公老爷打趣说："看来，良秀是偏爱丑陋呀。"良秀竟咧开他那与年龄不符的赤唇，狂妄地奸笑道："没错。肤浅的画师哪里懂得丑中之美？"如此，良秀总以当朝第一画师自居，时常跑到大公老爷面前，发表一些高谈阔论。之前引以为证的弟子，私下里也给师傅送了一个诨名——"智罗永寿"，讥讽他的狂妄自大。看来，这也并不过分。众所周知，"智罗永寿"是古时中国渡来的天狗名。

然而正是这令人颦蹙的霸道良秀，却也保留着唯一的人类情爱。

五

良秀对身为侍女的独养女儿，表现出近似疯狂的怜爱。前面说到女儿亦是好姑娘，性情温和，体谅父母。可那良秀也为女儿操碎了心。信与不信由你，他连女儿的衣着、发饰都要管。他很吝啬。寺院向他化缘，他都一毛不拔。但在女儿身上花钱，他大手大脚，毫无计较。

良秀一味疼爱着自己的女儿，却做梦也未曾想过，该为女儿尽快找个好人家了。倘若有人说了女儿的坏话，他便会暗地里纠集一些街头混混，去将人家暴打一顿。后在大公老爷的关照下，良秀之女到老爷府邸做了小侍女。可身为父亲的良秀同样老大不悦。到了大公堂前，他也总是吊着个苦脸。因此人们揣测，一定是大公老爷倾心于姑娘的美貌，却不管做父亲的良秀是否情愿。

虽说那些传言未必属实，但一心惦念女儿的良秀确在祈望女儿的失宠。有一次，良秀又在大公的吩咐下画了一幅稚儿文殊图。画中御宠下的童子面容，真是画得奇妙绝伦。大公异常满足，谢道：

"我要奖赏你一件所欲之物。你说吧。"

良秀正襟危坐地沉思片刻，大大方方地说道：

"那么，请将我的女儿退还给我吧。"

哪有这种人呢？身居外邸，侍奉堀川大公身旁，本来

是那般得宠的幸事,良秀却提出这无礼的要求。宽容大量的大公脸上亦露出一丝不悦。他一言不发地盯着良秀的面孔望了半晌,说道:

"那不行。"

而后起身离去。这样的事情竟重复了四五遍。大公注视良秀的目光,也随之渐渐地冷淡。女儿开始为父亲担忧,回到下房,每每泪湿裙袖。这样,大公恋慕良秀之女的传言,倒越发地流传开来。也有人捕风捉影地谣传说,正是由于姑娘不肯依从,大公才令良秀画了那幅地狱变屏风。

吾辈看来,大公不肯辞退良秀之女,完全是出于怜悯。与其将姑娘送回那冥顽不灵的父亲身边,不如将她留在邸中自由地生活。大公原本是想给性情温柔的姑娘更多照拂。若说大公出于好色之心,恐怕牵强附会,更加确切地说,完全是捕风捉影的谎言。

总之为女儿之事,良秀大大失了宠。不知为何,大公突然将良秀传到身旁,令他绘制一幅地狱变屏风。

六

提起地狱变屏风,那恐怖的画面景色顿时历历在目。

同样作地狱图,良秀笔下的地狱图在构图上,与其他画师截然不同。在一帖屏风的角落里,人物、景象都是微观的，中间是十殿阎王，周边则是众眷属。另外一面则是猛烈的火焰，燃烧中的剑山刀树仿佛置身于糜烂的旋涡之中。冥官们像是身着唐装，衣裳上点缀着黄色和蓝色。近前则是一片红色的烈焰，黑烟和金粉漫天飞舞，仿佛描画出一个"卍"字的图像。

仅凭良秀的这般笔势，已令观者瞠目结舌。业火中备受煎熬的罪人，亦与一般地狱图中的情状不同。良秀地狱图中的罪人林林总总，上至月卿云客，下至乞食非人，笔下人物异常丰富——有扎着华丽腰带的上殿贵族，有身着艳丽礼服的美貌少妇，有手持佛珠搓捻的念佛僧人，有脚踏高底木屐的武士弟子，还有身段苗条的女童和串着纸钱的卦师。总之形形色色的人物逆卷于烟火之中，忍受着牛头马面、地狱小鬼的蹂躏。他们像大风吹散的落叶一样四方奔逃。一个女人如同神巫，头发缠在钢叉上，手脚蜷缩得像蜘蛛。一个看似新官的男人蝙蝠似的倒悬着，手刃穿透了胸前。有人在忍受铁条的鞭笞，有人被压在千斤磐石之下，有人被叼于怪鸟口中，也有人为毒龙的巨齿噬咬。——罪人不同，残虐方式也不同。

其中最最令人惊恐的，是悬浮半空的一辆牛车。背景是野兽牙齿一般的刀树（刀树的树梢上挂着许多亡者的尸体）。牛车的挂帘被地狱的阴风吹起，分不清是女御[1]还

---

1 平安时代天皇寝所女官名，下文"更衣"亦同。

是更衣的一个侍女绫罗披身,黑色的长发飘拂于烈焰之中。我看见,侍女白皙的颈项向后弯曲着,一副痛苦不堪的模样。那姿态,和熊熊燃烧的牛车,皆令人联想到炎热地狱的痛苦煎熬。不妨说,宽幅画面中的恐怖景象,统统凝聚在了这一人物身上。画作的确出神入化,观赏者似乎自然而然地感觉到,耳际传入了凄惨的呼叫之声。

啊!多么恐怖。为了实现那般描写,就须体验那样的恐怖情景。否则,即便是良秀这样的画家,也无法生动地描画出地狱之中的那般苦难。在完成这幅屏风绘画的过程中,良秀也经历了生生死死的惨烈遭遇。不妨说,画中这个地狱,正是当朝第一画师良秀自己将要堕入的境地……

我这样急迫描述那般珍奇的地狱变屏风,或许无意间颠倒了故事的顺序。让我们回到本题,继续来描述良秀的故事——看他如何受命于大公,承担起地狱变绘画的重任。

七

在后来的五六个月时间里,良秀从未到过大公官邸,他专心致志地绘制那幅屏风画作。奇异的是,为女儿身心憔悴的良秀一旦开始了绘画,便不再惦记着去见女儿。用此前那位弟子的话来说,这良秀只要投身在工作上,就像狐仙附体一样走火入魔。实际上当时就有人传说,良秀成名的原因是向福德大神祈了愿。还说，若在背阴之处悄悄窥测良秀的绘画，必定可以看见暗影之中有若干灵狐的身影，前后左右簇拥成群。这种状态下，只要拿起了画笔开始绘画，其他的一切都会忘到九霄云外。他不分昼夜，蜷缩在那间不见天日的画室中。尤其在绘制地狱变屏风的那段日子里，他着迷的程度真是无以复加。

他在白昼之时关门堵窗，于烛灯之下调制颜料秘方。或让弟子们身着各式各样的传统服饰，教他们模仿画姿。不，——其实，这就是他平时怪异的工作状态，而不单单是在绘制地狱变屏风的非常时刻。绘制龙盖寺的《五趣生死图》的时候也是这样。平常人看见路旁的那些死尸，多半掩目疾行，而这良秀却悠悠然坐在死尸跟前，聚精会神地描画死尸那业已腐烂的脸面和手脚，甚至连一根毫发都不愿放过。有人表示无法理解，何必这般过分执迷呢？这里无暇详尽描述，仅述一主要事例，说与诸君知晓吧。

一天，良秀的弟子（还是此前的那位）正在研磨油彩，师傅入内称：

"吾欲午休片刻。然近日噩梦连连。"

弟子闻言，不以为怪，继续研磨着应道：

"是吗？"

良秀此时，脸上流露出从未有过的孤寂之色，又说：

"我说，我午休的这段时间，你就坐在我的枕边。"

师傅客气地提出了请求。弟子感觉奇怪，师傅平素并不介意睡梦的呀，好在这也并非难事，便答应道：

"好啊。"

师傅仍旧踌躇不安地叮咛道：

"你到里面来。不过记住，其他弟子来时，不可接近我的午休之所。"

里面？里面是哪儿呢？那便是良秀的画室。当时的屋里，同样关门堵窗，像是暗夜，朦胧中唯有一盏油灯在闪烁。但见炭笔绘制的草图屏风，赫然立于烛光之中。至此，良秀以肘为枕，仿佛精疲力竭似的进入了梦乡。约莫过了半个小时光景，坐在枕旁的弟子，听见一种莫名其妙、毛骨悚然的恐怖音响。

八

开始，仅仅是一种声音。过了一会儿，渐渐变成了断断续续的呼救声，仿佛溺水者的水中呻吟。

"什么？你让我过来？——上哪儿？到哪儿去？去地狱？炎热地狱。——你是谁？是谁在那儿说话？——让我猜猜，你是谁呢？"

弟子此时停止了油彩的研磨，十分恐惧地直勾勾地盯着师傅的脸庞。只见良秀的脸上布满皱纹，脸色苍白，渗出大滴的汗珠。他口唇干裂，牙齿稀疏，张着嘴拼命地喘气。此外他的嘴里，明显有个活动的物体，被一种看似丝线的物体拽动着。哦,原来是师傅的舌头。断断续续的话语,原来是从这根舌头里面发出的。

"哦,你是谁呢?我猜便是你。什么?你来接我吗?来吧。到地狱来吧。地狱里——地狱里有我的女儿。"

此时,弟子心中感觉到异常的恐惧,朦胧中仿佛看见一个怪异的影子,飘飘忽忽地掠过屏风的画面。不消说,弟子立刻抓住良秀的胳膊拼命摇动。师傅仍在梦幻中自言自语,怎么摇都醒不过来。弟子无奈,一把抓过身旁的笔洗,将水兜头泼在良秀脸上。

"等着你哪,上车上车——坐上这趟车,到地狱里去——"

他仍在胡言乱语。他的嗓音,变得像从喉咙之中挤出的呻吟。良秀总算睁开了眼睛,却像针扎了似的猛然跳将起来,瞪着惊惶的眼睛。梦中那奇形怪状的异物,仍旧留存在他的眼际。好半天光景,他都瞪着恐惧的眼睛,张大了嘴巴,眼望着虚空。最后,总算清醒过来。

"没事了。你到那边去吧。"

他态度漠然地吩咐道。弟子此时不敢违逆,否则将会遭到训斥,便站起身,匆匆离开了师傅房间。据说,当望见室外明亮的阳光时,只感觉自己刚从噩梦中醒转,整个身心都有一种轻松之感。

这样的经历还算好受。约莫过了一个月光景,良秀又

将另一弟子叫到画室,仍旧是在那么暗淡的烛光中,嘴里咬着画笔。他突然转向弟子说道:

"辛苦你,把你的衣服脱掉。"

师傅这样吩咐,弟子哪敢不从?便三下两下脱去了衣服,赤裸裸站在那里。良秀奇怪地皱着眉头,冷冷地说:

"我要观察铁链锁缚的人类。有劳你照我的要求做。"

良秀仿佛全然没有同情之心。徒弟是体格强健的年轻人,与其说是握画笔的,不如说像个舞枪弄棒的。他显然受到了很大的惊吓。过了很多日子,说到此事,他还在不住地解释说:

"我只以为师傅的精神出了问题,他是要杀死我吗?"

良秀却对弟子的磨蹭大为不满。他不知从哪儿哗啦哗啦拖出一根铁链,扑上去骑在弟子身上,不由分说将他的双手拧到身后,用铁链缠了个结实。接着他又拽住铁链的两头,狠毒地往上一提。弟子的身体就势横掼在地板上,震得地板咕咚作响。

九

当时那位弟子的模样,简直像一只放倒了的酒瓮。他的手脚凄惨地扭曲着,能够活动的唯有脖颈。在铁链的紧捆下,肥壮躯体里的血液循环不畅,以致脸庞和躯体全都憋得通红。良秀对此全然无心。他围绕酒瓮一样的躯体仔细打量，画了几幅近似的素描。而铁链捆绑下的弟子在承受多大的肉体痛苦，他却全然没有反应。

若不是突然发生了一个变故，徒弟还不知要受罪到几时。幸好（或应说是不幸）时过不久，房间一隅的大壶下面，一缕弯弯曲曲仿佛黑油似的物体流淌出来。开始，那物体蠢蠢欲动，给人一种黏黏糊糊的感觉。可是渐渐地，物体流畅地滑动起来，表面上闪闪发光。当它流淌至弟子的鼻下时，弟子不由得屏住了气息，大喊道：

"蛇——蛇!"

不妨说，此时他全身的血液都突然间冰冻起来。其实，黑蛇不过在铁链紧捆的脖颈上，用它那冰凉的舌头舔了一下。这意想不到的突发事件，令霸道的良秀也大吃一惊。他慌忙丢下画笔，弯腰一把揪住了黑蛇的尾巴，将它倒悬起来。黑蛇倒悬着抬起头，拼命往自己的躯体上方翻卷，但却无法翻卷至良秀的手部。

"畜生！害得我画错一笔。"

良秀恨恨地说。他将黑蛇投入墙角的大壶中，而后满脸不悦地解开了弟子身上捆绑的铁链。对那般顺从的弟子，他竟然一句暖心的抚慰都没有。他异常愤怒的，不是黑蛇差点儿咬了弟子，而是那畜生搅坏了一笔绘画。之后闻说，那条黑蛇也是良秀专门饲养的，为着描绘毒蛇的形象。

听了这个故事，想必阁下便会了解良秀那般神经兮兮、令人不快的偏执。最后尚有一例。此番遭难者是个十三四岁的弟子，也是为了地狱变屏风的绘制，险些丢了性命。这个弟子皮肤白皙，如同少女一般。一天夜里，他毫无防备地被师傅唤至画室。只见良秀立于烛台之下，手掌上托着一块鲜红的生肉，正在喂食一只奇异的大鸟。大鸟的个头儿仿佛一只家养的大猫。鸟的外形也似大猫，两旁参出的羽毛像双耳，又大又圆的眼睛呈琥珀颜色。

十

良秀天性如此——最讨厌将自己的事情说与旁人。之前说到黑蛇也如此。自己的房间里有些什么？他要做什么？反正一切事情，他都无意告诉弟子。所以他的桌子上有时放的是骷髅，有时放的则是银碗或漆器高脚杯。反正出现各类意想不到的物品，皆与他当时的绘画有关。可这些物品平时放在何处却无人知晓。也许，良秀得到福德大神冥助的说法，还真的不是空穴来风。

年轻的弟子心中思忖，桌上的这只异样大鸟，肯定也是用于地狱变屏风绘制的。他毕恭毕敬地坐在师傅面前问道：

"让我做什么呀？"

良秀仿佛没有听见，用舌头舔了舔猩红的嘴唇，下巴点点大鸟说道：

"怎么样？养得不错吧？"

"这是什么鸟呀？我还从未见过呢。"

弟子问道。说话间他盯着那只带耳朵、大猫一般令人感觉恐惧的怪鸟。良秀却仍旧以平素那般讥讽的语调说道：

"怎么，没有见过吗？难怪啦。城里人就是这样。这是两三天前鞍马的猎手送给我的，叫做鸱鸺。不过这样驯顺的鸱鸺，真不多见。"

良秀说完，缓缓地举起了手，小心地由下往上抚弄着吃过饵食的鸱鸺，轻捋鸱鸺背部的羽毛。此时，大鸟突然发出短暂而尖利的叫声。说时迟那时快，大鸟忽地从桌上飞起身来，张开那双利爪，凶猛地冲着弟子的面门扑飞而来。若非慌张地以袖掩面，弟子必定被那鸱鸺抓伤。弟子用自己的衣袖拼命驱赶着。可那鸱鸺转瞬之间又扑了下来，嘴里吱吱地尖叫着，开始了新的攻击。——弟子忘记了师傅的存在，一会儿站立防卫，一会儿坐下驱赶，没头没脑地在房间里逃窜。怪鸟自然继续追击。它忽高忽低地飞翔着，瞅冷子便照准猎物的眼睛突然扎下。每次攻击，鸱鸺的翅膀便发出啪嗒啪嗒吓人的声响。这情景令人想起落叶的气息、瀑布飞溅的水沫或是猿猴贮藏的水果发酵后的酸臭味。反正都是些怪异的感觉，令人感到无尽的恐惧。弟子还将黯淡的烛光，误认作朦胧的月明，而师傅的画室，则是远方的深山或妖气阴森的山谷。弟子感觉到毛骨悚然。

其实令弟子感觉恐惧的，还不仅仅是鸥鹁的攻击。他更觉恐惧的，正是师傅良秀。师傅竟冷眼观望着这样的肉搏，且慢条斯理地摊开画纸，用舌头舔了舔画笔，开始描绘异形怪鸟残虐白嫩少年的惨烈景象。弟子慌乱中只望了师傅一眼，顿觉一种异常的恐怖之感。他一时间感觉到，自己将被师傅所谋杀。

十一

被师傅谋杀的可能性，其实不言而喻。当晚特意将弟子叫到画室，就是为了绘制鸥鹁追杀弟子逃窜的景象。所以弟子就那么望了师傅一眼，便不由自主地双袖抱头，不知缘由地厉声惨叫着逃窜到画室角落的拉门旁，翻滚蜷缩于门下。此时，良秀也不知为何发出了慌张的喊叫，像要站起身来。一时间，鸥鹁的翅膀扑打声更加激烈，加上物体倒地、摔碎的声音，各种喧嚣的声响夹杂在一起。此时的弟子魂飞魄散，无意间再度仰起双手捂住的头。却发现不知何时，房屋里变得漆黑一片，师傅正焦躁地呼唤着其他弟子。

不一会儿，远处一个弟子有了回声。那弟子手护着小灯急急赶来。借着煤烟熏人的小灯一瞧，原来是弄倒了烛台。地板上，榻榻米上，全是油迹。再看那只翻倒在地的鸥鹁，只剩下一只翅膀痛苦地扑扇着。良秀在桌子对面半抬起身，早已看得目瞪口呆，嘴里嘟嘟哝哝地说着一些无人能解的话语。——这也难怪，那只鸱鹈的身上，缠着那条漆黑的毒蛇，毒蛇紧紧地缠住了鸱鹈的脖颈和一边的翅膀。也许弟子蜷缩到拉门旁时，碰倒了那里的大壶，壶里的黑蛇便爬将出来。鸱鹈不自量力地要去啄杀毒蛇，结果搞出了好大动静。两个弟子互相望望，半晌只是茫然地看着眼前的情景，而后给师傅弓了弓腰，小心翼翼地离开了画室。无人知晓，毒蛇和鸱鹈后来的结果如何。

诸如此类的事情还曾发生过多起。如前所述，良秀受命绘制地狱变屏风是在秋初，那么从秋初到冬末，弟子们不断受到师傅怪异行为的威胁。然而那个冬末，良秀的屏风画作也遭受了很大的阻滞。他的神态比以前更加抑郁，说话的态度也越发粗暴。他的屏风画作已有八成，往下却是难以进展。嗨，弄不好连之前完成的那些，都有涂掉重来的危险。

无人知晓，屏风是在哪些方面受到了阻滞。或也无人希望获知于此。在种种怪事之中吃尽了苦头的弟子们，只觉得自己是与虎狼同居一室，各人心中都在盘算，尽量离得师傅远些为好。

十二

相关于此的怪异故事，无须更多描述。说来尚有一件，顽固不化的老爷子竟莫名其妙地多愁善感起来，时常躲在无人的地方嘤嘤哭泣。特别是有一天，一个弟子来庭院做事，看见师傅站在庭院里，呆呆地望着春天的低空，泪水沾湿了他的面庞。弟子见状反而感觉无地自容，径自一言未发悄悄退了回来。弟子们觉得十分诧异，师傅描绘《五趣生死图》，竟可描摹路旁的死尸，这样一个傲慢、偏执的人，怎会为着屏风绘画的进度受阻，就像孩子似的哭哭啼啼呢？

反正良秀执迷于屏风绘画的时候，令人感到他完全不像一个理智健全的人；同时不知何故，他女儿也越发地性情忧郁起来。看到这些，我等亦潸然落泪。良秀之女原本生得多愁善感，肌肤白皙，腼腆拘谨，加上现今的忧郁，更让人感觉那湿沉的睫毛，发黑的眼圈，充满了孤寂的韵味。开始以为她在思念父亲，或患了相思病。后来有传言说大公老爷想让她顺从自己。打那之后，人们突然间不再提起良秀的女儿了，仿佛将她忘却了一般。

适逢此期，一个夜阑人静的夜晚，我独自走过彼岸廊下。小猴良秀不知由何处突然跳将出来，拼命拽住了我的裙裤下摆。的确，那是一个温馨的夜晚，梅花飘香，月光如脂。透过月光望去，小猴露出它白色的牙齿，鼻尖紧皱，对着我声嘶力竭地尖声嘶鸣。此时我确有三分恐惧和气恼。气恼的是它拽扯了我的新衣。起初真想一脚踹开小猴，自己走路。可转念一想不行。当初少爷教训小猴，都受了老爷的训斥呢。且看这小猴的样子，还真的出了什么事儿。我定下心来，顺着小猴拽扯的方向走去五六步远。

走过前方廊下的一处拐弯，透过夜色，是一处泛着白光的池水，在那边柔顺的松枝映衬下，池水给人以空旷之感。适逢此时，近处房舍中传出争斗之声。奇妙的是，那声音慌乱而鬼祟地袭击了我的耳膜。周围的一切阴森而静寂，分不清是月光抑或雾霭。除了鱼跳之声，没有一丝人类动静。我不由得止住脚步。该不会有人施暴吧？我突然想去看个究竟，便悄然行至拉门外，屏住呼吸凑近前去。

十三

小猴良秀嫌我走得太慢，急不可待地几次蹿回我脚下，并由嗓子眼里挤出吱吱的嘶鸣。突然它单足一跃，跳上了我的肩头。我不由得回转头去，担心猴爪伤了我的肌肤。小猴却又抓住了我的衣袖，以免从我身上滑落掉地。——小猴的动作使我不禁跟跄了两三步。当我跑过那处拉门，小猴便拼命地拍打我的肩膀。这样，我便没有一刻踌躇地一把拉开了拉门，跳进月光全然遮掩的房间之内。此时遮挡在我眼前的——不，莫如说令我大吃一惊的，是在我进屋的同时，屋里像弹丸似的冲出了一个女人。女人差点儿撞在我身上，旋即一个跟斗摔在门外。不知何故，女人跪在门外呼哧呼哧地大口喘气，浑身颤抖着仰视着我的脸，仿佛仰望着一个恐怖的怪物。

不消说，跌出门外的正是良秀之女。可是这天晚上，良秀之女仿佛完全变了一个人。她活生生地映入我眼帘，大眼睛闪闪发光，面颊也烧得通红。凌乱不堪的内外衣饰，也与往日的稚幼气质截然不同，相反却增添了几分妖艳的美丽。这哪儿是往日那个柔弱、矜持的良秀女儿呀？——我倚在拉门上，观望着月光下美丽姑娘的身姿。此时，我听见另外一人慌张的脚步声渐趋远去。那是谁呢？我循着声音静静地用眼睛搜寻着。

姑娘咬住嘴唇，默默地摇头。她的表情令人感觉到十分委屈。

我弯下腰，将耳朵凑到姑娘耳旁，小声问道——"他是谁？"姑娘却一言不发，只是摇着头。姑娘的长睫毛上挂满了泪珠，嘴唇咬得更紧了。

我这人生性愚钝，钻牛角尖。除了自己了解的事情，对不住，诸事不通。我也不懂得换个问话方式。半晌，只是呆若木鸡地伫立一旁，期待着倾听姑娘心中的悸动。自然，我的心中亦有一丝歉疚，不知自己的追问是否令姑娘作难……

这样不知过了多久，我关上开着的拉门，回首望见姑娘脸上的红晕也已稍稍褪去，便竭尽温柔地说道："回曹司[1]去

---

[1] 旧时女官的居所。

吧。"我亦感到心中不安,仿佛看见了不该看见的事情。此时此刻,真的感觉耻于见人,便悄悄沿着来时的方向走回转去。可是没出十步远,身后的裙裤又被拽住,拽衣者战战兢兢地乞我止步。我吃惊地回头望去,你道是谁?

但见小猴良秀伏于足下,人样儿似的合起双手,脖子上的黄金小铃叮铃作响,毕恭毕敬地给我磕头。

十四

那晚之后,约莫过了半个月光景,一天良秀突然来到官邸,请求拜见大公老爷。良秀的身份卑微,平日须是奉旨觐见。然而那天,大公却爽快应承了良秀的请求,令其怏怏上殿。良秀身着平素的丁香色狩衣,头戴软塌塌的揉乌帽子,带着比平常更加阴沉的表情,恭敬地匍匐堂前。过了一会儿,他嗓音沙哑地禀道:

"老爷先前吩咐的——地狱变屏风,我日夜丹诚,竭尽薄力,总算不负执笔之劳,现已初见端倪。"

"恭喜恭喜。予亦十分满意。"

然而大公老爷的说话声音十分奇怪。不知为何,给人以无精打采的感觉。

"不,这完全不值得道贺。"良秀令人可气地耷拉着眼皮说道,"草图虽已完成,但尚有一处无法绘出。"

"什么?你还有画不出来的吗?"

"是的。说到底,我无法描绘我所不曾见过的事物。即便描绘出来,也肯定令人无法满意。那么跟我所说的无法描绘,并无二致。"

大公老爷听了这话,脸上浮现出嘲弄一般的微笑。

"那么,让你描绘地狱变屏风,就得到地狱去观望吗?"

"是的。那年遭遇大火灾,我目睹了火焰,仿佛看见了炎热地狱里的烈火。描绘不动明王的火焰时,其实我也联想到那场火灾的景象。大人应当看过那幅画作。"

"可是要描绘罪人的话,怎么办呢?你见过狱卒吗?"

大公好像根本没有听见良秀的描述,他这样反反复复地询问道。

"我见过铁链捆绑的人,也有怪鸟啄人的写生。说来,我略知种种备受残虐的罪人景象。不过狱卒嘛——"良秀泄出阴森的苦笑,"狱卒嘛,在我的梦境中也曾多次映现。或为牛头,或为马面,或是三头六臂的小鬼,他们击掌无音,张口无声,几乎每日每夜都来虐待我。我所想画而画不出的并不是这般景象。"

说到这里,大公才惊诧起来。半晌,他只有焦虑地瞪视着良秀的脸,而后吓人地颤动着眉毛,随口问道:

"那么,什么是无法描绘的呢?"

十五

"在我的屏风中央，有一辆槟榔毛车。我要描绘它从空中降落的景象。"良秀说。

此时，良秀开始目光炯炯地望着大公老爷。早就听说，良秀一旦涉及绘画就像一个偏执狂，而他此时的眼神，的确令人感觉恐惧。

"车中有一艳美贵妇，黑发散乱，忍受着烈火的煎熬。她在烟火之中，被熏得流泪蹙眉，半空之中仰望车篷。或为遮挡天上降落的火星，她用双手揪下了车上的竹帘。周围则是纷飞的怪鸟。十只？二十只？或许更多。怪鸟呱呱叫着，飞翔在周围。——唉！就是牛车上的这位贵妇，我实在画不出来。"

"那——怎么办？"

大公不知何故流露出喜悦之色。他催着良秀快说。可良秀红润的嘴唇颤抖着，好像发烧了，又像说梦话一样地重复道：

"我所无法描绘的，就是这样的一幅情景。"

突然，良秀歇斯底里地大声喊道：

"请让我亲眼看到槟榔毛车燃起大火。如果不能做到……"

大公老爷面色黯然，可突然间哈哈大笑起来。他止住大笑这样说道：

"好吧,一切就像你说的那样办吧。争来争去,毫无益处。"

听到大公这样说,我便产生了一种莫名的恐惧预感。实际上,大公的表情亦十分可怕。他嘴角泛起白沫,颤抖的眉际像是放电。给人的感觉,正是良秀的疯狂传染到了他的身上。大公话音未落,又爆发出刺耳的哈哈大笑,继而说道:

"槟榔毛车点燃大火。车里坐着一位艳丽女人,还要贵妇装扮。对不?在烈焰和黑烟的围困中,车上的女人在挣扎中死去——不愧是天下第一的画师呀,竟有这般天才构想。佩服,佩服呀。"

听了大公这番话,良秀突然间气喘吁吁,脸色大变,唯有嘴唇还在蠕动。他像被抽去了身上的筋骨一般,瘫软在榻榻米上。他双手伏地,用蚊子哼哼般的微弱嗓音,毕恭毕敬地向大公致谢。

"感谢老爷。这是我的福分。"或许良秀心中预想的可怕景象,竟伴着大公老爷的那般言语,实实在在地浮现眼前。此时,我这一生中唯有这一次,感觉到良秀是个可怜的人。

十六

两三天后的一个深夜,大公老爷如约召见了良秀,为了让他亲眼过目槟榔毛车的焚烧场所。值得一提的是，这里不是堀川御邸，而是京都城外一处已经烧失的山庄——俗称雪融御所，原先是大公妹妹的御邸。

雪融御所已长期无人居住，宽大的庭院一片荒芜。拜谒者由御所名号亦可推知，庭院里一定是渺无人烟。大公的妹妹殁于此地。关于她的身世，亦有许多传说，说是在月儿藏身的每个夜晚，总有一个奇怪的身影穿着红色外衣，脚不沾地于廊下行走。这个说法并不奇怪。雪融御所白天也是静寂无声，天色一黑，池水的声响更加阴森，星光下飞舞的鹭鸶亦像怪物一般，令人毛骨悚然。

正好，这夜也是没有月亮，庭院里一片漆黑，借着大殿油灯的光亮，可以看见坐在廊下的大公身着浅黄便服，外套一件深紫色调的浮纹外衣。他在一个白底锦缘的圆垫上，高高地盘腿而坐。不用说，大公的前后左右站着五六个侍从恭敬地列成一排。其中有位体格强健的武士，凶神恶煞。据说当年陆奥之战时，他饿得生食人肉，之后还生生掰裂了鹿角。只见武士缠着腰带，身后反佩大刀，威风凛凛地蹲于廊下。——所有这些，都在夜风吹拂的灯光下，或明或暗，分不出是梦幻还是现实，总之透现着莫名的阴森和恐怖。

庭院中置放了槟榔毛车，高悬的车盖抑压着黑暗。毛车没有拴牛，黑辕斜搭在脚踏上，金饰上的黄金像星星闪烁。放眼望去，这春季仍给人以寒冷之感。车上那浮线绫缘的青色挂帘，将车厢封闭得严严实实。谁知道车内是何物？周围则是一群杂役，手里举着松明火把。他们装模作样地调整着火势，担心油烟飘向过廊。

当时良秀位置稍远，恰好跪坐在回廊对面。他仍旧穿着他的丁香色狩衣，头顶揉乌帽子。也许在星空的重压之下，他比平常显得更加瘦小，更加寒碜。在他身后，还蹲着一位同样装扮的人。想必那是良秀带来的一个弟子。他俩恰巧跪坐在远处的阴影中，由我这边的廊下望去，简直连狩衣的色调都分辨不清。

十七

时光大约接近深夜。林木和泉水包藏黑暗，那样的寂静无声。我窥测了一下众人的情态，听见的却只有夜风吹拂。松明烟雾在夜风的吹拂下，将油烟的气息捎带过来。大公许久一言不发，只顾观赏着夜幕中的奇异景色。又过一会儿，他将膝盖往前挪了挪，厉声唤道：

"良秀！"

良秀好像是应了一声。可在我的耳朵听来，简直是蚊子哼哼。

"良秀，今晚的火烧牛车，不是你要看的吗？"

大公说完，给周围的侍者递了个眼色。我看见大公和身旁的侍者们诡秘地微笑。难道是我神经过敏？良秀战战兢兢地抬起头，仰望廊上。他一言不发，只是默默地等待。

"你仔细看。这是我平日乘坐的车子。认得吗？现在，我便将这辆车子点燃。炎热地狱即将出现在你的眼前。"

大公欲言又止。向身旁侍者挤挤眼睛，接着突然变为十分痛苦的语调。

"车子里缚着一个侍女。有罪之人。只要点燃这辆车子，女人必死无疑，且将烧失肉身，烤焦筋骨，承受那无尽的苦难。你不是要完成那幅屏风吗？这是绝好的样本。好好看吧，烈火怎样烧烂了雪白的肌肤。她的黑发也将化为火星，漫天飞舞。"

大公第三次停顿下来。不知他又产生了何等邪念，肩膀摇动着大声狂笑。

"此等景观空前绝后，予亦在此观赏呢。来来，将挂帘撩起来吧，让良秀看看车中的女人。"

闻言，一个杂役高举松明，粗鲁地走近大车。他突然伸出另一只手，将挂帘噌地掀了起来。顿时，现场发出了一阵骚动。燃烧的松明摇晃出红色，一时间将狭窄的车厢映照得鲜明透亮。车上的女侍被铁链捆绑着，惨不忍睹。——哎呀！阁下没有看错吧？女人身着华丽刺绣的樱花唐衣，柔顺的黑发婀娜下垂，内弯的黄金钗子闪耀出美丽的光芒。虽然装饰不同了，但那小巧玲珑的身段、雪白的脖颈，以及侧旁望去无限孤寂、无限恭谨的芳容……无疑，这正是良秀的女儿呀！我差点儿惊吓得叫出声来。

对面武士慌忙起身，手握刀柄，严峻注视着良秀。良秀看到这般景象，惊吓得几乎晕厥。当初他是跪坐于廊下的，此刻腾地跳将起来，双手伸向前方，懵懵懂懂地冲着大车方向奔去。如前所述，良秀的面容远远地居于阴影之下，无法看得清楚。而转瞬之间，煞白煞白的良秀面容或被无形力量悬浮空中的良秀身影，突然间摆脱了那般黑暗，鲜明地浮现在我们眼前。此时，随着大公的一个号令"点火"，杂役们将松明火种投向了女子乘坐的槟榔毛车。顿时燃起了熊熊大火。

十八

大火眼见包围了车篷。车篷边缘的紫色流苏，被风火吹得向上飘拂。下面则是夜幕之中的蒙蒙白烟，旋涡似的翻卷着。挂帘、袖裾、梁上的金饰，一时间粉碎飞扬。漫天飞舞的火星像是细雨，一派恐怖的景象。更为可怖的则是两侧窗棂的火舌，熊熊升腾于半空之中。烈焰的色调像是日轮落地，天火迸发。当初几近喊叫出声的我，此番已是魂销魄散，只有茫然地张开大口，呆呆地观望着恐怖的景象。然而，其父良秀的情况如何呢？——

良秀当时的表情，令我终生难忘。他懵懵懂懂地跑到毛车近前，大火熊熊燃烧起来之后，他便停止了脚步。他仍旧向前伸出双手,目不转睛地注视着毛车周边的烈焰和烟尘。他周身沐浴在火光之中,满是皱纹的丑陋面孔,连胡子尖都是清晰可辨的。然而无论是圆睁的双眼、扭歪的嘴唇,抑或是不断痉挛的脸颊,都活生生显现出良秀复杂变幻的恐惧、悲哀和惊悚。——即便是刑场上将被斩首的盗匪,或绑上阎王殿、十恶不赦的罪人,都无法显现出那般痛苦的表情。就连那位威勇强焊的武士,都不禁骇然失色,战战兢兢地仰视着大公的脸。

大公紧紧咬着嘴唇,不时发出摄人心魄的大笑,目不转睛地盯视着燃烧大火的毛车。我到底没有勇气详尽描述——啊!在熊熊大火的毛车中,我看到姑娘怎样的一幅情景呢?我看到的只是浓烟呛翻的苍白面容,横扇烈焰的黑乱长发,以及转眼间化为火焰的美丽的樱花唐衣——多么惨烈的景象呀!尤其在夜风的吹拂下,浓烟摇曳,红色的火焰播撒着金粉漫天飞舞,火中的人儿咬住黑发,在铁链的捆绑中苦苦挣扎。我真怀疑亲眼看见的是地狱之中的惧人业苦。何止是我,就连那强健的武士,也禁不住毛发倒竖。

随后又是一阵夜风吹过,但见庭院的树梢上嗖地发出一个声响。——谁都无法想象,黑暗的夜空之中,那声响仿佛从天而降。但见一个黑色的物体像皮球一般跃出,既非跳跃亦非飞翔地径直由御所的屋脊,跃入了毛车的恐怖烈火中。涂着朱漆的两侧窗框,已烧得七零八落往下掉。

黑球一把抱住了反绑双手的姑娘肩头，随着极端痛苦、撕心裂肺的一声尖叫，飞扬起一缕细长的烟云。随即又传出了几声啼鸣——所有观者不禁啊地喊出声来。而背向烈焰火壁、紧紧抱住姑娘肩头的，正是那只拴在堀川官邸的、诨名良秀的小猴。谁也不知道小猴是怎么找到这里来的。为了素日疼爱自己的这位姑娘，小猴也冲进了火海。

十九

小猴的身影显现仅在一瞬之间。恍若金漆一般飞舞的火星，呼地升腾于空中。小猴和姑娘的身姿亦迅疾隐没到黑烟中。唯有庭院中央剩下的那辆火车，呼啦呼啦地熊熊燃烧。不，与其说是火车，不如说是火柱，撑悬于星空之下，燃出了摄人心魄的烈焰。

良秀面对火柱伫立，脸上的表情似已凝固。——不可思议！开场之前，良秀还在为地狱的苦难而烦恼，可是现在，那皱纹密布的脸上却浮现出令人费解的光辉，宛若恍惚之中的法悦光辉。他仿佛忘记了大公的存在，双手紧抱胸前伫立于廊下。那情形似乎令人感觉，美丽的火焰和烈焰中受难的女人身姿，令之产生了无限的喜悦。

更加令人不可思议的是，你以为，良秀是在愉快地观赏独生女儿的临终之苦吗？其实不仅如此。此时的良秀已非人类，他一脸怪异的庄严表情，好似梦中所见的狮王愤怒。连那些受了意外大火惊吓、聒鸣飞翔的无数夜鸟，也不敢接近这个头顶便帽的怪老头儿。或许在无心的鸟儿眼中，良秀的头顶也是圆光高悬，显现出不可思议的威严。

鸟儿亦如是，何况我等与众多杂役。所有人都屏住了气息，身心震颤，心中充满了随喜，目不转睛地盯着良秀，仿佛瞻仰开眼之佛。空中呼啦作响的火车烈焰和惊魂失魄、呆然伫立的良秀，体现了何等的庄严、何等的欢喜呀。然而唯有落座廊下的大公，脸色铁青，嘴角翻沫，面目全非。他双手紧紧抓住自己紫色外罩下的膝部，像干渴的野兽一般呼哧直喘……

二十

大公在雪融御所焚烧毛车的事件，不知通过何等渠道传扬得满城风雨。大公为此受到来自各方的指责。他为何要烧死良秀的女儿呢？最多的猜测和传言便是因为恋情引致了怨恨。然而大公的真正意图绝非要烧车杀人，而是要惩治屏风画师良秀的邪恶根性。这是大公亲口对我说过的。

此外，良秀也被视为铁石心肠的恶汉——为了屏风绘画，竟然眼睁睁看着女儿烧死。有人骂他是个混蛋，为了绘画竟然忘却父女之情，简直是人面兽心。那位横川的僧都亦时常赞同这般观点。他说："无论你在艺能方面多么优秀，都不可忘记人之五常。否则唯有堕入地狱。"

时过月余，良秀终于完成了那幅地狱变屏风。他急切地将屏风携往御邸，恭敬地请大公过目。恰巧僧都也在现场，面对屏风扫过一眼。那幅天地之中肆虐的狂暴烈焰，令之惊恐不已。此前还一副苦脸瞪着良秀的僧都，不由得大腿一拍喊道："好画！"然而令我至今无法忘却的，却是大公闻听此言时的一脸苦笑。

打那之后，至少在大公的官邸当中，无人再说良秀坏话。无论何人，无论他平时多么憎恨良秀，只要看见了这幅屏风，就会为奇妙的庄严之心打动，亦会如实地感受到炎热地狱的无尽苦难。

此时此刻良秀业已不在人世。他在屏风完成之后的翌日深夜，在自家的房屋里悬梁自尽了。独生女儿先行一步，他哪里还能安闲地苟且偷生？良秀的遗骸如今埋在了他家的坟茔中，前方是一块小小的墓碑。想必经过数十年风风雨雨，碑上也将生出苔藓，人们将无从知晓墓碑的主人。

大正七年四月

魏大海　译

文明的杀人

下文展示者，是最近从本多子爵（化名）那儿借阅的、已故北田义一郎（化名）医师的遗书。其实即便说出北田医师的真名，如今恐亦无人知晓。我自己也是因为结识了本多子爵，才了解到明治初期的少许逸事，也才有机会率先听到了医生的大名。这一人物的品行如何呢？想必他的遗书，便是一个注解或说明。加上我所听说的一些传闻，医生的形象便会更加丰满。据说，医生是当时著名的内科专家，同时也是一位戏剧通，在戏剧的改良方面提出了激进的见解。在戏剧方面，医生居然亦有自己的创作，据说那是一部二幕喜剧，将伏尔泰的《老实人》编排为德川时代的一个故事。

从北庭筑波摄下的相片上看，北田医师蓄着英国式的须髯，是个相貌魁伟的绅士。又听本多子爵说，医生的体格超过西洋人，由少年时代开始，他就精力超群。遗书的文字笔墨淋漓，显现出郑板桥式的狂放，同时也显现了医生自身的风貌。

当然，我在公开这部遗书时也做过诸多篡改。例如，当时尚无授爵制度，我却借用了日后的这般称谓，将人物称作本多子爵和夫人。只是，文章的格调，几乎维持了原文的模样。

本多子爵阁下及夫人：

　　临终之际，予告白三年以来时时存于心底、该当诅咒的一个秘密，借此亦向卿等袒露自己的丑恶心地。卿等读过这封遗书之后，倘若仍将卿等的这个故人记于心中，怀有一丝怜悯，对予自然是喜出望外之大幸。如果，卿等将予视为万死之狂徒，必欲鞭尸而后快，予亦毫无怨言或遗憾。只是，切勿听了予所告白的事实，倍觉意外，便胡乱诬予为神经病患者。予最近数月以来，苦于不眠之症。而予之意识是明白的，且极度敏锐。请稍稍回忆卿等与予二十年来的相识相处（予斗胆以朋友相称），请勿怀疑予之精神的健康。若有怀疑，则披露予一生所受污辱之此封遗书，不过废纸一张耳。

　　阁下并夫人，予之过去犯了杀人罪，同时将来亦有犯下同样罪恶之可能。予乃可悲的危险人物。那般犯罪，是对卿等最为亲近的人物策划的，而且还在继续策划，卿等想必会感觉到意外之中的意外。予深切感觉到须再度发出这般警告。予是完全清醒的，予之警告亦是彻头彻尾的事实。希望有幸获得卿等的信任。万勿将予之生涯的唯一纪念——这短短的几页遗书，当作虚幻的狂人呓语。

　　予已没有时间这样喋喋不休地强调予之健全。在仅存的短暂时间里，须尽快述明予之杀人动机或计划的实行，进而言及杀人之后的奇怪心境。否则予将悔恨不已。然而，呜呼！当予面对纸砚之时，仍感觉惶惶不安。对予而言，检讨或记载自己的过去，和重新回到过去的生活究竟有何差异？予将被迫再度重温杀人的计划，体验杀人的行为，并再度堕入最近一年令人恐怖的苦闷之中。予堪于忍受否？而今，予向久违数年的我主耶稣基督祈祷。愿主赐予力量吧。

少年时代，予曾爱上予之表妹（请允许以第三人称称呼）——早年的甘露寺明子。回溯与明子相伴的幸福时光，或许卿等感觉不堪卒读。予之心底，亦觉犹豫，却无法回避作为例证的、历历在目的一场光景。当时，予不过十六岁的一个少年，明子则是未满十岁的少女。五月某日，予等在明子家草坪藤架下嬉戏。明子突然问予，单足站立可以多久？予答道，站不多久。明子闻言将左手垂下，握住左脚的脚趾，右手举起保持着平衡，用一只脚站了很长时间。头顶上垂下的紫藤，在春天的阳光里摇曳，紫藤下的明子，却像一尊雕塑凝然伫立。她那几分钟内的如画景致，至今仍历历在目。反省自我，予惊奇地意识到，实际上在那藤架之下，自己已深深爱上了她。打那以后，予对明子的爱情益发强烈，无时无刻不在思念着她，几近荒废了学业。然而，予是一个懦弱的人，最终却未能向她吐露衷肠。在阴晴无常的悲切情感中，予时而哭泣时而欢笑，这样度过了茫茫数年的岁月。但在予二十一岁那年，父亲却突然命予远赴英都伦敦留学，以承继父亲的医学家业。诀别之时，予欲向明子袒露予之爱情。然而予等那样的严肃家庭，吝于为予创造那般机会；再者，予深受儒教主义教育，亦惧怕桑间濮上（《礼记》，淫乱之意）之闲言，只好抱着无限的离愁，孤笈飘然去了英都伦敦。

这儿有必要叙说的是，在留学英伦的三年之间，每当予伫立于海德公园的草坪，心中便无限怀念故园紫藤花下的明子；漫步于蓓尔美尔[1]街头巷尾，予又会对天涯游子的自己充满怜悯。在伦敦留学的日子里，予梦想玫瑰色的未来，梦想予等的结婚生活，借此排遣心中的郁闷之情。然而当予留英归来之时，却获知明子业已嫁人，成为第×银行总经理满村恭平的妻子。予当即决心去自杀。然而予生性的怯懦和留学期间皈依的基督教信仰，却不幸麻痹了予之双手。卿等若欲知晓予当时的那般伤心，不妨回顾一下予归国十日后意欲再度赴英时，招致了父亲何等激怒。论及当时的心境，其实没有明子的日本，像是故国而非故国。与其滞留在并非故国的故国，枉度精神败残者之生涯，莫如捧着《恰尔德·哈洛尔德游记》的一卷[2]，做个

---

1 蓓尔美尔，Pallmall，英国伦敦街名。
2 英国浪漫主义诗人拜伦创作的长诗。

远在万里的孤客,并将遗骨掩埋于异域土地。予坚信,这样方可获得更大的精神慰藉。可是发生在予身边的事情,却终究令予抛弃了再度渡英之计划。加之在父亲的医院里,予乃留洋初归博士,来此诊疗的患者便络绎不绝,不得已坐上了那把无聊的座椅。

予向上帝祈求,摆脱失恋,幸获慰藉。当时一位难忘的朋友是居于筑地的英吉利传教士亨利·塔恩杰德。亨利为予阐释了《圣经》的数个章节,结果令予对于明子的爱,在经历了无数的苦斗之后,渐渐由热烈的情欲转化为平静的亲情。予时常同亨利一起谈论上帝,谈论上帝之爱,谈论人类之爱。记得一次独自回家,半夜走在行人稀少的筑地居留地。倘若卿等不会取笑予之儿女情长,予即叙说予之当时的感极唏嘘。当时,予仰望着居留地空中的半轮明月,暗暗向上帝祈求着表妹明子的幸福。

予终究获得了爱之新的转向。可否以"断念"的心理加以解释呢?无可置疑的是,予虽无勇气和时间详细地加以释明,却靠着那般亲情之爱,治愈了自己的心灵创伤。归国以来,予但凡听到有关明子夫妻的消息,就像遇见了蛇蝎一样恐惧。但是如今,予却靠着亲情之爱,开始希望与明子夫妇接近。予轻率地相信,只要发现他们夫妻是幸福的,就会感到更大的安慰,却不会产生一丝一毫的苦闷之感。

那般信念带来的结果,乃是明治十一年(1878)八月三日两国桥畔施放大焰火时,经朋友绍介,予总算于柳桥万八的水楼之上,在十余艺伎的陪伴下,与明子之夫满村恭平一夕相见,与之俱欢。欢?何欢之有?予之心中不由得感叹,要说是苦,才更为贴切。予在日记之中这样写道:"予念及,明子怎会嫁给满村这样淫滥的贱货为妻?予真是满肚子的怨愤无处宣泄。上帝教诲曰,予可将明子视为予妹。然而,予怎可将小妹委之于那般禽兽之手?予无法忍受上帝这般残酷而谲诈的游戏。谁能将自己的妻子、小妹送交强人凌辱,却仍在仰天呼唤上帝的神佑呢?从今以后,予断然不再信奉上帝,而要靠自己的双手,将小妹明子从那色鬼的手中救助出来。"

予在书写此封遗书,当时令人诅咒的情景再度浮现在眼前。苍苍水霭,万点红灯,还有那前后相衔、没有穷尽的画舫队列。——呜呼!予终生不忘那夜仰望的半空之中的焰火闪烁,更无法忘记的是肥猪一般的满村恭平。他右拥花魁,左随雏妓,高吟着猥亵不堪的俚歌,傲然酣醉于凉棚之上。不!不!予至今无法忘却他的黑纱大褂,以及那抱明姜的三条花纹。予坚信,其实从观赏水楼烟花的那晚开始,予便执意要去杀死他。予还坚信予之杀人的动机,由其发生的当初,就绝不仅仅是因了嫉妒。毋宁说那是因为一种道德的激愤,或为着惩治不义,祛除邪恶。

打那以后,予潜心关注满村恭平的行为,观察他究竟是否符合给予的那一夕之间的痴汉印象。幸好予之熟人中有几位从事新闻业的记者。不妨说,有关于他的许多淫虐无道行径,纷纷进入予之视听。予自熟人前辈成岛柳北先生处闻,满村恭平在西京祇园的妓楼,有位名叫未春的雏妓,两人爱得死去活来。其实亦属同期之事。且这个无赖丈夫,竟把自己温良贤淑的夫人明子当作奴婢使唤。而所有的人看见他,都将之视为人间瘟疫。我知道,他的存在就是伤风败俗,杀了他则是扶老怜幼。为此,在予杀害意志的主导下,予又渐渐改变了谋杀计划。

不过,若无下述经历,予之杀人计划的实行,恐怕还要经历更多的踌躇。幸好,抑或也是不幸,命运在这危险之际,让予会见了予之少年时代的朋友本多子爵。予等通宵达旦在墨上旗亭的柏屋,一面饮酒一面引出了一段哀怨的话题。至此予方初次知晓,本多子爵和明子居然早已有过婚约,却在满村恭平的金钱威压下,无奈地最终毁约。予之愤怒益发高涨。在那画楼帘里黯淡的一穗酒灯下,予同本多子爵交杯换盏痛骂满村。回想起当时的情景,予至今仍觉肉跳。同时,予至今仍然清晰地记得,当夜乘坐人力车由柏屋返回时,途中想起本多子爵和明子的婚约,曾经感觉到一种无可名状的悲哀。请允许予再度引用日记。"今夕,予会见了本多子爵,更坚定十日之内杀掉满村恭平的决心。听子爵口吻,他与明子不仅私定了婚约,而且真正地相爱。(予感觉自己今日才发现了子爵独身生活的理由。）毫无疑问，予愿意杀死满村，让子爵和明子结为伉俪。偶然想到，明子嫁给满村尚未生子，实乃天意，亦似助予实现计划。予坚信，只要杀死那人面兽心的巨绅，即可令予之亲爱的子爵和明子，早晚过上幸福的生活。念及于此，口边不禁浮现出微笑。"

而今，予之杀人计划转变为杀人的实行。予经反复周密的深思熟虑后，渐渐地选定了谋杀满村的适当场所和手段。至于那具体的场所和方式，未必需要详尽地叙述。卿等尚记得如下事实否？明治十二年六月十二日，德国皇孙殿下在新富座剧场观看日本戏剧，满村恭平在由同一剧场返回宅邸的途中突发急病死于马车之上。予在新富座曾对满村说他的面色不好，并劝他服用了予所携带的药丸。一个壮年医学博士的劝告，显然具有说服力。呜呼！卿等请想象一下博士当时的表情。当时，在层层叠叠的红球灯光下，伫立于新富座的木门前，目送满村在瓢泼大雨中奔驰而去的马车。此时此刻，昨日的怨愤，今日的欢喜，统统汇聚于心中，笑声、呜咽同时溢现在唇际，几近忘却了当时的场所和时间。而且，当时的他且泣且笑，迎着潇雨踏入泥泞，归途中仿佛陷入了疯狂。请勿忘记，当时他嘴里嘟哝不停的，正是明子的名字呀。"予终夜未眠。予徘徊于书斋。是欢喜还是悲哀，予无法辨明。唯有一种无法言喻的强烈感情支配着予之全身，霎时间令予坐立不安。予之桌上有三鞭酒，有蔷薇花，还有那个丸药盒。予仿佛开始了奇怪的飨宴，而天使与恶魔就在我的左右……"

打那之后数月时间，予过着幸福的日子。根据法医验尸，满村的死因和予之想象完全一致——脑溢血。即刻之间，他便置身于地下六尺的黑暗之中，任凭虫蛆蚕食躯体的腐肉。既然没有任何目击者，予便没有杀人犯的嫌疑。而且有传闻说，丈夫死后，明子的气色有了好转。予带着满面的喜色诊察予之患者。赋闲之时，予还主动约了本多子爵到新富座看戏。毫无疑问，予是最后的胜利者。那是光荣的战场，每当望见剧场的花雾和墙上的挂毯，予便感觉到奇异的欲望在躁动。

然而几个月之后，在这几个月的幸福时光里，予同时渐渐接近了同予生涯中最最憎恶的诱惑殊死搏斗的命运。这场搏斗无限惨烈，将予步步驱入死地。予到底没有当面坦白的勇气。就连现在书写这封遗书，予仍旧在与那水蛇一般的诱惑进行着殊死的搏斗。卿等若欲窥见予之烦闷，不妨看看抄录于下的予之日记。

"十月×日，明子以无子为由离开满村家。近日，予可在本多子爵的陪同下，会见六年不见的明子。归国以来，开始是为了自己而无法相见，后来则是为了明子不能相见。光阴荏苒，转眼时至今日。明子的明眸，是否还像六年以前那般明亮呢？

"十月×日，予今日造访了本多子爵，首次相伴前往明子家。不料，子爵已率先与明子约见了两三次。子爵竟这样疏远了予，令予感觉异常不快。予托辞为患者诊察，匆匆辞别了子爵家。恐怕在予离去之后，子爵又单独造访了明子。

"十一月×日，予伴同本多子爵造访了明子。明子的容貌减色几分。然而伫立于紫藤花下时，仍旧还是当年的那个少女。呜呼！予已经见到了明子，可是为何予之心中，反而感觉到无可抑止的悲哀呢？予苦于无法获知其理由。

"十二月×日，子爵似乎决意与明子完婚。这样，予杀害明子丈夫的初始目的，似乎已经达到。然而——然而，予将再度失去明子啊。予无法免除这般异常的痛苦。

"三月×日，子爵和明子的结婚仪式预期在今年年末举行。予祈祷着那一天早些到来。在现今的状态下，予将永久无法摆脱那无尽的痛苦。

"六月十二日，予独自去往新富座。想到去年今月今日死于手下的牺牲，予观剧之中不禁露出了会心的微笑。然而，由剧场返家的途中，予突然想到了自己的杀人动机，顿时感觉到心中索然。呜呼！予为何杀死了满村恭平？是为了本多子爵，为了明子，还是为了自己？予无法回答这样的问题。

"七月×日，今夕，予陪同子爵和明子，乘马车观赏了隅田川的流灯会。在马车窗外泻入的灯光下，明子的明眸益发美丽，几令予忘记一旁子爵的存在。然而，这并非予要说明的内容。马车上,当予听说子爵胃疼时,便伸手在口袋里搜寻,结果摸到了装着丸药的纸盒。予不禁一惊,这正是装有那种药丸的药盒。今宵,予为何要带上这种药丸呢?这是偶然的吗?予痛切地期望那是偶然的,但却未必是偶然。

"八月×日,予和子爵、明子在予家中共进晚餐。可是,予却始终未能忘却自己口袋底部的那盒药丸。似乎在予心中,隐藏着一头予所无法理解的怪物。

"十二月×日,子爵终于和明子举行了结婚仪式。予对自身,产生了无可名状的愤怒之感。那仿佛是一个士兵的愤怒,对自己曾为逃兵的怯懦行为,感觉到异常的羞耻。

"十二月×日,予应子爵之请,赴其病床前诊察。明子亦在一旁,称夜来子爵高烧吓人。予诊察之后,告知不过患了感冒,随即回家亲自为子爵配药。前后大约过了两个小时。'那个药方'却始终持续着令人恐惧的诱惑。

"十二月×日,予昨夜做了杀害子爵的噩梦,一整天,难以排遣心中不快。

"二月×日,呜呼!今天予才了解到,如果我不杀子爵,就必须杀了我自己。那样的话,明子该怎么办呢?"

子爵阁下并夫人,以上便是予之日记概略。然而,卿等未必可以了解予之日日夜夜的长期苦闷。予若是不杀本多子爵也就必须杀掉自己。可是,倘若我为了救自己而杀了本多子爵，予当初杀害满村恭平的理由何在呢？倘若自己毒杀满村的理由中，潜藏着无意识的利己主义，那么予之良心、予之道德和予之主张统统便应拂落在地，予以消灭。当然，予并非具有善忍之术。毋宁说，予坚信杀掉自己要远远胜于精神之破产。为树立自己人格，予今宵自用"丸药"药方，要让自己像亲手杀害的牺牲一样，获得同样命运。

本多子爵阁下并夫人，鉴于如上理由，在卿等得到这封遗书时，予已经成为一具死尸，横卧在予之床榻上。临死之前，详尽告白予该当诅咒的半生秘密，只是为了给卿等留下一片洁净。卿等若要憎恨，那就憎恨吧。感觉怜悯，那就怜悯吧。自憎自怜的予，将会愉快地接受卿等的憎恶与怜悯。予就此搁笔，命予之马车直奔新富座。当演剧中场休息时，予将吞下几粒"丸药"，再度投身于马车之中。节物[1]变换，靡靡细雨。予仿佛幸而遭遇了黄梅阴雨。如此，予将像那肥猪一般的满村恭平，眼望车窗外面来去闪烁的灯火光，耳闻车篷之上淅淅沥沥的夜雨声。予离开新富座尚不算太远，但这无疑是予最终的呼吸。翻阅明日新闻，或许将先行获得予之遗书。总之卿等将获悉，北田义一郎博士因患脑溢血，在观剧的归途中骤死于马车

---

[1] 节物，指称四季变换中的花鸟、风录、品物等。卢照邻有诗曰，"节物风光不相待"。

之中。予之临终，衷心祈望卿等健康幸福。

       永远忠实于卿等的北田义一郎拜呈

         大正七年六月

         魏大海　译

基督徒之死

纵令人生三百岁,逸乐至极,较之恒久无尽之乐,犹如梦幻耳。

——庆长译 *Guia do Pecador*(向善书)

唯向善求道者,方可知圣教中不可思议之神妙。

——庆长译 *Imitatione Christi*(教徒景行录)

一

话说古时日本长崎有座教堂,名圣露其亚,堂内有位本邦少年,叫罗连卓。这罗连卓原于某年圣诞之夜,饥寒交加,倒在教堂门口,经前来礼拜的会众救助,神父心怀悲悯,将他收留堂中。却不知何故,问他身世,答称家在天国,父名天主,总若无其事,笑笑支吾过去,众人终未知其详。见他腕上系着青玉念珠,谅其父辈当非异教徒。神父与合堂法众遂不以为歹人,悉心照料。说起这少年道心之坚,竟不像一个年少之人,实令众长老惊叹不已,故而人人称他为神童转世，虽不知其身家姓氏，却是倍加呵护。

却说罗连卓面若冠玉，声音纤丽若小女子，深得众人怜爱。就中有个叫奚美昂的修士，待罗连卓情同手足，进出教堂二人必携手相伴。这奚美昂本出身于武士之家，世代侍奉诸侯。身材伟岸出众，性情勇猛刚烈。教堂每遇异教徒投石滋事，神父常令他挺身抵御，也非止一次两次。如此一个奚美昂，却与罗连卓和睦相亲，真可谓老鹰之伴乳鸽，或曰黎巴嫩山上之巨柏，有红葡蔓攀缠，绽开了花。

岁月如流，不觉三年有余，罗连卓也将及弱冠。此时，忽起流言，说是离圣露其亚教堂不远，城里有家伞铺，其女同罗连卓相好。伞铺老爹是个笃信天主之人，常携女来教堂礼拜。祈祷时，那女子目不转睛，只管觑定手执香炉的罗连卓。每入教堂必打扮得花枝招展，频频向罗连卓眉目传情。这些尽数落在教众眼中。有人说，曾见到女子经过时，故意去踏罗连卓的脚；有人甚至扬言，尝见二人传递情书。

想是神父觉得此事不宜置若罔闻，一日，便将那罗连卓唤来，手捻白须，温言问道："听到些闲言碎语，事关你与伞铺女子的事，想来未必是真吧？"罗连卓面带愁容，连连摇头，噙着泪珠，坚称："绝无此事。"神父也不禁心软，念其年幼，平素道心坚定，见如此回答，谅无谎言，便未再深究。

神父所疑固然已解，来圣露其亚礼拜的教众间的风言风语，却难平息。而那如同兄长般的奚美昂，比之别人尤为担心。起初对这件丑事，也曾严加追问，可是，自家都深以为耻，不消说开口去问，甚至见他的面都难为情。一日，在圣露其亚教堂后园，拾到那女子给罗连卓的情书。趁屋内无人，将信掷到罗连卓面前，连吓带哄，百般套问。却说罗连卓，把张俊脸羞得通红，只说道："那小姐是一厢情愿。我仅收其信，从未与她交谈。"想那世间之流言，无风不起浪，奚美昂硬是刨根问底。罗连卓眼含幽怨，痴痴望着奚美昂，不禁诘问道："难道我会骗你不成？我是那种人吗？"说毕，如同飞燕般掠出屋内。见他如此说话，奚美昂自知疑心太重，不免愧悔，怏怏地正要离去，忽见罗连卓跑进屋来，一头扑在奚美昂身上，搂住他的颈项，嗫嚅着道："我不好，饶恕我。"奚美昂还未及开口，罗连卓猛地推开奚美昂，像是掩饰脸上的泪痕，旋即又奔了出去。罗连卓所说"我不好"，莫非指他同女娘私通之事？抑或自觉对奚美昂过于冷淡而心存歉疚？实在让人捉摸不透。

随后不久，又闹出一桩乱子，说是伞铺女孩有了身孕。那女子对老爹一口咬定，腹中子之父，乃是圣露其亚教堂的罗连卓。伞铺老爹大怒，当即一五一十告到神父面前。事已至此，罗连卓是百口莫辩。当日，神父会同合堂修众裁决，应予逐出教门。他一旦被逐出教堂，离开了神父，眼见得就会无以为生。然而，若将这等罪人留在堂内，事关主的荣光，故而日夕与他相亲的众兄弟，不得不含泪把罗连卓逐出门去。

其中最伤心的，莫过于亲如手足的奚美昂。把罗连卓逐出教堂固然痛心，被罗连卓所骗，却让他格外气愤不过。那么一个让人心疼的少年，在料峭的寒风里，黯然走到大门口。这时，奚美昂从一旁奔上前去，挥动老拳，重重地打在那张俊脸上。罗连卓禁不住这痛打，顿时倒伏在地，好半天才爬将起来，一双泪眼望着天空，颤声祷告道："请主饶恕。奚美昂丝毫不知我的隐情。"奚美昂见状也自是泄气，只是立于门首，朝天挥舞老拳。众修士百般劝解，奚美昂也见好便收，铁青着一张脸，就像暴雨之前的老天一样难看。罗连卓悄然走出圣露其亚教堂的大门，奚美昂贪恋地望着他的背影。当时在场的教众说，寒风里，罗连卓垂首而行，迎面，夕阳瑟瑟，行将沉落在长崎西侧的天际，而那少年优雅的身影，宛如笼罩在满天的火焰之中，看得极是分明。

自此，罗连卓便栖身在城外的悲田院内，成了世上一个可怜的乞儿，已非昔日圣露其亚教堂内的提灯童子。更何况身为基督徒，原本便遭异教徒的嫉恨，视他如屠夫一般下贱。现在街头行走，非但要受无知小儿的欺侮，还屡尝刀棍瓦石之苦。何止如此，罗连卓曾一度染上热病，倒卧在长崎街头七个日夜，痛苦难当，呻吟不绝。幸有天主垂怜，以其无边无量之爱，每每救他一命；即便得不到钱米施舍之日，也往往让他弄到山间的野果，海里的鱼虾果腹。虽然如此，罗连卓仍晨昏祈祷，不忘旧日在圣露其亚教堂时的日课，腕上的念珠不改其青玉本色。尤当夜阑人静之时，这少年便悄悄离开悲田院，踏着月光，前往那熟悉的圣露其亚教堂礼拜，求主耶稣基督的加护。

且说同门教众，人人疏远罗连卓，连神父都不怜悯他，更不消说别人。却也难怪，革出教门当日，深以为是个无耻的少年，谁能料到，竟会夜夜独自前来教堂祈祷，是个道心坚定之人。这也是缘于主之无量智慧使然。在罗连卓来说，虽说不得已，却也是件可叹之事。

话分两头，却说这边伞铺女孩，自罗连卓给逐出教堂不上一月，便产下一女婴。伞铺老爹虽顽固，想必是初得外孙之故，早把气恼丢在一旁，同女儿两人悉心抚育。或抱或哄，间或当作玩偶，以为乐事。老爹如此原也不足为奇，可怪的倒是那位修士奚美昂。这位连恶魔都能击退的大力士，自打那女子生下女婴之后，暇时每每造访老爹，笨拙地抱着娃儿，哭出呜咽，噙着一包眼泪，想是心念弱弟，忆起罗连卓俊雅的面庞。罗连卓离开圣露其亚教堂之后，那女子便再也没见他人影，故而心怀怨望，连奚美昂登门都没个好脸色。

正如俗话说，光阴似箭，转瞬又是一年多。不料想，其间发生了一桩祸事。一场大火，一夜之间便烧掉半个长崎城。当时景象之惨烈，好似最后审判的号角声，冲破漫天的火光，响彻人间，真个是令人毛骨悚然。说来不幸，伞铺老爹家恰在下风口处，眼见得给烈火吞没，一家老小慌慌张张逃了出来，一看，不见了婴儿。定是只顾逃命，忘了婴儿还睡在屋内。老爹顿足大骂；若无人拦阻，女子会冲到火里去救。然而，风势愈刮愈猛，烈焰亦呼呼狂啸，似要将天上的星辰烧焦。前来救火的街坊也乱作一团，除了安抚发疯一般的女子，也别无良策。正当此时，有人推开一干人众，奔向火海。原来是修士奚美昂。说时迟那时快，这位在枪林弹雨中如入无人之境的勇士，一头扑向烈焰。想必是火势太猛，令他逡巡不前。但见他两次三番冲进浓烟，却次次猫着腰落荒逃了出来。于是来到老爹和女子面前道："万事但听主的安排。此终非人力所能及，唯有认命而已。"这时，老爹身旁不知何人，高声喊道："主啊，保佑我！"奚美昂觉得这声音甚熟，便扭过头循声去找。一见那人，看官道是哪个？不是别人，正是罗连卓。清癯的面庞，映着火光，熠熠生辉；黑发及肩，在风中纷纷飘拂。虽然其状堪怜，却依旧眉清目秀，一眼便能认出是他。已成乞儿的罗连卓，立于众人之前，目不转睛，望着烈焰熊熊的房屋。一阵狂风吹过，扇得火焰愈加猛烈。眨眼之间，罗连卓早一纵身跃入火柱、火壁、火梁之中。奚美昂不禁遍体冒汗，当空高画十字，祷告说：

"主啊，保佑他！"却不知是甚缘故，心中忽现罗连卓离开圣露其亚教堂门首时，那清丽而悲戚的身影。

却说周围的教众，对罗连卓奋不顾身的壮举，虽感惊讶，终究难忘他昔日破戒之事。本已群情骚然，顿时议论纷纷，怪话连连："毕竟敌不过父子之情！想那罗连卓，做出那等丑事，自家都羞于见人，在这一带连个面儿都不露。嚍，为救亲生骨肉，这会儿倒肯往火里跳。"七嘴八舌，骂个不休。就连老爹也有同感，自打方才见了罗连卓，说来奇怪，心里已然乱成一片。许是拼命掩饰的结果，站也罢坐也罢，烦躁不堪，便高声大叫，把些蠢话一吐为快。唯有那女子，发疯似的跪在地上，两手捂住面孔，一心不乱地祈祷，身子动也不动一下。头上的火星如雨一般降落，地上的滚滚浓烟扑面而来，女子依旧垂首不语，浑然忘记身家世事，进入祈祷之三昧境界。

不多时，大火前忽又人声鼎沸，只见罗连卓头发散乱，双手抱着幼儿，自乱窜的火舌中现出身来，仿佛从天而降。正在其时，一根燃尽的屋梁，突然断裂，伴着一声震天巨响，烟尘暴起，烈焰腾空，顿时失却了罗连卓的身影，眼前唯见珊瑚树一般的冲天火柱。

当此千钧一发之际，奚美昂、老爹和在场的教众，早忘却前嫌，个个惊得目瞪口呆。那女子只管号啕大哭，一度跳将起来，连小腿都裸露出来；忽而又好似遭了雷击，跪倒在地。且说女子手里，不知何时竟紧抱着生死不明的幼儿。啊，主的无量智慧与无边法力，不知人间尚有何赞美之辞。那是罗连卓压在烧塌的房梁下时，拼着性命将幼儿扔了过来，正巧滚落在女子的脚下，却毫发无伤。

女子俯伏在地，喜极而泣。与此同时，老爹高举双手，口中赞美仁慈的主，声音里不由得透着庄严。真个是庄严神圣至极！再说奚美昂，一心要救罗连卓于火海之中，便一个箭步跳将进去。老爹的祷告，再度变得忧虑沉痛，高高地响彻夜空。岂止老爹一人，在场的教众无不哀泣，齐声祷告："求主保佑！"如此这般，圣母马利亚之圣子、人主耶稣基督，将人间之悲苦，视为己之悲苦，终于听到众人的祷告。且看罗连卓，已给烧得惨不忍睹，由奚美昂抱在怀里，从浓烟烈火之中救了出来。

当夜之变故，不仅此也。众教友七手八脚抬起命若游丝的罗连卓，让他先卧于上风口的教堂门首，事情正发生在此时。一直将幼儿紧抱胸前的伞铺女子，已自哭成个泪人儿，见神父从门内走出，咕咚一下，跪在神父脚下。孰料，竟当着众人面前忏悔道："怀中女娃并非罗连卓之骨肉。实是与邻家异教徒之子所私生。"那女娘声音发颤，不胜懊恼，一双泪眼闪闪发光，似不像有半点儿虚假。好个忏悔！只见众教徒挨肩擦背，吃惊得把个漫天大火都忘诸脑后，张口结舌，大气儿都不敢出一声。

女子忍住泪水，接着说道："小女子先前倾慕罗连卓，因他道心坚笃，凛然峻拒，于是心生怨恨，佯称腹中子乃罗连卓之骨肉，好让他知晓小女子心中的苦楚和不平。谁知罗连卓心仁德高，小女子犯此大罪，竟毫无怨恨。今夜，承他忘记自家的安危，甘冒地狱般的烈火，救了我儿一命。他的仁慈和德行，堪称天主耶稣基督再世。想到小女子的种种大恶，哪怕有魔爪将小女子立马撕成寸段，也无怨无悔。"女子不等忏悔完毕，便已哭倒在地。

恰在此时，围得水泄不通的教众中间，忽然接二连三有人喊道："这是殉教！""是殉教！"喊声此起彼伏。罗连卓以慈怜悲悯之心，奉行天主耶稣基督之圣迹，不惜沦落为乞儿。即便视同慈父般的神父，情同手足般的奚美昂，也未解其心意。如若此非殉教，又能是什么呢？

听到女娘忏悔，罗连卓仅能微微颔首，人已烧得发焦皮烂，手脚动弹不得，哪里还有张口说话的气力！老爹和奚美昂听后，心如刀绞，蹲在罗连卓身旁，虽想救治，无奈罗连卓气息愈来愈急促，想是大限将近。唯有那双星眸一如平日，遥望天宇。

神父凝神细听女娘忏悔，夜风中白髯飘拂，背对圣露其亚教堂的大门，少顷，庄严宣布道："能改悔者，终得福乐。想那福乐，岂能得自人的惩罚！不若将主之戒命深深铭刻于心，静待末日之审判方是。罗连卓笃志励行我主耶稣基督之意旨，其德行在本邦教众中，诚为罕见。况且，他以少年之身……"咦，是何缘故？神父说到此处，突然噤口。仿佛瞥见天国的灵光，瞧着脚下罗连卓的身姿，不由得怔住了。神父神情恭谨，两手发颤，可见事情非同寻常。哦，干瘦的面颊上，老泪纵横。

奚美昂已看在眼里，伞铺老爹也瞧得分明！那名不虚传的美少年，无声地横陈在圣露其亚教堂门首，一身映着火光，其色红于我主耶稣基督之血。胸上衣服焦破处，赫然露出如玉般的双乳。容貌虽已烧得面目全非，却仍不减其温婉。哦，罗连卓竟是个女子！罗连卓竟是个女子！众教徒背对猛火，环立如堵，也已一目了然。因破色戒而被逐出圣露其亚教堂的罗连卓，竟与伞铺女子毫无分别，赫然是一明眸皓齿的本邦女郎！

霎时间，众人肃然起敬，如闻主之圣音，自杳然不见星光的天外传来。圣露其亚教堂前的教众，好似风吹麦穗，一个个归心低首，齐刷刷跪在罗连卓的身旁。此时，但闻万丈火焰在空中呼啸。不，还有不知何人在哀哀啜泣。莫不是伞铺女子？抑或自认是兄长的修士奚美昂？良久，神父高举双手于罗连卓之上，诵起经文，声音一派庄严悲悼，打破周遭的静默。待等经声停下，人称罗连卓的这位如花少女，仰望暗夜彼岸天国的光明，安然含笑而逝。

却说这女子的生平，除此之外一无所知。究竟是何道理？概而言之，人生刹那间的感铭，实千金难求，至尊至贵。好有一比，人之烦恼心如茫茫夜海，当一波兴起，明月初升，能览清辉于波上，岂非生命之意义？如此说来，知罗连卓之最后，亦足可知其一生耳。

二

在下藏有《圣徒金传》一书,系长崎耶稣会印行。乃 Legenda Aurea[1] 之翻译。其内容未必即是西方所谓的"黄金传说"。除记载该地圣徒言行,还收录了本邦西教信众勇猛精进之事迹,以作福音布道之助。

书分上下两卷,以美浓纸印刷,草书中杂以平假名,甚不鲜明,亦不知是否为活字印刷。上卷扉页横排拉丁文书名,书名下,竖排两行汉字:"千五百九十六年,庆长二年三月上旬刻。"年代两侧有画像:天使吹喇叭图。技巧稚拙,颇有憨趣。下卷扉页,除"五月中旬刻"之字句外,余均与上卷无二。

两卷各约六十页,所载"黄金传说"上卷八章,下卷十章。各卷卷首尚有无名氏所著序文及拉丁文目录。序文不甚通畅,间或有欧文直译之语法,一见之下即疑为出自西人神父之手笔。

以上所录《基督徒之死》,系据该书下卷第二篇,约为当时长崎某西教堂遗事之实录。所记大火曾否发生,经查《长崎港草》等书,均未得证实;事件之准确年代,亦

---

1 Legenda Aurea,西方圣徒传说的集大成者。原文为拉丁文,由意大利人大主教 Jacobus de Borgine(1235—1298)所著。

无从确定。

且说《基督徒之死》,出于发表之需要,在下于文字上稍加修饰。倘无损原文平易雅驯之笔致,则幸甚。

大正七年八月十二日

高慧勤　译

路西法

天主初成世界，随造三十六神。第一钜神云辂齐布尔[1]（中略），自谓其智与天主等，天主怒而贬入地狱（中略）。辂虽入地狱受苦，而一半魂神做魔鬼游行世间，退人善念。

——左辟第三辟裂性中艾儒略答许大受语

一

众所周知，有一部诘难天主教的古书题为《破提宇子[2]》，作者乃加贺的禅僧巴鼻庵[3]，著于元和六年（1620）。当初，巴鼻庵是居于南蛮寺[4]的天主教徒，之后因着某一缘由舍弃了DS[5]如来，而皈依佛门。由其著述可以推知，他也是一老儒之学造诣甚高的才子。

《破提宇子》较为流行的版本，是华顶山文库藏本。该藏本于明治戊辰年间，连同杞忧道人鹈饲彻定的序文一并出版。不过应当说，还有一些不同的版本。现予所收藏之古旧版本，有些内容便不同于流行的版本。

其中，同书第三段论及恶魔起源的一章，予之藏本的内容就比流行本丰富许多。巴鼻庵本人目击的恶魔记事，在那辛辣的诘难、攻击间亦有专门的引证。此等记事为何不曾载入流行本呢？理由或在于，后者性质标榜为破邪显正之作，对于那些过分荒唐无稽的记事一类，或有意漏脱为善。

予在此绍介异本第三段。诸君不妨了解一下巴鼻庵出现前的日本 Diabolos[6] 恶魔。而期望更多了解巴鼻庵者，则可阅读新村博士有关巴鼻庵的论文。

二

提宇子的缩略字母为 DS，乃一类无色无形实体，间无须发，充满于天地之间，而为显现威光，施乐善人，"祓除不祥"，则于诸天之上造就极乐世界。在造就人类之前，先行造就了无数称为天使的天人。却迄今未现尊体。天戒曰：不可企望僭越之位。守护此一天戒，即可修成功德，拜见 DS 尊体，穷尽不退之乐。若破天戒，则将堕入

---

1 即路西法。
2 提宇子即下文 Deus 的音译，意为天主、神。
3 巴鼻庵，Fucan Fabian（不干巴鼻庵），佐久间宗远之号。
4 南蛮寺，在织田信长的认可下，1586 年建于京都、安土的基督教堂。
5 DS，Deus 之略。
6 恶魔。

众苦充满的地狱，受尽毒寒毒热之煎熬。基于此义，被造的天人尚无一刻超越。即在那无量天使中，一位自称路西法的天使自夸为善，且为DS化身，劝诸众膜拜于己。而无量天使中赞同路西法者仅三分之一，多数示以反对。这里的DS路西法包括赞同他的三分之一天使，都被赶下了"地狱"。由于这些天使犯了傲慢的罪过，变成了叫做"嘉宝"的天狗。

破提宇子，述说该段，无异于作茧自缚。首先应当述说一个理念，"DS满在"犹若充塞真如法性本分之天地，亦为六合（天地四方）遍满。应当说，似是而非。或有人称，知晓DS即三世了达呀。那么亦当了解，其造就了安助之时，亦随之造就了罪过。殊不知，论及三世了达之知，纯属虚谈。再者，知之而造，乃为贪婪之首。无所不能的DS啊，若欲阻止安助之罪过之堕落，唯有停止其制造。任由其堕入罪过，无异于大量地制造天魔。如此制造无用的天狗，制造无尽的烦恼，简直是荒唐至极。这个世上，并非原本没有"嘉宝"一般的天狗，只是在此辩明，DS制造安助且安助变成恶魔的道理。

"嘉宝"的形成如前所述。令人感觉疑惑不解者，乃其如何变换为穷凶极恶的鬼物。往昔，吾在南蛮寺留住时，曾亲眼见过恶魔路西法，他亲口述说了很多不合常理的真相，且感叹人类多半不知"嘉宝"。他说巴鼻庵被天魔愚弄了，说的是一派胡言。在吾看来，异口同声念唱

"圣母马利亚"的教士居多,而像恶魔路西法这样发表议论者竟无一人。且将一己之"嘉宝"会面,粗略地记述如下。以南蛮的话来讲,此乃"经外之传"。

岁月悠悠,无甚可说之事。某年秋末,我独自走在南蛮寺境内繁茂的花木丛中。行路中想起了同宗的一位天主教门徒。她是一位高贵的夫人,曾流着眼泪做过忏悔。那位夫人对我说:"有这样一件怪异之事。不知何故,耳边有人日夜私语,而守候身旁的却唯有丑恶的丈夫。世上多情的男人数不胜数,但闻其声,就将神魂恍惚,恋慕之情油然而生。自己并不企望与之山盟海誓,只是哀叹自身之年轻之美貌,徒然地身心憔悴。"当时,予便对之述说了宗门的戒法,并严肃地加以规劝:"尔说的那般声音,必定是恶魔之所为。总之'嘉宝'中有七种可怕的罪孽,对人类具有诱惑力。一是傲慢,二是愤怒,三是嫉妒,四是贪婪,五是色欲,六是饕餮,七是懈怠。七种罪孽染其一,都将经历堕入地狱之恶趣[1]。而 DS 与大慈大悲的源泉互为表里。倘'嘉宝'系万恶之根本,那么惟有天主之教诲,警示信众万万不可接近其爪牙。惟有专念祈祷,仰赖 DS 之德行,才能避免万一堕入地狱之业火。"予继而向夫人详细描述了南蛮绘画中可怕的恶魔形象,夫人也更

---

[1] 佛教语,作恶之人死后必须体验的苦恼世界。分地狱、饿鬼、畜生三途。趣为境界之意。

加深入地认识到"嘉宝"之可惧。她浑身战栗着说道："总是看到蝙蝠的翅膀、山羊的蹄子和毒蛇的鳞片,仿佛时时刻刻守候耳边,述说着淫乱的恋情。"夫人的这般话语,始终萦回予之心头。予分开异国移植过来的、不知其名的草木香花,走在光线暗淡的小径上。突然抬眼望去,距离不足十步远的前方,有位教士模样的人影。教士转眼之间,像微风一样地飘然而至,旋即问道:"知道我是何者吗?"予定睛打量来者,其面容像昆仑奴一般黢黑,眉宇之间并无卑琐之气,身着长曳下摆的法衣,颈项上悬挂着黄金的饰物。予毕竟不曾见过,回答曰,不知。来者遂以嘲弄的口吻说道:"我是恶魔路西法呀。"予十分惊讶地说:"胡说,你怎么会是路西法呢?你的体格与人类无异,也没有蝙蝠的翅膀、山羊的蹄子和毒蛇的鳞片。"对方答道:"其实恶魔与人类并无差异,是那些画匠们,将予等描画得丑恶无比。予等同类像我一样,并无翅膀、鳞片和蹄子。说到底,没有那般古怪的模样。"予不服,继而说道:"可是,恶魔仅仅是在表面上与人类相同。在他的心里,却存在着毒蝎一般的七种罪孽。"路西法再度以嘲弄般的语调争辩道:"你知道吗?毒蝎一般的七种罪孽,也存在于人类的心灵之中。"予闻言大声地喊叫道:"恶魔!滚开!予之心灵,乃是映现 DS 诸善万德的镜面,没有尔等之存身之地。"恶魔呵呵大笑起来,继而道:"愚蒙哪,巴鼻庵。尔这般唾骂予,正是傲慢之表现呀。傲慢乃七罪之首呀。恶魔与人类没有差异，尔本身即为实证呀。倘若恶魔真像尔等沙门所想象之那般，是穷凶极恶的鬼怪，那么普天之下将一分为二，予等将与DS共同统治。然而光亮之处，必有黑暗。DS的白昼与恶魔的黑夜共同统辖着这个世界，谁能否定它的合理性呢？予等恶魔一族虽属性恶，却并未忘记了善。予等右眼看见的是地狱中无尽的黑暗；左眼则时时仰望上天，闪烁着吉祥之光。恶魔未必十恶不赦。DS时常为着天人而受苦。尔可知晓？正是予路西法，在日前向尔忏悔的夫人耳旁，口吐淫亵之言。不过予之心软，未下狠心诱惑夫人，仅仅伴着黄昏，在其身边来去徘徊。予看夫人手持珊瑚念珠，手臂竟似象牙一般。那幅图景，像幻觉一般美妙绝伦。倘若予乃尔等沙门感觉恐惧的、凶险无道的恶魔，夫人哪里还会在尔之面前流淌忏悔的眼泪？早就沉迷于私通的快乐，即成就了堕狱的业因。"予惊讶于路西法的爽快辩舌，结结巴巴无言以对，只顾望着他黑檀木一般、闪闪发光的面容。他一把抱住予之肩头，以悲切的语调小声说道："予常常期望堕入地狱；同样，予也常常力图摆脱地狱。尔说，予等恶魔是否知晓可悲命运？且看，予将夫人诱至淫亵的陷阱，最终却并未将其捕获。予越是爱夫人的洁净高贵，便越发觉得她污秽不堪；相反，越是觉得她污秽，便越是爱她的洁净高贵。予与尔等又是相同的。尔等总是规诫自己不要犯下七种可怕的罪孽；予等却在时时规诫自己，不要种下七种可怕的德行。唉!引诱我等恶魔不断从善者,或许正是尔等DS?或者,是统于DS之上的神灵?"恶魔路西法在予耳边叨叨着。但见他仰望着薄暮的天空,身影迅疾得像雾霭一般,淡化、消失在浅色的秋花丛林中。予神色慌张地尾随教士追去,路西法却留下一语:"无知的教士,归去吧,勿信我言。"我急忙跑到神父那里告知路西法所言,无知的神父却不相信我,这也不能怪他。然而对亲眼所见、亲耳所闻的恶魔路西法,予怎么能怀疑呢?恶魔性善,断然非世间万恶之根本。

唉!提宇子,尔对恶魔有何了解?何况天地作者的方寸之心?切断蔓头之葛藤。咄!

大正七年八月

魏大海　译

魔笛与神犬
——献给郁子

一

古时候，大和国葛城山脚下住着一位名叫"发长彦"的年轻樵夫。因为他容貌如同女性般秀美，甚至头发都长得如同女性般绵长，所以人们给他取了这个名字。

发长彦笛子吹得出神入化。上山伐木时，劳动间歇时，他都要取出插在腰间的笛子自娱自乐一番。而且不可思议的是，似乎所有鸟兽和草木都能享受笛声的乐趣。发长彦笛声一响，萋萋芳草也翩翩起舞，葱葱碧树也款款摇摆。更有鸟兽聚拢四周，直听到曲终才散。

可是有一天，当发长彦照例坐在大树下忘情吹笛时，眼前突然出现一位佩戴碧玉的独腿大汉，对他说："你的笛子吹得很不错嘛！我从很久以前一直住在深山洞中，净做些上古时代的旧梦。自从你来伐木，我就为笛声所迷醉，每天浮想联翩。所以，今天我要表示谢意。你想要什么都行。"

樵夫想了一会儿回答道："我喜欢狗，请给我一只狗吧！"大汉笑答："你就要一只狗？看来你也是个知足常乐的后生。不过我非常赞赏你的知足常乐，就送你一只举世无双的神犬吧！我是葛城山的独腿大仙。"接着，他吹出声震天外的口哨。一只白狗应声从树林深处奔来，踢得落叶四下翻飞。

独腿大仙指着白狗说道："它叫嗅嗅，无论多么遥远的地方发生任何事情，它都能够嗅得出来。好了，你要替我善待它一辈子。"话音未落，独腿大仙仿佛化作仙雾一般，消失得无影无踪。

发长彦喜不自胜，带着白狗回了村。可是当他翌日上山吹笛时，又不知何处而来一位佩戴墨玉的独臂大汉。

"昨天我哥哥独腿大仙送你一只白狗。今天，我也想聊表谢意。你想要什么都行。我是葛城山的独臂大仙。"

于是，发长彦回答说："我想要比嗅嗅更出色的狗。"独臂大仙马上吹响口哨，叫出一只黑狗说："它叫飞飞，不管谁骑着它，都能在空中腾飞百里、千里。明天还有我弟弟向你送礼物呢！"话音未落，也仿佛化作仙雾去无影踪。

第三日，发长彦取出笛子还没吹，一位佩戴赤玉的独眼大汉如同旋风一般从天而降。

"我是葛城山的独眼大仙。大哥二哥都向你送礼道谢，我也送你一只不亚于嗅嗅和飞飞的好狗。"话音未落，口哨声已经响彻森林。一只哈巴狗龇着牙飞奔过来。

"它叫咬咬。无论怎样可怕的鬼神，都会被它一口咬死。不过有一点：我们送给你的狗不论身处何处，必须听到你的笛声才会来。没有笛声是不会来的。你可要牢牢记住！"

说罢，独眼大仙又旋风般腾空而起，搅得树叶瑟瑟颤抖。

二

四五天后，发长彦吹着笛子，带了三只狗来到葛城山下的三岔路口。从左右两侧悠悠然来了两位骑着高头大马、身佩弓箭的年轻武士。

发长彦见此，先将笛子插在腰间，再恭恭敬敬深施一礼。

"二位将军，你们这是要去往何方？"

两位武士先后回答：

"近日，飞鸟国大臣的两位公主在一夜之间不知去向，疑是鬼怪挟持。"

"大臣心急如焚，宣令无论谁找到公主，必定重赏。所以我俩也来四处查询。"

说完，两位武士对俊帅樵夫和三只狗不屑一顾，急急赶路而去。

发长彦闻听此讯好不高兴，立刻摸着白狗的头顶命令道："嗅嗅、嗅嗅，赶快嗅出公主们的去向！"

于是白狗迎着阵风不停抽动着鼻子,随即浑身一激灵并回答道:"汪汪!公主姐姐被住在生驹山洞里的食餍人掳去了。"食餍人就是古时喂养八歧大蛇的凶神恶煞。

樵夫立刻用双臂将嗅嗅和咬咬左右挟起,然后骑在飞飞背上大声命令道:"飞飞,快飞,去生驹山食餍人的山洞!"

话音未落,一股强烈的旋风从发长彦脚下刮起。眼见得飞飞犹如一片树叶翩然飘向空中,笔直地向远方青云遮盖的生驹山峰飞去。

三

没过多久,发长彦就来到了生驹山,果然看到山腰里有一座大山洞。洞中一位头戴金簪的美丽公主正掩面而泣。

"公主,公主,我接你来了。不必害怕。来,赶快准备一下,我接你回家。"

听发长彦这么一说,三只狗也叼着公主的衣袖和裙摆叫道:

"来,赶快准备!汪、汪汪。"

可公主却仍然眼泪汪汪,还悄悄地指指山洞深处。

"可是,把我抢来的食餍人刚才喝醉了酒,还在里面睡觉呢！他一醒来，立刻就会追上来的。那样的话，你我就都没命了。"

发长彦笑眯眯地说道："不就是个食魇人吗？我为什么要怕他？不信？我把他除掉让你看看！"然后，拍拍咬咬的背，厉声命令道："咬咬、咬咬，把洞里那个食魇人一口咬死！"

于是咬咬立刻龇着尖牙，雷鸣般低吼着，勇往直前地冲进深处，很快便叼着食魇人血淋淋的头颅摇着尾巴出来了。

正在此时，云雾遮盖的峡谷中奇妙地卷起一团仙气，只听里面有人柔声细气地说道："发长彦君，多谢！救命之恩永生不忘。我是生驹山里深受食魇人欺侮的阿驹公主。"

不过，公主正在为九死一生而庆幸，似乎没有听到仙音。随后她转向发长彦满怀忧虑地说：

"幸亏你来救我。可我妹妹如今生死未卜。"

闻听此言，发长彦又抚摸着嗅嗅的头顶命令道：

"嗅嗅，嗅嗅，赶快嗅出公主妹妹的去向！"

嗅嗅马上抽动鼻子，然后抬头看着主人叫道：

"汪汪！公主妹妹被笠置山洞里的土蜘蛛掳去了。"

土蜘蛛就是古代神武天皇曾经讨伐过的凶神恶煞的一寸法师。

于是发长彦又挟起两只狗，并和公主姐姐骑在飞飞背上。

"飞飞,飞飞,赶快去笠置山土蜘蛛的山洞!"

一声令下,飞飞腾空而起,如同离弦之箭,向青云缭绕的笠置山飞去。

四

当他们到达笠置山时,老谋深算的土蜘蛛立刻满脸堆笑迎出洞来。

"欢迎,欢迎,发长彦君。大老远的你真辛苦了。来,快请进洞吧!我这儿没有什么好招待的,请用一点儿生鹿肝,要不就来点儿熊胎?"

可是发长彦一摇头,义正词严地呵斥道:"不!我是来解救公主的。赶快把你抢来的公主交出,否则就像杀食餍人一样杀了你。"

土蜘蛛畏畏缩缩用颤抖的声音说道:"好,好,我一定交出来。我怎么会拒绝您呢?公主独自待在洞深处。请别客气,进去把她领出来吧!"

于是,发长彦带着公主姐姐和三只狗进了洞厅。果然,一位头戴银簪的公主正伤心地低声抽泣。

觉察到有人进来,公主急忙抬头张望,一眼便望见了姐姐。

"姐姐!"

"妹妹!"

两位公主转悲为喜,扑向对方相拥而泣。发长彦见此状也跟着流泪。突然,三只狗鬣毛倒立狂吠不止。

"汪汪!土蜘蛛这个畜生!"

"可恨的家伙!汪汪!"

"汪汪汪!走着瞧!汪汪汪!"

发长彦猛醒般回头一看,那个狡猾的土蜘蛛早就从外面用巨大的岩石将洞口堵得严丝合缝。它还在外面拍着手狂笑。

"活该!臭小子发长彦。这下子不过一个月,你们就都瘦成皮包骨头饿死了。你该佩服我的老谋深算了吧?"

发长彦的确为上当受骗而懊悔不迭。幸而他想起腰间插着的笛子。只要吹起笛子,鸟兽们自不待说,连草木都听得出神入迷。所以,那狡猾的土蜘蛛也未必不动心。于是,发长彦重鼓勇气,一边安抚狂吠不止的神犬,一边全神贯注地吹响魔笛。

果然,在婉转悦耳的笛声中,十恶不赦的土蜘蛛也渐渐陷入忘我的境地。它先是将耳朵贴在堵门巨石上静静聆听,后来终于陶醉了,并一寸一寸地挪开了巨石。

就在巨石被挪开人体宽的缝隙时,发长彦的笛声戛然而止。他拍着咬咬的脊背命令道:

"咬咬,咬咬,赶快咬死洞口站着的土蜘蛛!"

土蜘蛛闻声丧胆拔腿就逃,可惜为时已晚。咬咬闪电般蹿出洞外，易如反掌地将土蜘蛛消灭。

此时又从峡谷中奇妙地卷起一团仙气，里面有人柔声细气地说道：

"发长彦君，多谢！救命之恩永远不忘。我是笠置山里深受土蜘蛛欺侮的阿笠公主。"

五

随后，发长彦带着两位公主和三只狗，骑在飞飞的脊背上，从笠置山顶径直向飞鸟国都城的大臣家飞去。在飞行途中，两位公主不知出于什么打算，将自己的金簪银簪拔下，悄悄地插在发长彦的长发里。发长彦浑然不觉，只是俯瞰着美丽的大和国原野，一个劲儿地催促飞飞再快些。

不久，发长彦一行来到当初走过的三岔路口。只见曾经相遇的两位武士像是远途归来，正朝都城方向赶路。发长彦见状，忽然想将自己的功劳讲给两位武士听。

"降落、降落！到三岔路口去！"他向飞飞命令道。

这边的两位武士找遍各地却徒劳无功，正垂头丧气地驱马回城，猛然看到公主们和俊帅的樵夫一同骑在黑狗脊背上翩然而降，惊讶之情可想而知。

发长彦落地后，又恭恭敬敬深施一礼。"将军，我与二位分别之后，即刻赶往生驹山和笠置山，就这样将两位公主接回来了。"

然而,被卑贱樵夫轻而易举地捷足先登,两位武士又嫉又恨,真是气不打一处来。他俩表面上装作高兴,百般夸奖发长彦,最后终于打探清楚三只神犬的来历和魔笛的妙用。于是趁发长彦得意忘形,先偷偷抽出胜败攸关的魔笛,再猛然跳上黑狗的脊背,紧紧挟着两位公主和两只狗齐声大叫:

"飞飞,飞飞,赶快去飞鸟国大臣居住的都城!"

发长彦大惊失色,立刻向他们扑去。但此时旋风乍起,飞飞早已紧紧卷起尾巴腾在半空了。

面前只剩武士抛弃的两匹马。发长彦扑倒在三岔路口哀号良久。

此时,从生驹山峰吹来一股仙风,风中响起柔声细气的话语:

"发长彦君,发长彦君!我是生驹山的阿驹公主。"

几乎同时,笠置山也吹来一股仙风,风中响起柔声细气的话语:

"发长彦君,发长彦君!我是笠置山的阿笠公主。"

然后,她俩异口同声地说道:"我们马上去追回笛子,你不必担心。"话音未落,狂飙呼啸着朝飞飞追去。

没过多久,那两股仙风又回到三岔路口上空,并柔声细气地说着落下。

"那两个武士已经和公主们回到飞鸟大臣面前,还得到了很多奖赏。来,赶快吹响魔笛,把三只神犬叫回来吧!我们趁此机会,帮你挽回弄巧成拙的面子。"

话音刚落,那胜败攸关的笛子、金铠甲、银头盔、孔雀羽毛箭、香檀木硬弓、威武堂皇的大将戎装,如同雨点冰雹一般落在眼前。

六

片刻之后,身背香檀木硬弓和孔雀羽毛箭,俨如战神一般的发长彦骑在黑狗脊背上,挟着嗅嗅和咬咬落在了飞鸟大臣宅第前。那两个武士顿时慌作一团。

不,连大臣本人也惊诧不已。他恍若身处梦境一般,呆呆地望着发长彦的威武身姿。

发长彦却先摘下头盔,恭恭敬敬地向大臣鞠躬。

"在下乃本国葛城山下的发长彦,救回两位公主是我所为。那两个武士在我消灭食魇人和土蜘蛛时根本不在场。"

武士们听到发长彦在揭露自己谎报功绩,立刻变脸截断对方的话头。

"他才是信口雌黄的家伙。砍掉食魇人首级的是我们,看穿土蜘蛛诡计的无疑也是我们。"他们说得煞有介事。

此时,站在中间的大臣似乎真假难辨,来回巡视武士和发长彦,随后对公主们说道:"那就只好问问你们了。

到底是谁把你们救回来的？"

两位公主一齐依偎在父亲胸前赧颜相告："是发长彦把我们救回来的。我们插在他浓密长发上的簪子就是证据。请父亲大人过目。"大臣一看，发长彦头上果然有金簪和银簪在闪闪发光。

事已至此，武士们无话可讲，只是浑身颤抖着跪倒在大臣的面前。

"说实话，我们滥施诡计，将发长彦救公主的功劳据为己有。我们都坦白。千万留我们一条性命。"

以后的事无须细说。发长彦得到很多奖赏，还成了飞鸟国大臣的乘龙快婿。两个武士被三只狗追赶着，连滚带爬地逃出宅第。不过，到底是哪位公主做了发长彦的妻子呢？只因此乃古时往事，如今已无从知晓。

大正七年十二月

侯为　译

芥川龍之介
羅生門・地獄変

图书在版编目（CIP）数据

罗生门・地狱变/（日）芥川龙之介著；魏大海，郑民钦，高慧勤译. --上海：上海译文出版社，2024.11. --ISBN 978-7-5327-9536-9

Ⅰ．I313.45

中国国家版本馆 CIP 数据核字第 2024JH3340 号

罗生门・地狱变	［日］芥川龙之介 著	出版统筹 周　冉
	魏大海　郑民钦　高慧勤　等译	责任编辑 许明珠
羅生門・地獄変	魏大海 主编	装帧设计 柴昊洲

上海译文出版社有限公司出版、发行
网址：www.yiwen.com.cn
201101　上海市闵行区号景路159弄B座
浙江新华数码印务有限公司印刷

开本 787×1092　1/32　印张 13.25　插页 5　字数 188,000
2024 年 11 月第 1 版　2024 年 11 月第 1 次印刷

ISBN 978-7-5327-9536-9
定价：70.00 元

本书中文简体字专有出版权归本社独家所有，非经本社同意不得转载、摘编或复制
如有质量问题，请与承印厂质量科联系。T: 0571-85155604